古典文獻研究輯刊

五 編

潘美月・杜潔祥 主編

第 21 冊

《續玄怪錄》研究

徐志平 著

國家圖書館出版品預行編目資料

《續玄怪錄》研究／徐志平著 — 初版 — 台北縣永和市：花木蘭
文化出版社，2007〔民96〕

序 2+ 目 2+150 面；19×26 公分
（古典文獻研究輯刊 五編；第 21 冊）
ISBN：978-986-6831-45-4（全套精裝）
ISBN：978-986-6831-66-9（精裝）
1. 傳奇小說　2. 研究考訂
857.4   96017631

ISBN - 978-986-6831-66-9

9 789866 831669

古典文獻研究輯刊
五　編　第二一冊
　　　　　　　　　　　　　ISBN：978-986-6831-66-9

《續玄怪錄》研究

作　　者　徐志平
主　　編　潘美月　杜潔祥
企劃出版　北京大學文化資源研究中心
出　　版　花木蘭文化出版社
發 行 所　花木蘭文化出版社
發 行 人　高小娟
聯絡地址　台北縣永和市中正路五九五號七樓之三
　　　　　電話：02-2923-1455／傳眞：02-2923-1452
電子信箱　sut81518@ms59.hinet.net
初　　版　2007 年 9 月
定　　價　五編 30 冊（精裝）新台幣 46,500 元

《續玄怪錄》研究

徐志平　著

作者簡介

　　徐志平，台灣師大國文研究所碩士，台灣大學中文研究所博士，曾任國立嘉義大學中文系教授兼系主任，中正大學台文所、中興大學中文所兼任教授，現任嘉義大學中文系教授。曾獲教育部文藝獎、嘉義市桃城文學獎。著有《續玄怪錄研究》（碩士論文）、《晚明話本小說石點頭研究》（學生書局）、《清初前期話本小說研究》（學生書局）、《明清小說－明代卷》（黎明文化公司）、《五色石主人小說之研究》（秀威資訊），編著《中國古典短篇小說選注》（洪葉文化公司）、《中國古代神話選注》（里仁書局）、《大學文選》（新學林出版社），以及單篇、研討會論文二十餘篇。

提　　要

　　唐代小說早期多以單篇行世，中晚期始出現較為重要之小說集。其中，牛僧孺之《玄怪錄》以及李復言之《續玄怪錄》即為具有代表性之二部。李氏之書雖以「續」牛氏之書為名，但與《玄怪錄》以純錄怪為主之性質有所不同。李氏之書雖亦有少數錄怪之作，但有一大部分旨在表現人性衝突之主題，篇幅亦多較牛書為長，注重結構佈局及細節描寫，人物性格之刻劃亦深刻而生動，其中不乏一流之作。本論文詳考《續玄怪錄》一書之作者、版本、篇章歸屬，探索各篇及全書之主題思想，分析各篇之寫作技巧，並以其他同樣題材之同時期小說進行比較研究。研究成果證明，《續玄怪錄》一書，無論主題思想、寫作技巧之表現，在唐代小說中皆屬上乘，值得讀者多加留意也。

目

錄

序

　　有唐一代，傳奇小說與詩律並稱，在文學史上，各耀輝芒，千載以下，同稱不朽。民國以來，唐傳奇之研究蔚然成風，自周樹人、陳寅恪、汪辟疆諸先生啓其先聲，至茲數十年矣！學者或考證文獻，或探索義蘊，或以治史之態度視其爲社會學之史料，或以文學觀點研究其小說藝術之表現，林林總總，不一而足，而各有可觀，績業斐然。

　　然近人研究唐人傳奇，常以選本爲對象，尤以汪氏之「唐人小說」一書，流傳普遍，影響最爲深遠。汪書於傳奇名篇，蒐羅殆盡，誠爲治唐人小說之寶筏津梁，然而唐人小說之數量甚夥，而汪氏所選不滿百篇，其間之取去汰擇，能否代表唐人優秀傳奇之全貌，不無可疑；以其於傳奇集之選篇爲例，即往往以辭藻之妍拙爲主，而忽略其餘小說要素之表現，遺珠之憾，在所難免。

　　《續玄怪錄》爲唐代重要傳奇集之一，因其續牛僧孺之《玄怪錄》而得名。但二書之性質與寫作方式卻大爲不同，牛書仍爲六朝志怪之餘緒，以殘叢小語爲多，各篇較少明顯之主題；李書則刻意經營，能運用高妙之寫作技巧，提昇作品之藝術價值，並賦予深刻之主題內涵，每篇各有作意，合而觀之，又似相連屬，故其書早已超越單純之志怪，而爲有血有肉之活文學。周氏引胡應麟語，以爲唐人始有意爲小說，竊謂興之所致，偶有孤文單篇者，實不足以稱其「有意爲小說」，李復言蹭蹬一生，將其心中之憤懣牢愁、希望寄託，一一筆之於《續玄怪錄》書中，故該書除已記錄作者之行蹤外，又可充分表明作者之思想與心情，篇數既多，寫作年代又長，其「有意爲小說」之動機、方法、目的，均可於書中一一檢其端緒。

　　茲篇之作，試圖以較具系統之方法，整理唐代之重要傳奇集；考校其板本，疏證其篇章、探究其內容思想、分析其結構形式；冀能以治小說之態度，採較客觀之立場，探究常爲一般學者所忽略之重要傳奇作品，使唐傳奇之研究，突破選本之局

限，提供較寬廣之視野。此外，亦盼能將《續玄怪錄》一書，擺脫出傳統志怪之餘波外，還其本來面貌，重新給予應得之評價與肯定。

　　自擬定綱目，搜羅資料，著手撰寫，於茲兩年矣。其間承葉師　慶炳啓發教誨，多所裁正，感可可言！僕不敏，雖兢兢業業，不敢怠忽，但因學養所限，自知紕繆難免，尚祈博雅君子，有所指正。

　　　　　　　　　　　　癸亥四月徐志平謹識於師大國文研究所

第一章　外緣考證

第一節　板本源流考

一、史志、書目之著錄

宋淳祐袁州刊本晁公武《郡齋讀書志》原志小說類云：

> 續玄怪錄十卷
>
> 右，唐李復言撰，續牛僧孺書也。〔註1〕

所云「牛僧孺書」，謂牛氏所著之《玄怪錄》一書也。此書與《續玄怪錄》卷帙相亂之情形頗爲嚴重，《太平廣記》所錄，有實屬牛書而誤爲李書者，有實爲李書而誤爲牛書者，亦有眞僞莫辨而不知究屬何書者，俱詳後文。

牛氏《玄怪錄》之名，初見於題名李德裕撰之《周秦行記論》，謂：

> 余嘗聞太牢氏（按即牛氏）好奇怪其身，險易其行……及見著《玄怪錄》，多造隱語，人不可解。其或能曉一二者，必附會焉。〔註2〕

《玄怪錄》原書已佚，今北平圖書館藏有明書林松溪陳應翔刻本，書名《幽怪錄》，四卷，附《續幽怪錄》一卷。〔註3〕其卷數與史志、各家書目俱不合，恐非原本。又《太平廣記》題出《玄怪錄》者，共三十一篇，唯其中雜有《續玄怪錄》之文。

關於《周秦行紀》與《周秦行紀論》，牽涉唐代有名之「牛李黨爭」，其間之功

〔註1〕《晁氏讀書志》今傳兩本，即趙希弁重編之袁州本，又姚應績增編之衢州本。二本優劣，張元濟氏於〈昭德先生郡齋讀書志跋〉一文論之甚詳。

〔註2〕見《李衛公外集・窮愁志》卷四，《全唐文》改「玄」作「元」。

〔註3〕見民國71年版，程毅中著《古小說簡目》〈玄怪錄〉條，又繆荃孫《藝風堂文漫存》，頁532亦有詳考。

過是非，此處可不論，唯李復言書既以《續玄怪錄》爲題，自不能不與牛書有關，故後世書志往往二書並提，卷帙亦相亂焉。二書《舊唐書‧經籍志》均不載，於《新唐書‧藝文志》始見著錄。

《新唐書》卷四十九，藝文志小說家類載：

　　牛僧孺《玄怪錄》十卷

　　李復言《續玄怪錄》五卷

《崇文總目》〔註4〕著錄：

　　《元怪錄》十卷，牛僧孺撰

　　《續元怪錄》十卷，李復言撰〔註5〕

宋鄭樵《通志‧藝文略》，傳記類「冥異」載：

　　《元怪錄》十卷，牛僧孺撰

　　《續元怪錄》五卷，李復言撰

衢州本《郡齋讀書志》載：

　　　《元怪錄》十卷，唐牛僧孺撰。僧孺爲宰相，有聞於世，而著此等書，
　　　《周秦行紀》之謗，蓋有以致之也。

　　　《續元怪錄》十卷，李復言續牛僧孺書，分仙、術、感應三門。

袁州本《讀書志》分「原志」、「後志」與「附志」三部分，「原志」但著錄《續玄怪錄》十卷，題李復言撰，而無《玄怪錄》；《玄怪錄》著錄於「後志」中，亦十卷。

陳振孫《直齋書錄解題》卷十一小說家類載：

　　　《元怪錄》十一卷，唐牛僧孺撰。《唐志》十卷，又言李復言《續錄》
　　　五卷，館閣書目同，今但有十一卷而無《續錄》。

尤袤《遂初堂書目》小說家類有《幽怪錄》、《續幽怪錄》，都不言卷數及作者。

元馬端臨《文獻通考‧經籍考》著錄二書，然其內容皆鈔自衢本《郡齋讀書志》與陳氏《直齋書錄解題》，故不引。

《宋史‧藝文志》之記載頗爲蕪亂，藝文志小說類載：

　　李德裕，《志支機寶》一卷，又《幽怪錄》十四卷

　　李復言，《續玄怪錄》五卷

　　牛僧孺，《玄怪錄》十卷

〔註4〕宋仁宗時敕撰，今已不全，清錢侗（錢大昭子）等爲之輯校，有《崇文總目輯釋》五卷，廣文書局印行。

〔註5〕錢侗於《續元怪錄》條下釋云：「唐志、宋志並五卷，今本四卷。」

李復言，《搜古異錄》十卷

明陳第《世善堂書目》載：

《元怪錄》十卷，牛僧孺，即《幽怪錄》

《續元怪錄》十卷，李復言

明清之交，著名藏書家錢謙益於其《絳雲樓書目》載牛僧孺《幽怪錄》十卷，卷數與《新唐志》、《宋志》、《崇文總目》、《郡齋讀書志》、《世善堂書目》等均符合。後絳雲樓遭祝融，此十卷本之《幽怪錄》恐未能倖免於難，故其族孫錢曾於其《述古堂書目》但錄「李復言《續玄怪錄》三卷」並註明爲抄本，而無《幽怪錄》。

清乾隆朝所編纂之《四庫全書》，搜羅古今書籍殆盡，編纂既成，又於所列諸書，各撰爲提要共二百卷，合爲一書，即有名之《四庫全書總目提要》。該書卷一百四十四，子部五十四，小說家類存目二，著錄「《幽怪錄》四卷，《續幽怪錄》一卷」又「《續元怪錄》四卷」前者註明爲「兩淮鹽政採進本」，後者爲「浙江范氏天一閣本」。

黃丕烈撰，繆荃孫等輯成之《蕘圃藏書題識》有「續《幽怪錄》四卷」並註明宋本。此本後爲常熟瞿（鏞）氏所收藏，其《鐵琴銅劍樓藏書目錄》載：

《續幽怪錄》四卷，宋刊本

繆荃孫《藝風堂藏書記》卷八著錄：

《幽怪錄》四卷，《續錄》一卷

又謂：唐隴西牛僧孺編，續李復言編，次行題書林松溪陳應翔刻，似元時刻。

近代傳增湘氏於其《藏園群書題記》卷三，載「《續玄怪錄》四卷」並註明爲明寫本。

一九六〇年大陸出版，北京圖書館編之《中國版刻圖錄》第一冊，十七頁，載：

《續幽怪錄》，唐李復言撰，宋臨安尹家書籍鋪刻本

二、《玄怪錄》與《續玄怪錄》之分合

由前一小節所錄各家書志對《玄怪錄》與《續玄怪錄》之著錄情形，已可略窺二書之分合錯亂情狀。二書卷數參差謬誤，題名亦混淆不一，此二問題，將於本小節及下一小節分別析論之。

《玄怪錄》之名，首見題名李德裕撰之《周秦行紀論》，已如前述。王夢鷗先生云：

《周秦行紀論》雖可斷非李德裕手筆，然亦爲牛氏同時人所爲，其人耳目接近，故牛氏之著有此書（即《玄怪錄》），可以無疑。〔註6〕

〔註6〕見《唐人小說研究》四集，頁2。關於《周秦行紀》之作者，王夢鷗先生另有考證，見

　　至於《續玄怪錄》之名，則既不見於唐人一切著述，作者李復言又生平難詳，且歷來學者向持鄙視小說之態度，二書名稱又相近，經晚唐五代之擾攘，延至南宋「靖康之難，宣和館之儲，蕩然無遺」〔註7〕故二書卷帙之錯亂，亦其來有自也。

　　《新唐志》著錄《玄怪錄》十卷，《續錄》五卷，王夢鷗先生以爲：

　　　　此爲歐陽修時代於館閣書目中所據見二書之不同卷數，二者蓋經歷晚

　　　　唐五代至於北宋之初，百有餘年，其中是否各有殘落，茲可無論；然其卷

　　　　數與書名各異，信是二書傳世之古本。（《唐人小說研究》四集，頁3）

　　所可疑者，前於此所敕撰之《崇文總目》，今雖殘缺不全，若錢氏等之所輯可信，則《續玄怪錄》已有十卷本出現；宋室南渡後，鄭樵《通志》雖仍載錄牛書十卷，李書五卷，然而時代相近之曾慥《類說》輯錄《玄怪錄》卻已大量混入《續玄怪錄》之文，而晁氏《讀書志》亦著錄《續玄怪錄》十卷。然則夢鷗先生所舉牛書之十卷，李書之五卷，是否可信其爲傳世之古本，不無可疑矣！

　　曾氏《類說》，《四庫總目》以爲成於南宋紹興六年，晁氏《讀書志》已著錄其書。今本《類說》錄《幽怪錄》二十五篇而無《續錄》，此二十五篇中，《廣記》註出《續玄怪錄》者有五篇，即：

　　（一）、〈貧在膏肓〉：《廣記》卷十六，題名〈杜子春〉。

　　（二）、〈韋女嫁張老〉：《廣記》卷十六，題名〈張老〉。

　　（三）、〈申春申蘭〉：《廣記》卷一二八，題名〈尼妙寂〉。

　　（四）、〈君山鸚鵡〉：《廣記》卷十八，題名〈柳歸舜〉。

　　（五）、〈瘦中猱〉：《廣記》卷二二○，題名〈刁朝俊〉。

　　其中尤以〈申春申蘭〉篇，《廣記》所載，內容相同之〈尼妙寂〉篇，篇末附記「太和庚戌歲，隴西李復言遊巴南，與進士沈田會於蓬州，田因話奇事，持（李公佐文）以相示，一覽而復之，錄怪之日，遂纂於此焉。」等語，足證其爲《續玄怪錄》之文。

　　此五篇之外，《廣記》所不載者又有六篇；另〈女留青花氈履〉一篇，《廣記》卷四三九所載，題名〈李玢〉，末注「出《集異記》」。是此二十五篇中，合於《廣記》注出《玄怪錄》者，僅十三篇，即此十三篇，亦未必可全信爲屬於牛書也〔註8〕。

　　　　同書，頁124，〈牛羊日曆及其相關的作品與作家辨〉第二節；又《唐人小說研究》二集，頁70〈周秦行紀與周秦行紀論〉，二文。

〔註7〕見《宋史·藝文志敘》。

〔註8〕《廣記》所注出處，原不可全信，詳葉慶炳師〈有關太平廣記的幾個問題〉一文，《中國古典文學研究叢刊》小說之部（二）。

王夢鷗先生以爲：

> 蓋二書流傳至南宋，各殘佚，從二書原有之十五卷，被合編爲十卷，
> 而此十卷，可謂牛僧孺撰，亦可謂李復言撰；曾慥所取以節錄者即屬前者，
> 故從其本文檢視，幽怪錄中乃有李復言作品。（《唐人小說研究》四集，頁4）

所謂「被合編爲十卷」，蓋指衢讀書所載「《元怪錄》十卷」，又載「《續元怪錄》十卷」之情形而言。先生又謂：

> 袁州本《晁氏讀書志》，據云曾從舊本刪其重複，由是可知晁志本有重
> 複之記載；而衢本既因時代先後有所增入，遂又可疑此二種同爲十卷本之
> 牛書與李書，本屬一書，但以袁本刪有未盡，衢本又未獲晁氏目見之書複
> 按，遂任其重複記載，故有十卷牛書，十卷李書。（《唐人小說研究》四集，
> 頁4）

先生所謂「據云曾從舊本刪其重複」，乃據《四庫總目》所云：「淳佑己酉，鄱陽黎安朝守袁州，因令希弁即其家所藏參校，刪其重複，摭所未有，益爲附志一卷而重刻之。」（卷八十五）而言。

先生又稱「袁本刪有未盡」云云，此則猶可商議。按今袁州本《晁志》之原志但有《續玄怪錄》十卷，而無《玄怪錄》，《玄怪錄》十卷乃見於《晁志》之「後志」二卷中。「後志」二卷，亦公武撰，張宗泰《所學集》跋「後志」云：「後志亦武撰，而趙希弁重編，其書編次最無法，子部尤舛錯。」（胡玉縉《四庫提要補正》卷二十四引）

《四庫提要》卷八十五《郡齋讀書志》條下又云：

> 當時二書（按即袁本、衢本）並行於世，惟衢本分析至二十卷，增加
> 書目甚多，卷首公武自序一篇，文亦互有詳略。希弁以衢本所增，乃公武
> 晚年續裒之書，而非井氏之舊〔註9〕，因別摘出爲後志二卷，……蓋原志
> 四卷，爲井氏書；後志二卷，爲晁氏書，並至南渡而止；附志一卷，則希
> 弁家書，故兼及慶元以後也。

是知《續玄怪錄》十卷，乃南陽井憲孟所有，後井氏所藏悉舉以贈公武，公武著讀書志原志時，但有此《續錄》十卷而無牛書；至公武晚年，又得《玄怪錄》十卷，復又爲之著錄，故爲衢本所有，而袁本原志所無，趙希弁氏乃將之摘入「後志」二卷中，非如夢鷗先生所謂「刪有未盡」也。且晁氏於《續玄怪錄》下注云：「續牛僧孺書也」，若晁氏所見十卷本之《玄怪錄》與《續玄怪錄》本屬一書，而爲晁氏所

〔註9〕《四庫題要》云：「始南陽井憲孟爲四川轉運使，家多藏書，悉舉以贈公武。」

同時見到，豈能謂《續錄》為「續牛僧孺書」乎？故知先生所稱「二書原有之十五卷，被合編為十卷，……可謂牛僧孺撰，亦可謂李復言撰」極有問題。

宋錢易《南部新書》甲編云：

> 李景讓典貢年，有李復言者，納省卷，有《纂異記》一部十卷，牓出曰：「事非經濟，動涉虛妄」，其所納，仰貢院驅使官卻還，復言因此罷舉。〔註10〕

錢易字希白，真宗朝官至翰林學士，此書《四庫提要》以為乃錢氏於大中祥符間知開封時所作（見提要卷一百四十《南部新書》條），所謂《纂異記》一部十卷，當是指《續玄怪錄》而言，以「事非經濟，動涉虛妄」語該書，亦切合實情。所可異者，《新唐志》所著錄之《纂異記》，為李玫所撰，且僅一卷，若非錢氏張冠李戴，則《續玄怪錄》或亦有《纂異記》之名亦未可知，但無論如何，此一部十卷，為李復言所有，正合於晁氏《讀書志》之記載，或即後世流傳之《續玄怪錄》十卷本。錢氏所見為十卷而非五卷，故知夢鷗先生以為五卷本為《續玄怪錄》傳世之古本，未必可信。

更後於晁氏近百年之陳振孫，於其《直齋書錄解題》著錄《玄怪錄》十一卷，而無《續玄怪錄》。此十一卷之《玄怪錄》，夢鷗先生以為：

> 倘非卷帙之裝訂有所改變，當亦為後人所補輯牛李混合之書，故由十卷成為十一卷。（《唐人小說研究》四集，頁5）

綜上所述，知《玄怪錄》原有十卷，《續玄怪錄》原有五或十卷；曾慥則但知有《玄怪錄》，而所輯《類說》《幽怪錄》中，明顯雜有《續玄怪錄》之文；晁公武著錄牛李二書各十卷；陳振孫則只見十一卷之《玄怪錄》而無《續玄怪錄》。

玉夢鷗先生以為《玄怪錄》原有十卷，《續玄怪錄》原有五卷，宋室南渡後各有殘佚，乃合為十卷，或題牛著，或題李著，故晁氏《讀書志》乃有重複之記載；而陳氏《書錄解題》但有《玄怪錄》十一卷，而無《續玄怪錄》者，乃因《續錄》已混入牛書中故也。

竊以為《續玄怪錄》原為十卷之可能性較大，何者？錢易於大中祥符初（約西元1008）撰成之《南部新書》已見（或聞）及李復言有十卷之作，慶曆初所呈之《崇

〔註10〕《粵雅堂叢書》本作《纂異記》一部十卷，商務《叢書集成初編》本則作《纂異》一部十卷，大陸1965年新編《辭海》李復言條，亦謂「繳納省卷中，有《纂異》一部。」不知何據。若《南部新書》所載乃《纂異》而非《纂異記》，則不致與李玫所著相混，且「纂異」亦可作動詞解，即「編纂異說」，謂李復言編纂某書一部共十卷，內容怪異，故於納省卷時被主司卻還，此一部十卷自為《續玄怪錄》無疑。

文總目》亦著錄「《續元怪錄》十卷」，宋室播遷之初，晁氏《讀書志》「原志」中，亦載有「《續玄怪錄》十卷」，凡此皆鑿鑿可證《續玄怪錄》原爲十卷，與牛書正同，故《太平廣記》收錄牛書約三十篇，於李書亦近此數〔註11〕。《宋史·藝文志》除沿唐志載《續玄怪錄》五卷外，又載李復言《搜古異錄》十卷，明陳第《世善堂書目》猶錄《續元怪錄》十卷，疑《搜古異錄》爲《續錄》之異稱，則此十卷本之《續玄怪錄》，元明間尚有流傳。

　　至《新唐志》所載五卷本之《續玄怪錄》，殆分卷之異或爲節本，或別有一本；又據《類說》考察，南宋後牛李二書確有混雜之情形，此混合本，或即陳振孫所見之十一卷本《玄怪錄》歟？

三、《玄怪錄》與《續錄》之正名

　　明胡應麟《少室山房筆叢》卷十九，續筆叢乙部「藝林學山」卷一，《幽怪錄》條下云：

> 牛僧孺所撰，本名玄怪錄，近時乃競刻爲幽怪，不知始於何時，觀用修所引，則弘正間已誤矣。〔註12〕

《四庫提要》云：

> 唐書藝文志作元（玄）怪錄，朱國楨「湧幢小品」曰：牛僧孺撰元（玄）怪錄，楊用修改爲幽怪錄，因世廟重元（玄）字，用修不敢不避，其實一書，非刻之誤也。〔註13〕

清胡珽〈續幽怪錄校勘記〉云：

> 衢本《晁氏讀書志》，陳氏書錄解題，俱載牛僧孺玄怪錄十卷，今稱幽怪錄，殆避宋諱歟？據朱國楨「湧幢小品」，指爲楊用修所改，然周密「癸辛雜識」已稱幽怪錄，余又見「通玄眞經」，宋刻作通元，知其改已久，湧幢之說非確論。

實則如前所述，知南宋初年，曾慥之《類說》即以《幽怪錄》爲名，遠較周密爲早矣！又宋尤袤《遂初堂書目》亦載《幽怪錄》、《續幽怪錄》。

　　又有作「元怪」者，如《全唐文》所錄《周秦行紀論》、《崇文總目》、《通志·藝文略》、衢本《讀書志》、《書錄解題》、《文獻通考·經籍考》、陳第《世善堂書目》、

〔註11〕《廣記》收錄《續玄怪錄》三十五條，但其中雜有《玄怪錄》之文，詳見本章第二節。
〔註12〕世界書局本，頁269。王夢鷗先生《唐人小說研究》四集，頁20引作「藝林伐山」，殆涉用修書而誤乎？
〔註13〕清代亦避「玄」字，《四庫》改「玄」爲「元」，實則文中各「元」字，原書皆作「玄」，不作「元」。

《四庫提要》等皆是也。

或又作「玄怪」者，如《李衛公外集》、袁本《讀書志》、《新唐志》、《宋志》，傅氏《藏園群書題記》著錄明寫本《續玄怪錄》四卷；而《太平廣記》引錄二書，亦作《玄怪錄》與《續玄怪錄》。

今按宋、清二朝刻書皆避「玄」字，蓋因宋始祖名玄朗，清聖祖名玄燁故也。清代刻書凡遇「玄」字皆代以「元」字，或作「玄」〔註14〕。至宋代避諱之例，蓋亦不出此二途，唯於「元」字外，又取一與「玄」字同訓之「幽」字爲替而已。

然亦有不避者，繆荃孫《藝風堂文漫存癸甲稾》卷四云：

> 宋刻避諱，監本官本最爲愼重，家刻坊刻多不拘，近人專求避諱以辨宋刻，往往貽誤。〔註15〕

故知「元怪」、「幽怪」、「玄怪」三名並行，宋時已然；而「元怪」、「幽怪」二名，既爲因避諱改字而得者，二書自應還其原名爲《玄怪錄》、《續玄怪錄》爲是也。

四、《續玄怪錄》板本源流

現存《續玄怪錄》板本：

（一）南宋書棚本

即尹家書籍鋪刊本，此本台灣不可得見，唯大陸一九六〇年出版之《中國版刻圖錄》著錄，其敘錄云：「《續玄怪錄》唐李復言撰、宋臨安尹家書籍鋪刻本，杭州。匡高十八·五厘米，廣十二·五厘米，九行行十八字。白口，左右雙邊，宋諱缺筆至廓字。目後有臨安府太廟前尹家書籍鋪刊行一行。此書續唐人牛僧孺《玄怪錄》而作，原名《續玄怪錄》，因避宋諱，改玄爲幽。原分仙術、感應二門，此本總爲二十三事，不分門類，與十卷本，五卷本俱不同。隨庵徐氏叢書本，即據此本影刻，又有《四部叢書》影印本。」〔註16〕

按此處所述，與《鐵琴銅劍樓書目》，《菉圃藏書題識》，〈續幽怪錄校勘記〉、〈續幽怪錄札記〉等無不相合。胡珽〈續幽怪錄校勘記〉云：「余家藏尹家所刊《茅亭客話》，行字多寡與此書同（每半頁九行，行十八字）其爲宋刻無疑。」則此本即爲《續

〔註14〕參屈萬里，昌彼得二先生合著《圖書板本學要略》卷四之四。又宋始祖名玄朗者，傅勤家《中國道教史》，頁176云：「宋代尊奉道教，以眞宗徽宗爲盛。宋本趙氏，不能以老子爲祖，乃別造一道教之祖，呼曰趙玄朗。」

〔註15〕文史哲出版，《藝風堂文漫存》，頁299。

〔註16〕中研院傅斯年圖書館藏，北京圖書館文物出版社印行，1961年3月再版，增訂本第一冊，頁17。

幽怪錄》目前可見最早板本，可無疑問。

（二）明陳應翔刻本《幽怪錄》附《續錄》一卷

此本亦在大陸，爲北平圖書館所藏。繆荃孫《藝風堂藏書記》卷八：「《幽怪錄》四卷，《續錄》一卷，唐隴西牛僧孺編，續李復言編，次行題書林松溪陳應翔刊，似元時刻。」傅增湘氏於《藏園群書續記》卷三所言更詳，謂「余於藝風堂遺書中，獲一舊刻本，九行二十一字，題書林松溪陳應翔刊，似元明坊本，凡牛錄四卷，李錄一卷。今以鈔本（按即四卷本）核之，則續錄一卷正鈔本之第一、二卷，其三、四卷則陳刻遺矣。」所謂鈔本，即傅氏所著錄之明寫本「《續玄怪》四卷」，此四卷本之寫本，今已不知流落何方，但根據傅氏之敘錄，其內容與前述書棚本相同，唯「幽」字改回「玄」字而已。

按程毅中《古小說簡目》著錄《幽怪錄》四卷，附《續錄》一卷，並注明「北平圖書館藏」又謂「明刻附一卷本，即四卷本之前二卷，次序全同，蓋又佚其半矣。」其說與繆、傅二氏正合。然程氏又謂：「繆荃孫《藝風堂藏書記》卷八謂似元刻，恐不足信。」雖然，此本在元明間刻，殆無可疑。

（三）《說郛》本，元陶宗儀輯

在《說郛》卷十五，《續幽怪錄》下，但錄〈盧從史〉一篇，而《幽怪錄》錄二篇，即〈郭元振〉與〈尼妙寂〉，其中〈尼妙寂〉亦爲《續錄》之文，說已見第二小節。此本中圖、台大均有藏，商務印書館有影印涵芬樓本《說郛》一百卷行世。

（四）五朝小說，明末刊本

在五朝小說唐人百家小說偏錄家之一，中圖、台大均藏。內容與《說郛》本同，唯《幽怪錄》下題王惲而非牛僧孺。

（五）重編說部，清順治刊本

在另一百十七之一，中圖、台大均藏。有題牛僧孺撰之《幽怪錄》十八條，均爲節錄文句，而非載錄全文，其內容次序與南宋刊本《紺珠集》卷五〔註17〕所錄全同。又一題王惲撰者，則與《說郛》本同。又錄有《續幽怪錄》、《續玄怪錄》各二篇，前者所錄與《說郛》同，題李復言撰；後者錄〈延州婦人〉、「臨海射人」，不題作者。

按《龍威秘書》所錄與此本同。又《唐代叢書》收《幽怪錄》四篇，亦題王惲撰，除《說郛》所錄二篇外，又載「二木偶人」三行，「橘園」二行，而《續錄》除〈盧從史〉外，又加〈定婚店〉一篇。

〔註17〕商務印書館有影宋本《紺珠集》一函。

翁同文《四庫提要補辨》云：「今傳《龍威秘書》所收，一曰李氏《續幽怪錄》，一曰無名氏《續玄怪錄》，皆出重編《說郛》卷一百十七。然《續玄怪錄》二條中，〈延州婦人〉條見《廣記》卷一百〇一，固原引《續玄怪錄》，另〈臨海射人〉則出《廣記》卷一百三十一，注引《續搜神錄》，則爲誤收也。」

（六）中圖舊鈔四卷本一冊

題《續幽怪錄》，中央圖書館藏，乃傳鈔宋臨安尹家書籍鋪刊本。高二十八公分，寬十七・七公分，亦爲九行十八字，無行線，無邊欄，無板心魚尾等，其餘格式悉仿宋本〔註18〕。又其中改字頗多，如煞字均改爲殺字，〈葉令女〉篇「□」字改爲「搏」字等等。

（七）中圖舊鈔四卷本二冊

題《續幽怪錄》，亦傳鈔宋臨安尹家書籍鋪刊本。高二十八・八公分，寬十八・一公分。一、二卷一冊，三、四卷一冊，同宋本。與宋本異者，每頁八行行二十一字，亦無行線、邊欄、板心魚尾等。此本全不改字，與前述一冊本不同。

按紀實〈續幽怪錄之板本源流〉一文云：「現中央圖書館有手鈔本兩本：一爲《續幽怪錄》四卷一冊，一爲《續幽怪錄》四卷二冊，均傳鈔宋臨安尹家書籍鋪刊本而來，亦咸爲九行十八字，目錄後有『臨安大廟前尹家書籍鋪刊行』字……鈔寫字迹甚爲潦草，亦總爲二十三事，不分門類。」

此文有二處可疑，一爲二書並非「咸爲九行十八字」二冊本乃八行二十一字。其次二書鈔寫字迹雖可見出筆力薄弱，但頗爲整齊，不算潦草。

此二鈔本之時代殆無可考，故中圖但題「舊鈔本」，而不言時代。此當爲清朝末葉傳鈔宋本而成者，故前代書目均未著錄。傳增湘氏所見之明寫本題《續玄怪錄》亦與此二本異。

（八）《續幽怪錄》附拾遺　琳琅秘室影士禮居宋刻本。

（九）《續幽怪錄》附札記　《隨庵叢書》本

（十）《續幽怪錄》　涵芬樓《續古逸叢書》本

（十一）《續幽怪錄》　商務《四部叢刊續編》影宋本

此四本來源相同，皆影刻或影印自南宋尹家書籍鋪本，其經過爲：是書先爲黃丕烈所得，故有士禮居之影宋本，胡珽得此影本，刊於《琳琅秘室叢書》，並依《廣記》，另輯拾遺兩卷。後徐乃昌得宋本原書，加以影刻重雕，再核之《廣記》，正胡氏之失，又於宋人《姬侍類偶》中輯得〈寵奴侍坐〉一條，並撰爲〈札記〉一卷。

〔註18〕此處所謂宋本，指《四部叢刊續編》影宋本。

今藝文《百部叢書》，即取徐氏《隨庵叢書》本替入琳琅祕室，即四卷本原文爲徐氏所刻，附拾遺二卷則胡氏所輯。在此之前，原書曾一度落入常熟瞿鏞之手，瞿氏《鐵琴銅劍樓藏書目錄》卷十七著錄「《續幽怪錄》四卷」謂「宋刊本，題李復言編」云云，上海涵芬樓即據以影刻，商務《四部叢刊續編》本又據此本影印。

今《四部叢刊》本附黃丕烈跋，謂「余檢卷中藏書家圖記，有鄭印敷教一章，則其爲東城故物無疑。」徐乃昌〈續幽怪錄札記〉云：「又有顧印元慶朱文方印，即大石山房主人，在明中葉，更在桐菴（按即鄭敷教）之先，何蕘圃（即黃丕烈）未舉出耶？」

依上述，是書明清間之流傳略可知矣！

（十二）舊小說本　商務《國學基本叢書》四百種

收《續玄怪錄》十九篇，題目與內容皆與《廣記》合，蓋選輯《廣記》而成者。

以上十二本爲目前可見之《續玄怪錄》板本，又《四庫提要》卷一百四十四，子部小說家類存目，著錄《續元怪錄》四卷（浙江范懋柱家天一閣藏本）謂：

> 唐李復言撰，是書世有二本，其附載牛僧孺《幽怪錄》末者，蓋從《說郛》錄出；一即此本，凡二十三事，與《唐志》卷數亦不符，蓋從《太平廣記》錄出者，雖稍多於《說郛》本，然亦非完帙也。

又著錄《幽怪錄》一卷，《續幽怪錄》一卷（兩淮鹽政採進本），謂：

> 末附唐李復言《續錄》一卷……今僅殘篇數頁，並不成卷矣。

此二本之內容究竟如何，世既不可得見，提要又語焉不詳，夢鷗先生謂其「敷衍塞責，等於無所述焉」〔註19〕，良然。此外，五卷本、十卷本，及述古堂著錄之三卷本，今皆不傳，亦無可考矣。

茲繪一《續玄怪錄》之板本源流表，此表略仿自紀實先生〈續幽怪錄板本源流〉而頗加刪訂，然是否允當，尚待高明指正也。

〔註19〕見《唐人小說研究》四集，頁3。

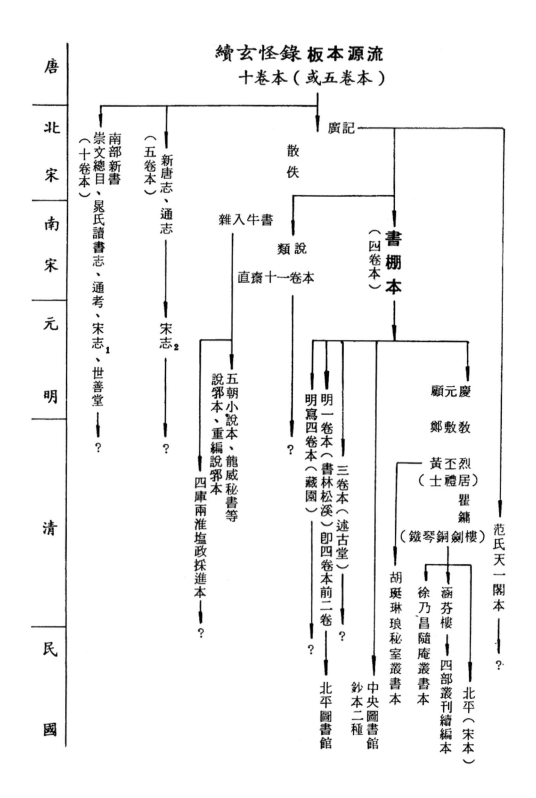

第二節　作者考

王國良《唐代小說敘錄》序云：

> 竊嘗論之，研究唐代小說，蓋有三不易焉，載籍缺佚大半，無以窺其
> 全貌，一也；撰人湮沒者多，無從考其身世，二也；史事紛繁生疏，無法
> 詳加印證，三也。

就小說觀點言，其第三事可以不論，其第一、二事則誠治小說者之大恨也。《續
玄怪錄》不能免於此，其卷帙之缺落，已見前節；而作者身世之湮沈難詳，且又有
甚於他書者。

李復言之生平，各家文學史、小說史皆謂「生平不可考」，或但引〈尼妙寂〉篇
末作者自述「太和庚戌歲，隴西李復言遊巴南，與進士沈田會於蓬州。田因話奇
事，……錄怪之日，遂纂於此」云云，斷其為「太和、開成間人」，如此而已。

王國良《唐代小說敘錄》所論稍詳，該書《續玄怪錄》條，「作者考」下云：

> 復言，隸籍隴西，生平蓋未有科名（《南部新書》記開成五年李景讓
> 典貢舉，李復言罷舉事一），其卒年當於大中之後也（本書〈李紳〉篇稱
> 「故淮海節度使李紳」云云，紳會昌六年卒，撰文當在其後）。

考證更詳，而有專文論述者，則國內有王夢鷗先生之〈續玄怪錄及其作者考〉
（《幼獅學誌》六卷，四期），以及稍後輯入《唐人小說研究》四集之〈玄怪錄及其
後繼作品辨略〉（下）二文；大陸學者有卞孝萱氏之〈續玄怪錄作者及寫作年代探索〉
（《江海學刊》十期）一文。二位先生皆嘗認為李復言即李諒，蓋因李諒字復言，而
時代又不甚相遠也。

近人程毅中氏著《古小說簡目》蓋有取於此說，故該書《續玄怪錄》條下，逐
云：

> 李復言，名諒（公元七七五～八三三），嘗官中丞。長慶四年為蘇州
> 刺史（《唐詩紀事》卷四三）。太和七年，終官嶺南節度使（見《舊唐書·
> 文宗紀》）。錢大昕《十駕齋養新錄》卷二十曾考其行事。卞孝萱〈續玄
> 怪錄作者及寫作年代探索〉（《江海學刊》民國五十年第十期）又有詳考。
> （頁63）

程氏殆未見王夢鷗先生之文，實則夢鷗先生〈續玄怪錄及其作者考〉一文第六、
七小節，不獨考證李諒之生平，且及其思想，較之卞孝萱先生所論，尤為精詳。唯
夢鷗先生於該文中並未遽下斷論，而卞先生則謂：

　　李諒與李復言肯定是一個人。

卞先生所持之理由為：〔註20〕

　　1. 李諒曾與元、白唱和，元、白都是提倡寫小說的人，李諒與之交遊，自然要受其影響。

　　2. 唐代小說作者的署名，可以用字或號，例如《遊仙窟》作者署「張文成」（名鷟）、《博異志》作者署「谷神子」（姓鄭，名還古）等等。

　　3. 《續玄怪錄》乃續牛僧孺書，僧孺早年曾為王叔文集團所賞識，李諒早年也屬於這一集團。

　　4. 比較《續玄怪錄》中李復言自我介紹的行蹤，與李諒的事迹，正相吻合。

尤以第四條理由，卞先生以為是「最有力的證明」，至於此一理由是否成立，請詳下文。

　　關於李諒生平之考證，因兩《唐書》未為之立傳，二先生根據《白氏長慶集》、《元氏長慶集》、《柳河東集》、《舊唐書‧文宗紀》等考之，所述大致相同，其結論為：

一、生　卒

　　生于大曆十年（775），卒于大和七年三月（833），享壽五十八歲。

二、科　名

　　夢鷗先生未考，卞先生以為李諒與白居易為「同年」（據《白集》卷五十八「同王十七庶子、李六員外、鄭二侍御同年四人游龍門，有感而作」李六員外即李諒），故為貞元十六年進士及第。

三、職　務

　　1. 貞元末，在同州澄城縣工作。（卞先生說）

　　2. 貞元二十一年二月，為度支鹽鐵轉運副使巡官，後又擢為諫官。（二先生說同）

　　3. 元和元年至十五年，曾三宰劇縣，再為州牧。間於元和十年前後，召任尚書郎中；後又出為壽州刺史；元和末，又以御史中丞召還。（同前）

　　4. 元和中，為祠部員外郎，考功郎中。（卞先生說）

　　5. 長慶初，為泗州刺史，改壽州刺史。（同前）

　　6. 長慶元年至四年，任蘇州刺史。（二先生說同）

　　7. 寶慶元年至二年，任汝州刺史。（同前）

〔註20〕卞孝萱〈續玄怪錄作者及寫作年代探索〉原發表于1961年江蘇省之《江海學刊》，蒙原作者輾轉惠賜影本，謹誌於此，以申謝忱。

8. 大和元年至七年，先以大理寺卿召還，三年爲京兆尹；四年出爲桂管觀察使；
   五年轉爲嶺南節度使。七年三月卒。（同前）

夢鷗先生並考證李諒之生活、思想，另立一小節，題名〈李諒生活思想與續錄
內容之比較〉，以李諒之生活思想與續錄內容一一比勘，若合符節。但先生後來改訂
「李諒即李復言」之說，〈玄怪錄及其後繼作品辨略〉（下）一文云：

> 然此一李復言，名諒；既不以字行，當不致獨以姓字與《續錄》相結
> 也。抑且其人雖能詩（《唐詩紀事》有專條），然尤富於吏才。《兩唐書》
> 縱未爲之立傳，但其仕途亨通，似亦無暇及此；況《續錄》篇中尚蘊藏若
> 干窮書生之怨嘆，亦非李諒字復言者所宜有。曩日曾持此說，今自改訂，
> 附誌於此。（《唐人小說研究》四集，頁48）

先生此處改訂之言，有二處似猶可議論：

一、唐代傳奇作家於仕宦之後仍繼續創作小說者，所在多有，羅聯添先生曾
歸納許多重要傳奇作品之寫作年代，發現絕大多數爲作者撰寫於既第進士或進入
仕途以後。其說亦多採用夢鷗先生之研究考證成果，今引錄其所列圖表如下：（見
羅著〈唐代文學史兩個問題的探討〉）

傳奇名稱	作　者	作者登第年	寫作時代	備　　考
李娃傳	白行簡	憲宗元和二年（807）	約元和六年（811）	王夢鷗〈李娃傳寫成年代的商榷〉中外文學一：四
南柯太守傳	李公佐	德宗貞元十一～十三年（795～797）	元和中（806～820）	王夢鷗唐人小說研究二集頁49、55
霍小玉傳	蔣　防	元和四年（809）	元和三年	同上，頁59
枕中記	沈既濟	明經出身	德宗建中末～貞元初（783～785）已入仕途	同上，頁46
周秦行紀	韋　瓘	元和四年（809）	宣宗大中末（859）	同上，頁77、79
柳氏傳	許堯佐	貞元六年（790）	貞元末或元和初	同上，頁84、85
異夢錄	沈亞之	元和十年（815）	元和十年	同上，頁100～104
湘中怨解	同　上	同上	元和十三年（818）	同上，頁104
秦夢記	同　上	同上	文宗太和初（827～828）	同上，頁105
鶯鶯傳	元　稹	貞元十七年（801）試進士不第	約貞元二十年（804）	陳寅恪《元白詩箋證稿》頁10
長恨歌傳	陳　鴻	元和元年（806）	元和元年以後	歌作於元和元年十二月

卞孝萱先生亦謂：

> 元稹撰《鶯鶯傳》時為校書郎；白行簡撰《李娃傳》時為監察御史；韋絢編《戎幕閒談》時為李德裕巡官；裴鉶編《傳奇》時為高駢從事。唐代文人于仕宦之后繼續創作（或編輯）小說者很多，李諒是其中之一。（《江海學刊》十期，頁 47）

李諒是否創作小說，此處暫可不論；此地僅就先生「仕途亨通，似無暇及此」一言提出疑問，仕途亨通與否，與文人創作小說，似無多大關連。

二、李諒與元、白唱和，元、白二公皆直書其字於題中，如「再酬復言和前篇」、「再酬復言」、「酬復言長慶四年元日邵齋感懷見寄」（並見《元氏長慶集》卷二十二），何以言其「不以字行」？且如前述卞先生之說，唐人撰寫（或編輯）小說亦頗以字號署名，倘李諒以姓字署其所作小說，亦未必不可能。

雖然，《續玄怪錄》之作者並非李諒，則確屬實情，其理由為：

一、卞先生所持之根據，前三條皆為推論，只可作為旁證；所以為「最有力的證明」者，為《續錄》作者自記之行蹤與李諒事迹相合：即〈張質〉篇末言作者元和六年為彭城縣令，合於〈李諒除泗州刺史……制〉所載「自澄城長，訖尚書郎，中間又再為州牧，三宰劇縣」，卞先生殆以為此「三宰劇縣」，三縣之一即為彭城縣歟？又〈尼妙寂〉篇末作者自言太和庚戌歲遊巴南，此時李諒將赴任桂管觀察使，故卞先生推論諒由長安赴桂州，曾「遊巴南」。可知此二條證明仍只是卞先生之推斷而已，並無一言半字可相印合，實離「最有力的證」尚遠。而原書〈錢方義〉篇，作者亦自記行蹤云：「大和二年秋，……求歧州之薦」，由前述已知李諒大和元年至七年，先以大理寺卿召還，三年為京兆尹，以此時之祿位，豈有「求歧州之薦」之理，可見《續玄怪錄》作者自記之行蹤，未必與李諒之事迹相合。

二、原書〈李紳〉篇（《廣記》卷四八，四卷本未收）開首云：「故淮海節度使李紳」。稽之《兩唐書》及《通鑑》，李紳卒於會昌六年（846），此時距李諒之卒（833），已有十五年矣，李諒能於地下撰為此文乎？

三、原書〈麒麟客〉篇，開首云：「麒麟客者，南陽張茂實家傭僕也，茂實家於華山下，大中（《廣記》卷五十三作大中初）偶遊洛中」（四卷本卷一頁十一），李諒卒於大和七年，至大中初，蓋其棄世已十六年矣。

四、《續玄怪錄》為續牛僧孺書，作者之年輩亦必在牛僧孺後方為合理，考牛僧孺之生卒年為西元七八○～八四八（杜牧〈牛公墓誌〉稱牛僧孺大中二年卒，享年六九），登進士之年為貞元二十一年（依《舊唐書‧李宗閔傳》）；李諒之生卒年為西元七七五～八三三，登進士之年為貞元十六年（見前文），以二人之生卒年與仕宦情

形比較，李諒似無撰寫續牛僧孺書之理，必另有其人為是也。

　　《續玄怪錄》之作者既非李諒，而史籍又無相關之文，欲略窺作者生平，唯有檢視僅存之《續錄》本文也。《續錄》各篇中，頗有於篇末自述其寫作經過者，今輯其自記之語如次：

一、〈辛公平上仙〉篇

　　篇末云：「元和初，李生疇昔宰彭城，而公平之子忝徐州軍事，得以詳聞。」

二、〈張質〉篇

　　篇末云：「元和六年，質尉彭城，李生者為之宰，訝其神蕩，說奇以導之，質因具言也。」

三、〈錢方義〉篇

　　篇末云：「復言頃亦聞之，未詳其實。大和二年秋，與方義從兄，及河南兄，不旬，求歧州之薦，道途授館，日夕同之。宵話奇言，故及斯事，故得以備書焉。」

四、〈尼妙寂〉篇

　　篇末云：「太和庚戌歲（4 年），隴西李復言遊巴南，與進士沈田會於蓬州，因話奇事，持以相示，一覽而復之。錄怪之日，遂纂於此。」

五、〈木工蔡榮〉篇

　　故事發生於元和二年，篇末云：「有李復（言）者，從母夫楊林為中牟團，乃於三異鄉遍聞其說。召榮母問之，迴以相告。」

六、〈驢言〉篇

　　故事發生在元和十二年，篇末云：「和東鄰有右金吾郎將張達，其妻李之出也，余嘗造焉。」（故事在長安發生）

　　以上六篇之自記，作者或自稱「李生」或謂「復言」，或直書「李復言」，可以確信其為李復言所撰寫無疑，故由此六篇推斷李復言之行蹤，當亦可信。

　　又《南部新書》謂：「李景讓典貢年，有李復言者，納省卷……復言因此罷舉。」李景讓，李憕之孫，唐文宗開成四年（839）為禮部侍郎，次年典貢舉（見《舊唐書，忠義傳》下，列傳卷一百三十七）。〔註21〕

　　另〈李紳〉篇、〈麒麟客〉篇，雖無自記，但其故事發生或撰寫年代在牛僧孺卒後，絕不可能為《玄怪錄》混入《續錄》者，除非《廣記》或四卷本《續幽怪錄》

〔註21〕關于李復言生平，王夢鷗先生又謂：「《新唐書・藝文志》著錄其書（按即《續玄怪錄》），僅注云：大中時人。……今列敘其篇目，其文有作於大中時者（按如〈李紳〉、〈麒麟客〉），則《唐志》之言，當不誣也。」今按《新唐志》注大中時人者，乃著《纂異記》之李玟，李復言下並無任何注言（依百納本），不知先生是否別有根據。

另有錯誤，否則此二篇爲李復言之作品可以無疑。

根據以上資料，可以約略勾勒出李復言出遊以後之動向：

1. 元和初至元和六年，李復言爲彭城宰，此由〈辛公平上仙〉與〈張質〉二篇之自記互相應證甚明，約當西元八○六～八一一年。〔註22〕

2. 元和十二年（817），由〈驢言〉篇之自記，知李復言在長安。

3. 太和二年（828），作者「與方義從兄，及河南況，不旬，求歧州之薦。」（〈錢方義篇〉），王夢鷗先生謂：「作者似有關中之行」（〈續玄怪錄及其作者考〉頁十七）。

4. 太和四年（830）作者遊巴南，與進士沈田會於蓬州。（〈尼妙寂〉篇）

5. 開成五年（840）應舉，納省卷被斥，因此罷舉。（〈南部新書〉）

6. 大中初（847）尚在世。（〈李紳〉、〈麒麟客〉篇）

所可異者，李復言元和初已爲彭城宰，三十餘年後於開成五年仍赴應舉，若非文獻有誤，則李氏奔走名場殆數十年矣！然此亦並非不可能，唐代重視婚仕，世所習知，陳寅恪《元白詩箋證稿》頁八四云：

> 可知當時（南北朝）人品地位，實以仕宦婚姻二事爲評定之標準。唐代政治社會雖不盡同於前代，但終不免受此風習之影響，故婚仕之際，仍爲士大夫一生成敗得失之所關也。

劉餗《隋唐嘉話》謂：

> 薛中書元超謂所親曰：「吾不才富貴過分，平生有三恨：始不以進士擢第，娶五姓女，不得修國史。」

官至中書，猶以不能進士出身與娶五姓女爲恨，婚仕之重要可知。又可知以仕之一事言之，唐人重進士而輕明經，王定保《摭言》一，序進士條云：

> 其艱難謂之三十老明經，五十少進士。〔註23〕

王氏又曾錄唐世文人或三十舉方獲一第，或三十舉竟無成者，不一其人，故李復言五十餘歲尚赴應舉，猶爲可能。〈李岳州〉篇對科舉示譏諷，王夢鷗先生謂「李復言失意於名場，故有此作乎？」（《唐人小說研究》四集，頁31），以此處觀之，誠然。

又復言生平既未有科名，何以能爲彭城宰？

按唐代文官之任用資格，其取得之途徑頗多，《舊唐書》卷四三「職官」二云：

> 凡敘階之法，有以封爵，有以親戚，有以勳庸，有以資蔭，有以秀孝，

〔註22〕王夢鷗先生以〈木工蔡榮〉篇自記有「迴以相告」之語，認爲元和二年，李復言或在長安。但元和二年爲故事發生之年，並非「迴以相告」之年。

〔註23〕藝文印書館《百部叢書》，《學津討原》本，冊一。

有以勞考。

其中「勞考」係已任官吏之升階，其他數項皆為取得任官資格之方式。〔註24〕

　　實則，除以上所述外，唐代任官之途徑尚多，如君王之寵任、流外、輸財、藩鎮奏授、特徵、薦舉、制舉等〔註25〕。故李復言雖未有科名，其為縣宰亦不為稀奇也。

　　王夢鷗先生謂：

　　　　茲檢閱其人所撰諸文，於元和以下怪事，或在篇末附以故事來歷，則似其時已事舉子業，奔走名場，如〈錢方義〉篇言，曾赴歧州之薦。蓋每薦而迭不售，於太和中乃至巴南，而蓬州。迨至開成末，又為李景讓所斥，或即不復存科名想矣。王定保《摭言》，錄唐世文人或三十舉方獲一第，或三十舉而竟無成者，不一其人，李復言當亦屢舉不第者。倘以三十舉逆數之，自開成末（840）上溯可至元和五年（810），則其人亦生於貞元之世。（《唐人小說研究》四集，頁47）

元和初年，李復言為彭城宰，倘其人生於貞元初年（785），則此時年約二十二歲。至二十七歲，仍宰彭城。三十二歲，在長安。四十三歲，求歧州之薦。四十五歲，遊巴南。五十五歲，應舉為李景讓所斥。至六十二歲以後，尚撰寫〈李紳〉、〈麒麟客〉等篇，其卒年自當晚於此，但不知其確切年代耳。

第三節　篇章考

　　今存《續玄怪錄》之篇數，除南宋書棚四卷本總二十三事外，清胡珽從《太平廣記》輯得十二篇，徐乃昌又從《姬侍類偶》輯得〈寵奴侍坐〉一篇，另《廣記》卷一〇一〈延州婦人〉條，為二氏所遺漏，故總計應有三十七篇。

　　但由第一節所述，知書棚本四卷，並非原本，恐為南宋書賈所纂輯而成者，又《廣記》所注出處，亦未必可全信，故此三十七篇是否全部出於李復言之筆，不無可疑。

　　王夢鷗先生曾就《玄怪錄》、《續玄怪錄》二書之篇章詳加考證（見《唐人小說研究》四集，〈玄怪錄及其後繼作品辨略〉），結果將原屬李復言名下者十篇，劃歸牛僧孺，其所持之原則為：

　　一、撰者於篇中皆有附言可證，因而得知其宜何屬；自餘，撰者未作附言，則

〔註24〕參考王壽南著《唐代政治史論集》，頁47。
〔註25〕同註24，頁48～54。

僅可從其思想傾向，篇中旨趣，故事年代以及特異之筆法而推知之。

二、牛僧孺接近道術，崇尚虛無，可以其生平行事，師友淵源按見大凡；又其為此等書，當出於早年著述，方其未第之時，欲炫文才，不免多作趣談以充行卷；既第之後，淪落卑僚，不免多所感觸，故往往托辭前古，肆意筆端，縱使談諧說鬼，其中多寓有諷刺，其旨趣未必以鬼怪神仙為實有，不過借此以自澆胸中塊壘而已。

三、至於李復言書，雖亦不乏供為行卷之文，然而思想凡近，信鬼信佛而又樂道神仙，舉凡怪異，不僅深信不疑，且欲借以諷勸世人多修陰騭，託意如此，遂亦索然寡味矣。（以上見《唐人小說研究》四集，頁46）

四、然牛氏之好道術，至老不衰……以此中心思想性格，判別牛氏撰述旨趣，必也好談神仙道術而輕視浮圖；再從道士言旨引申於世俗觀念中，則關於定命再生鬼怪之說，亦其所擅。（同前，頁22）

五、李書敘事質直，頗乏風趣，此又為牛李二書不同特色之一。（同前，頁24）

六、至於每篇之中，運辭造語，因牛氏曾預於韓愈之門，悉以散句經營篇章，極少六朝人駢麗餘習，縱用詩句參錯其中以資笑謔……其詩多用古體。（同前）

先生所論，對牛李二書之分辨頗具參考價值，唯有關李書部分，似有稍嫌主觀而略欠公允處，於此不能不提出討論，以就教於學界先進：

一、先生稱李復言「思想凡近」，其根據何在？李復言之生平既不能詳知，必就《續玄怪錄》原書之內容稽考也；原屬各篇究竟屬誰猶未可知，即據此未知屬誰之篇章考斷作者之思想，其後，又持此結論考訂原書篇章，其難以信服明矣。

二、先生又稱李書「敘事質直，頗乏風趣」，由於前提不明，此種推論自無法成立，理由同前。此處可試以〈尼妙寂〉篇為根據，討論李書是否確實「敘事質直，頗乏風趣」；李復言是否「思想凡近」：

〈尼妙寂〉篇，篇末有作者李復言之自記，其為李書，無有疑議。按此篇之故事，並見《廣記》卷四九一，李公佐撰之《謝小娥傳》，以及《新唐書·列女傳》之〈段居貞妻謝〉條，但無論故事之完整，敘述之精彩，均以復言所作為勝。夢鷗先生曾以專文探討〔註26〕，亦不得不承認「無論在史實或小說的觀點，〈尼妙寂〉篇都要勝過〈謝小娥〉篇」。李公佐在唐代小說家之地位，早已得到肯定，〈謝小娥〉篇亦頗受重視〔註27〕，李復言之作品明明有勝李公佐處，先生卻以「敘事質直，頗

〔註26〕見〈謝小娥故事正確性之探討〉，《唐人小說研究》四集，頁194。
〔註27〕汪辟疆先生謂「此事既出於義烈，頗為後世所傳。如明凌濛初既演之為《拍案驚奇》平話，王夫之復演之為《龍舟會雜劇》。」見《唐人小說》，頁95。「龍舟會」乃王夫之依據《謝小娥傳》而寫成，至凌濛初《初刻拍案驚奇》卷十九則題名中直謂「李公佐巧解

－20－

「乏風趣」一言以蔽之，豈能是公允之論？

復次，先生更看出〈尼妙寂〉篇中，妙寂復仇後「虔誠法象」以報效公佐之行為異於流俗，先生謂：「長齋繡佛，以報恩人，這等於捨棄自己現世的幸福為其恩人祈求福祉。這在唐代，釋證之說風行，寫佛經，繪佛象，出家修行，為其親人禱頌長生之事，不僅當時人有著連篇累牘的記載，現在還能從敦煌石室發現的唐代遺物中得到證明。她生長於那樣的時代，憑著當時的信仰，願以畢生的清苦來答謝別人的恩情，這樣沈毅的意志，較之流俗以奉箕帚自獻的情節要深刻得多，而感人的力量也偉大得多。」李復言能作如此深刻而感人之體認與表現，其思想是否「凡近」，似須更待進一步之研究，方可論定。（關於李復言之思想，詳第二章第四節）

由以上之討論，知李復言之思想、文筆既不可知，在推斷《續玄怪錄》之篇章之前，絕不能先存有某些先入為主之觀念，必須根據客觀之文獻，整理歸納，以期所推斷之結果，庶幾較近於事實。

一、

今四卷本與《廣記》等所錄，在李復言名下之三十七篇中，有六篇因有自記，可以確定其為《續錄》之文，上一節已借其略考李復言之行蹤，本節推斷篇章之歸屬，亦不能不借重此六篇之內容，作為推斷其餘各篇之依據：

（一）〈辛公平上仙〉篇

本篇王夢鷗先生以為「此類故事，既非神仙，亦無關道術感應，以之分門，似已佚出《玄怪錄》與《續玄怪錄》之內容，僅可作『錄異』觀之」。

今按先生於此篇有多處失考：

1. 本篇作者自記，謂「元和初，李生疇昔宰彭城」云云，與〈張質〉篇末之自記「元和六年，質尉彭城，李生者為之宰」正相印合，先生失察，以為此篇佚出《續錄》內容，而〈張質〉篇更以內容「頗合牛僧孺後來整頓刑獄之事」為理由，劃為牛書，是不顧文獻之事實而出之以臆斷也。

2. 本篇內容，與四卷本之編排正相配合；四卷本首卷五篇，全為神仙之事，第一篇〈楊恭政升仙〉，第二篇即此篇，題〈辛公平上仙〉，第三篇〈涼國武公李愬〉既薨，作者謂「安知非謫仙數滿而去乎？」其次「薛存丞」乃羅漢謫來俗界者，第五篇〈麒麟客〉，更以神仙之姿態出現。以此亦可知四卷本之編輯自有章法。而此篇既云〈辛公平上仙〉，何以謂「既非神仙？」且篇中使者來迎皇帝，辛公平親見其事，

夢中言，謝小娥智擒船上盜。」

而謂數月後方有「攀髯之泣」，所謂「攀髯之泣」，乃用《史記》之典故，《史記·封禪書》云「有龍垂胡髯，下迎皇帝，黃帝上騎……餘小臣不得上，乃悉持龍髯，龍髯拔，墮。」辛公平見皇帝上登，後悔未能附驥尾隨其成仙，故謂有攀髯之泣。以其內容分門，自當屬「神仙」門，何以謂其「佚出《玄怪錄》與《續玄怪錄》之內容」？

此外，因篇中引天子上仙之冥吏中，有一人似爲宦者，陳寅恪先生以爲：「復言假道家兵解之詞，以紀憲宗被弒之實，誠可謂『微而顯，志而晦，婉而成章』者矣。」蓋憲宗乃爲宦官所弒，而其事爲當代所諱，故「李書此條實乃關此事變幸存之史料，豈得以其爲小說家言，而忽視之耶？」〔註28〕此篇是否如陳氏所言，爲關于憲宗被弒之幸存之史料，暫可不論，然於字裏行間，可以知陳寅恪先生對此文之肯定與贊許。

本篇所欲傳達之重要觀念爲：

1. 處事以謙恭爲宜。相關資料有：
    （1）旅店主人「重車馬而輕徒步」，公平謂：「客之賢不肖，不在車徒，安知步客非長者？」
    （2）將軍謂公平曰：「聞君有廣欽之心，誠推此心於天下，鬼神者且不敢侮，況人乎？」
    （3）篇末作者議論，謂「以警道途之傲者」。
2. 冥吏王臻謂公平二人曰：「夫人生一言一慼之會，無非前定。」
3. 臻曰：「陽司授官，皆稟陰命。」
4. 天子命駕後，將軍慰問以「人間紛挐，萬機勞苦，淫聲蕩耳，妖色感心，清眞之懷，得復存否」上曰：「心非金石，見之能無少亂，今已捨離，固亦釋然。」

此以生爲勞苦，死爲解脫，思想近於道家，或受佛教影響。〔註29〕

（二）〈張質〉篇

本篇王夢鷗先生誤判爲書，已如前述。篇中記冥吏誤錄同名而文過飾非之狀，似對官場意有所諷。

〔註28〕見〈順宗實錄與續玄怪錄〉一文，收入里仁書局編《金明館叢稿》二編，頁74。
〔註29〕《莊子》中曾極言死者之樂，如〈至樂〉篇載，髑髏曰：「死，無君於上，無臣於下，亦無四時之事，從然以天地爲春秋，雖南面王，樂不過也。」莊子主張「齊生死」，〈至樂篇〉雖不能代表莊子之思想，應可代表部分道家學者之觀念；佛家亦以人生多苦，故「世界也，人間也，畢竟迷闇之境，充滿痛苦之苦果也。」見蔣維喬《佛教概論》第二篇第一章。

（三）〈錢方義〉篇

　　王夢鷗先生以篇中記廁鬼郭登要求囀《金剛經》之事，謂「亦由此證知李復言
頗佞於佛，而與牛書之專意道術者不同也。」

　　按小說與散文論述之不同，在小說記錄或敘述某一故事，往往站在客觀立場，
而散文論述則心中先有某種見解，加以闡述證明。本篇作者於篇末附記中謂「宵話
奇言，故及斯事」，是其作意在記錄異聞而已，正如沈括《夢溪筆談》卷二十，記載
鄆州漁人網得《金剛經》，不知何年墜水中，「首尾略無沾漬」。此亦記佛經之靈異，
若李復言佞佛，則沈括輩亦佞佛乎？夢鷗先生以《續錄》各篇中，偶有一篇記載囀
經之事，即斷定李復言佞佛，似嫌武斷。故謂牛書專意於道術即可，謂李復言佞佛，
凡有對佛家略示不敬者必非李書則不可；此一原則，關係以下各篇歸屬之推斷，故
必須在此提出。

（四）〈驢言〉篇

　　本篇篇末謂「和東鄰有右金吾郎將張達，其妻李之出也，余嘗造焉……且以戒
欺暗者，故備書之。」夢鷗先生謂「張達之妻李氏，蓋與李復言同姓，因『嘗造之』，
則此宜屬李書，猶不待篇中輒出輪迴因果之說，近於佛家思想而後知之。」

　　按本篇附記之口氣，與〈辛公平上仙〉篇最類似，皆先述聞知此事之經過，記
錄之緣由，並戒某某者，或警告某某者。此種類型之附記，為李書一大特色，為《玄
怪錄》所無。又依夢鷗先生之考證，牛僧孺於佛緣遠，故本篇輪迴、果報之說，亦
牛書所無。

（五）〈木工蔡榮〉篇

　　本篇之附記中有「泛祭之見德者，豈其然乎？」一語，與〈錢方義〉篇中，郭
登謂「泛祭之請，記無忘焉」意旨一致。佛家無泛祭之說，篇中土地，亦非佛教之
神，不知佞佛之李復言，何以有此作？實則此文所表現，特一般民間之信仰耳，復
言志在錄怪，豈在記述之前，先探究其為佛或為道哉？

（六）〈尼妙寂〉篇

　　本篇之價值，已述於前文。此處必須重提者，為本篇曾愷《類說》誤錄為牛書，
則《類說》之不可信，自不待言；《類說》輯錄《幽怪錄》之時，牛李二書已相混，
實則《幽怪錄》中已包含許多《續錄》之篇章。

二、

　　以下根據前文之討論，先依四卷本之次序，再依拾遺與佚文，一一考訂各篇之
歸屬：

（一）〈楊恭政〉篇

王夢鷗先生歸爲李書，但未說明理由，今從其說並列述理由如下：

1. 夢鷗先生歸納牛書「縱有詩句參錯其中以資笑謔……其詩多用古體」（其說詳前文），本篇中五眞會合，曾各賦五絕一首，爲近體詩。

2. 本篇「准籍合仙」之觀念與〈李紳〉篇「名繫仙錄」之觀念相同；又以人世爲虛幻，爲濁界，亦與〈李紳〉、〈辛公平上仙〉篇相同。

3. 本篇敘恭政騎仙鶴時，覺「穩不可言」，與〈麒麟客〉篇，茂實乘虎「穩不可言」，句法相同。

（二）〈辛公平上仙〉篇

此爲李書，說見前。夢鷗先生述此篇之本事，甚與本文不合，先生稱「辛公平赴舉，於京城途中有人邀之至宮內，遙見殿上有似宦者方在責讓一人，旋即殺之。辛公平見狀，股慄不可名狀，復隨來人還至原處云云。」實則本文但云「將軍（即似宦者之人）……自西廂，歷階而上，當御座後，跪以獻上，既而左右紛紜，上頭眩，音樂驟散，扶入西閣，久之未出。」既未見其責讓任何人，亦未云公平股慄不可名狀。本篇之故事應爲：辛公平、成士廉二人於元和末偕赴調集，途遇陰吏之迎駕者王臻，王乃引公平謁（陰世遣迎天子上仙軍馬）之大將軍〔註30〕，遂同行入宮，得見天子上仙之經過云云。

（三）〈涼國武公李愬〉篇

王夢鷗先生云：「本篇辭氣，頗用駢偶；詩用近體，與牛氏之文迥異。對李愬稱『公』，而又恭維備至，李愬固有大功於元和之世，然部曲驕橫，韓愈作平淮西碑，以功歸於裴度，竟至爲其曳倒，牛僧孺與韓愈交厚，當不至如此推尊李愬，則其爲隴西李復言之筆，似無可疑。」今從其說。

（四）〈薛中丞存誠〉篇

王夢鷗先生歸入李書，理由爲「《廣記》以之編於李愬同卷」。實則此篇與前篇章法近似（皆爲「預言應驗」式之簡單型預言結構，詳見第三章「結構設計」部分之討論），又謂薛前身是須彌山羅漢，謫來俗界；思想近佛，故爲李書。

（五）〈麒麟客〉篇

本篇故事在大中初，牛氏卒於大中二年，不當有此作，故爲李書。

（六）〈盧僕射從史〉篇

〔註30〕原文無「陰世遣迎天上仙軍馬」等字，此依陳寅恪先生說補，見《金明館叢稿》二編，頁74。

本篇屬於李書，理由為：

1. 故事發生於寶曆中，夢鷗先生以為「稱『盧公』而不名，又謂從史之鬼，超生三界，賤視人寰，且能告李湘以解脫之道……寶曆中，牛僧孺位兼將相，未必有此恭維。」

2. 篇中「人世勞苦，萬愁纒心」之觀念，與〈辛公平上仙〉篇「人間紛拏，萬機勞苦」之觀念相同，連語氣亦相似。

（七）〈李岳州〉篇

本篇當為李書，理由為：

1. 文中對科舉懷譏諷，王夢鷗先生云：「李復言失意於名場，故有此作乎？」

2. 篇末議論云：「生人之窮達，皆自陰騭，豈虛乎哉？」此類議論為李書一大特色，為牛書所無，唯一例外為「郭元振」篇末謂「事已前定，雖主遠地而弄于鬼神，終不能害，明矣。」即此唯一之例外，亦有人懷疑其作者，汪辟疆先生即謂「此文頗不類思黯，殊近李復言。」〔註31〕可見牛李二書此處之差別極為明顯。

3. 此篇以賂冥吏而上榜，其觀念正合〈辛公平上仙〉篇所謂「陽司授官，皆稟陰命。」

（八）〈張質〉篇

此篇有附記，為李書，見前。

（九）〈韋令公皋〉篇

本篇夢鷗先生劃為牛書，謂「僧孺與韋皋年代相接，其文名亦遠較李復言為高」，又謂「因篇中寫丈夫識度反不如婦人，不特隱含譏諷，其於貴賤間通婚之意見，又與張老篇近似，故也。」

歸納夢鷗先生將此文劃歸牛書之理由為：1. 牛僧孺與韋皋年代相接。2. 牛僧孺文名較李復言高。3. 故事隱含譏諷。4. 貴賤通婚之主張，與〈張老〉篇近似。但此實不成理由：

1. 李復言與韋皋年代未必不相接。

2. 文名之高低與小說作品之好壞並無絕對關係，例如沈亞之有〈湘中怨〉、〈異夢錄〉、〈秦夢記〉等作品，鄭振鐸先生曾謂：「亞之文名甚盛……但他這幾篇傳奇文，都無甚情致。」〔註32〕此外如韓愈之〈毛穎傳〉，置唐傳奇中亦

〔註31〕見《唐人小說》，頁214。
〔註32〕見插圖本《中國文學史》第二十九章，頁383。

未必爲上品。

3. 〈李岳州〉篇亦隱含譏諷，何以不歸爲牛書？

4. 〈張老〉篇《廣記》注出《續玄怪錄》，爲李書，夢鷗先生以其「諷刺則甚深刻」而歸爲牛書，此處又以本篇之主張與〈張老〉篇類似，斷爲牛書，是以二篇本爲李復言之作品，互相證明其爲牛僧孺所作，其唯一理由爲故事含有譏諷，而〈李岳州〉篇含有譏諷爲先生所自言，卻無法歸於牛書，何前後矛盾若是也？

今按本篇附記云：「噫！夫人未遇，其必然乎？非張相之忽悔，不足以戒天下之傲者。」此類議論爲李書之特色，已見前（第七條）述，且「以戒天下之傲者」一語，與〈辛公平上仙〉篇「以警道途之傲者」，如出於一口，其爲李復言之作品，可以無疑。

（十）〈鄭虢州騧夫人〉篇

本篇當爲李書，此由篇末「乃知結褵之親，命固前定，不可苟求」一段議論可以證明，李復言對婚姻命定之主張，貫穿《續玄怪錄》中多篇小說，而《玄怪錄》中除〈郭元振〉篇外，絕無此種思想。

（十一）〈薛偉〉篇

王夢鷗先生以爲李復言作，理由爲：1. 篇頗用駢語，不類牛書。2. 戒殺之旨，佛家之倡，牛僧孺與佛緣遠。先生又認爲「此文描述甚工」，可見李復言撰寫《續錄》，未必「敘事質直，頗乏風趣」，亦不能以此作爲推斷之根據。

（十二）〈蘇州客〉篇

本篇因客觀資料不足，無法斷定究竟何屬，依四卷本與《廣記》，暫歸李復言。

（十三）〈張庾〉篇

本篇情況同前。

（十四）〈寶玉妻〉篇

本篇《廣記》注出《玄怪錄》，《類說》亦收於《幽怪錄》中，然王夢鷗先生以爲此乃李書，謂「事出元和中，然牛書所載元和時事甚少，有之，亦屬其所好之道術，如〈齊推女〉；不知此故作奇突，而又與道術無涉也。」今從其說，又篇中有「妾與君宿緣，合爲夫婦」一語，婚姻命定之觀念，貫穿《續玄怪錄》中多篇小說，此亦其一。

（十五）〈房杜二相國〉篇

王夢鷗先生以爲：「唯此篇，文筆簡鍊，雖著墨無多，亦足見房杜二人風度，與

《續錄》他文不同；且於燈下出黑手索食之事，《宣室志》屢記之，是否仿自牛書，姑存疑焉。」故此篇未加判定何屬。今仍依《廣記》與四卷本，暫歸李復言。

（十六）〈錢方義〉篇

篇末有作者自記，爲李書，詳前文。

（十七）〈張逢〉篇

本篇王夢鷗先生判歸李書，然未說明理由，但謂「張讀《宣室志》載李徵事，大體從同。……張讀與李復言同時代〔註33〕，且同爲牛書作續〔註34〕，是否一事各記，難知其詳。」今依先生前說，以牛書鮮及元和時代，而本篇故事在貞元末（依《廣記》）至元和六年，又本篇篇末有議論，亦爲牛書所無，故劃歸李復言。

（十八）〈定婚店〉篇

此篇王夢鷗先生判歸牛僧孺，理由爲：「全文敘事，跌宕有氣勢，較之前列〈鄭虢州騶夫人〉爲曲折有致。如前者爲李氏之文，則此題材相近而筆法不同之篇，或屬牛書所有者乎？」

今以爲不然者；

1. 不能以文筆之好壞作爲判斷依據，《續玄怪錄》中〈尼妙寂〉、〈薛偉〉等篇之成就爲夢鷗先生所肯定，已見前文，足見李書中未必不能有「曲折有致」之篇章。

2. 本篇與〈鄭虢州騶夫人〉篇雖作意相同，題材絕不相似，且「婚姻命定」之觀念貫穿《續錄》多篇，前已言之，此種觀念實爲牛書所無，唯一帶有此一觀念之〈郭元振〉篇，汪辟疆先生已懷疑其爲李復言之作品（參見前第7、10二條）。

3. 本篇附記云：「乃知陰騭之定，不可變也。」口氣與〈李岳州〉篇末「生人之窮達，皆自陰騭，豈虛乎哉？」相似。且此種議論爲李書之特色而爲牛書所無。

4. 牛書鮮及元和時代者，先生已自言之，本篇故事在元和二年，自當歸李書爲是。

〔註33〕張讀與李復言時代不盡相同，張之年輩當較後，《新唐書‧張薦傳》謂張讀「大中初，第進士，……中和初，爲吏部……。」而李復言元和初已爲彭城宰，至大中年間，已接近晚年，至中和時代，近百歲矣。

〔註34〕《四庫提要》子部小說家類云：「是書（《宣室志》）所記皆鬼神靈異之事，豈以其外祖牛僧孺嘗作《元（玄）怪錄》，讀少而習見，故沿其流波歟？」故謂其「續牛僧孺書」，實則所謂「續」某某書，特沿其流波而仿效之耳。

5. 本篇《廣記》編於〈鄭虢州騊夫人〉同卷（卷一五九），先生既以同卷之理由判定〈涼國武公李愬〉篇與〈薛中丞存誠〉爲一書（參見前第 6 條），何以此處反將其判爲二書？

由以上五條理由，證明〈定婚店〉篇實爲李復言所作，無可懷疑。

（十九）〈葉令女〉篇

本篇王夢鷗先生亦判爲牛書，理由爲：「篇中言鄭元方取佛塔磚，又燃佛塔毀像，並不以爲『罪過』，與〈錢方義〉篇論人勤寫《金剛經》之思想，大相違戾，如非呵佛罵祖之禪僧，當出於貶佛者之意。盱衡諸文，既不類李復言之佞佛思想，蓋與牛僧孺爲近也。」

今以爲不然者：

1. 不能以〈錢方義〉一篇，即認定李復言佞佛，前文已辨。

2. 本篇「婚姻命定」之觀念爲李書一大主題。

3. 篇末「縣宰異之，以盧氏歸于鄭焉」，此種安排，李書中屢見不鮮，如〈定婚店〉篇末「宋城宰聞之，題其店曰定婚店」；〈張逢〉篇，張逢化虎食人，後遇所食人之子，欲殺逢，於是郡將安排隔離二人；〈張質〉篇，李生爲彭城宰，訝質神蕩，說奇以導之。凡此，豈牛書所有乎？

（二十）〈驢言〉篇

本篇有作者自記，爲李書，見前文。

（二一）〈木工蔡榮〉篇

同 20，爲李書。

（二二）〈梁革〉篇

本篇故事在太和初，寫作在太和壬子歲（6 年），篇末附記云：「其年秋（太和六年），友人高損之，以其元舅爲天官郎，日與相聞，故熟其事而言之。」王夢鷗先生云：「太和六年，牛李黨爭方劇，牛僧孺無暇作此文。」今從其說，判爲李書。

（二三）「李衛公靖」篇

本篇王夢鷗先生判爲李書，謂「牛僧孺以文士而雄踞政壇，對軍事非所素習，兼非所好。」而「茲篇僅惜李靖能武而不能文，其爲傾向牛黨而亦欽慕李德裕勳業者所撰乎？」今從其說，又本篇附有議論，亦與李書爲近。

以上二十三篇，除〈蘇州客〉、〈張庚〉、〈房杜二相國〉等三篇因客觀證據不足，無法判定何屬外，其餘皆爲李復言所撰無疑。實則，南宋四卷本之《續幽怪錄》，以其文字與《廣記》參差甚多，且又有〈辛公平上仙〉一篇爲《廣記》所無之情形觀

之，恐非輯錄《廣記》而成，當別有所本。是四卷本已收，而《廣記》亦採錄者，其可信度已頗高；又自原書二十三篇之編排方式觀察，章法井然，必非一般書賈所爲，如第一卷一至五篇皆言上仙之事，第二卷六、九、十篇皆與女巫有關，七、八則與冥府有關，第三卷類爲錄異，第四卷較雜，但作意相同之〈定婚店〉、〈葉令女〉仍編在一起。故〈蘇州客〉、〈張庚〉、〈房杜二相國〉三篇四卷本既已收，《廣記》又採錄，將其歸於李書，當亦不爲無根之談也。

三、

以下再依胡珽《續幽怪錄拾遺》之次序，討論《廣記》所獨有之十二篇：

（一）〈杜子春〉篇

本篇王夢鷗先生歸於牛書，其理由爲：

1. 牛書敘事，多托於唐代以前，此篇所載，正復如此。

2. 〈杜子春〉篇曰「周隋」而不曰「陳隋」，明係當時北方人之常詞，而牛氏籍西北隴西。

3. 李復言雖亦籍隴西，然續牛氏之書者，除李復言外，尚有薛漁思之《河東記》，《河東記》中有〈蕭洞玄〉一篇與此文後半情節相似，薛氏續牛氏之書而非續李氏之書。

4. 唐人好道術者，慨乎仙丹之難成，往往喻之於書，此文曲喻金丹之難成由於俗情之難蠲；白居易〈夢仙詩〉云：「悲哉仙人夢，一夢悞一生。」牛氏與白居易親善，蓋同於道術之偏好而又甚難之，故借〈烈士池〉之譬喻，演爲茲篇。

5. 宋本《續錄》不收此文，或因當時所見《廣記》本，其篇末不注出於《續錄》。

近人吳玉蓮氏（筆名岳岳），曾發表〈〈杜子春〉讀後〉一文〔註35〕，對〈杜子春〉篇之作者，有極詳細之探討，除列舉王夢鷗先生之看法外，又列出七條證據，以爲本篇亦極可能爲李復言所作，今歸納其要點如下：

1. 李復言亦籍西北，故本篇未必屬牛氏。

2. 取材於〈烈士池〉之各篇作品中，以〈杜子春〉最鋪張；〈蕭洞玄〉出於《大唐西域記》之〈烈士池〉，而未必取材於〈杜子春〉，故薛氏續牛氏書之說法，未必可爲證據。

3. 牛氏玄怪題材，每好托久遠之事，且無記載人生之現實生活，而〈杜子春〉篇中有關人世生活之描寫佔全文三分之一，與牛氏撰述習慣不類。

〔註35〕本文原載於一五六期《文藝月刊》（71 年 6 月號），頁86～103。

4. 牛書有〈杜巫〉篇言道家吞吐之術，有〈居延部落主〉言幻術，但無煉丹難成之說；而李書〈李紳〉篇言塵念未消，自仙鄉被遣回，〈裴諶〉篇有學道久而無成之事。

5. 以字數言之，牛書千字以上者只有五篇，此五篇中又只有〈董愼〉、〈張佐〉二篇確定為牛氏所著，而〈杜子春〉篇長達一千七百餘字，以時代言之《玄怪錄》應較接近魏晉六朝之志怪性質，〈杜子春〉篇與志怪不相類。

6. 以「前有所本」之習慣言，牛書長篇中只有〈張佐〉有本於〈陽羨書生〉之構想，李書則〈張逢〉、〈薛偉〉、〈尼妙寂〉、〈定婚店〉等皆為有所本之長篇，而〈杜子春〉亦然。

7. 牛氏好道術，至老不衰。牛書甚少加入嚴肅主題，亦不刻意闡述某種人生觀，更絕少做倫理上之渲染，李書則信鬼信佛而又樂道神仙。〈杜子春〉篇中作者對於佛說似有若干承接，牛氏不喜釋說，是否作此篇極可疑；篇中又反映佛道不相容之事實，文中有閻王斥子春為妖民之情節，實抑道伸佛之辭，與好道術之牛氏相矛盾。又，李書充滿人間思想之主題，與牛書不同，〈杜子春〉更為充滿人性之人間化題材，如「此賊妖術已成，不可久在世間」「此人陰賊」等字句，顯示作者以反面筆調，肯定人間思想。

吳氏所論，雖多推測之詞，然其所做歸納「字數」、「前有所本之作」、「撰述習慣」等工作，皆極具參考價值；而推論作者思想、作品主題之部分，亦大致無誤，足以說明〈杜子春〉篇實於牛書遠，而與李書近。今再就王夢鷗先生之說，提出討論，以補充吳氏之說，做為本篇當屬李書之探討之結論。

1. 先生謂牛書敘事，多托於唐代以前，但李書中亦有隋代故事，如〈李衛公靖行雨〉與〈裴諶〉篇；而牛書中之故事，除一、二在梁、隋時代外，其實絕大多數在唐代，並非「多託於唐代以前」。

2. 先生以宋本《續錄》不收此文作為證據，但〈韋氏子〉、〈尼妙寂〉等篇宋本亦未收，並無害其為《續錄》之文。

（二）〈張老〉篇

本篇王夢鷗先生亦劃為牛書，理由有：

1. 此文與〈杜子春〉同列於《廣記》卷十六，曾慥《類說》亦以為牛僧孺書。

2. 此篇情節甚簡，而諷刺則甚深刻，猶牛書他篇不徒以文字談諧說趣而各有所寓意焉者。

今以為不然者：

1. 〈杜子春〉當為李復言所作，〈張老〉與之同卷，正合先生以〈涼國武公李

愬〉、〈薛中丞存誠〉同卷當爲一書之說法。

2. 《類說》絕不可信，前文已辯。

3. 此篇長達一千五百餘字，與牛書性質不大相類，且文意縹緲，絕非「情節甚簡」之作。

4. 此篇是否寓有諷刺，姑可不論〔註36〕，即或寓有諷刺，亦未必爲牛氏之專有。

5. 本篇思想與李書正合，文中「人世勞苦，若在火中，身未清涼，愁焰又熾」一語，與前述〈辛公平上仙〉篇之「人間紛拏，萬機勞苦」；〈盧僕射從史〉篇之「人世勞苦，萬愁纏心」；以及下〈裴諶〉篇之「愁慾之火，焰于心中，負之而行，固甚勞苦」等語，如出於一口。

6. 「婚姻命定」之思想，爲李書一大主題，文中韋氏嫁張老而謂「此固命乎？」此又一證。

（三）〈裴諶〉篇

王夢鷗先生以「文句頗見蕪累，間用偶體，不似牛氏文章之簡約」，又所仿古月令「雀爲蛤……腐草爲螢」之文句，與〈韋氏子〉篇相重複，而該篇迴護佛教甚力，故二篇皆判歸李書。

此外，文中「愁慾之火，焰於心中，負之而行，固甚勞苦」、「塵路遐遠，萬悉攻人」等語，李書中屢見相類之文句，參見前條。

（四）〈柳歸舜〉篇

本篇王夢鷗先生劃爲牛書，謂：「今以其敘事多涉煙霞，紀時又托於唐代之前，頗與牛書他篇爲近。」今細按其內容，實近於牛僧孺，且篇中兼及詩評詩論，賦詩亦多，皆非李書所宜有，此外，本篇又與〈劉法師〉篇於《廣記》同卷（卷十八），〈劉法師〉篇爲牛書（見下），故此篇當亦爲牛書。

（五）〈劉法師〉篇

此篇，繆荃孫所見明松溪書林刊印之《玄怪錄》，篇末有「昭應尉薛公幹爲僧孺叔父言之」十三字〔註37〕，故繆氏歸爲牛書是也。

（六）〈李紳〉篇

〔註36〕〈張老〉篇王夢鷗先生以爲該文「諷刺甚深」，或謂篇中丈夫識見反不如女子，然韋女但聽天命而已，有何識見哉？或謂「篇中言韋氏自誇門第，見張老多金，乃又前倨後恭。」篇中韋氏自誇門第，但見張老多金，仍不願將韋女嫁之，其後且表示厭惡，致使張老夫婦離去，何謂「前倨後恭」？後韋兄訪張老，荷金歸，舉家大驚，亦但謂「或以爲神仙，或以爲妖妄」，並無諂媚之表示。故篇中雖含諷刺意味，却不在此等處，當另有所指，詳見第二章第三節。

〔註37〕見《藝風堂漫存》乙丁稿卷五〈幽怪錄續錄跋〉，文史哲出版，頁533。

此文撰於大中時代，牛氏蓋已前卒，故爲李書。

（七）〈韋氏子〉篇

王夢鷗先生云：「此文全爲釋氏說教，正合李復言之意。」

（八）〈尼妙寂〉篇

此文有作者自記，爲李書，見前。

（九）〈琴臺子〉篇

夢鷗先生云：「按此文與〈定婚店〉及〈盧生〉篇共列一卷中，文字亦多誤脫，惜無別本可校，姑存爲李書。」因本篇與〈定婚店〉、〈盧生〉（即〈鄭虢州騆夫人〉）篇於《廣記》同卷，且皆作「婚姻命定」之論，其爲李書之可能性較大。

（十）〈刁俊朝〉篇

《類說》列於《幽怪錄》，觀此篇之文氣，似近於牛氏，且時代較前〔註 38〕，與李書不類。

（十一）〈唐儉〉篇

本篇篇末有一段議論，且具有勸戒之意，極似李復言他篇議論之口氣，當爲李書。

（十二）〈馬震〉篇

此文實不類李復言所作，蓋但記異說，文亦簡短，皆與他篇不同，而王先生乃以「筆力單薄」斷爲李書，因別無可本，姑依《廣記》，歸李復言。

另有〈延州婦人〉篇，在《廣記》卷一〇一，爲胡瑔所遺漏。夢鷗先生以其中對佛菩薩略無敬意與李書異，斷爲牛書。又以爲韓偓〈感舊詩〉引此篇「鏁骨菩薩」之故事爲典實，而牛僧孺較受晚唐人注意。今以爲不然者：

1. 篇中所言以肉體布施之鏁骨菩薩，並非出自作者之杜撰，《維摩詰所說經·佛道品》第八，謂「或現作婬女，引諸好色者，先以欲鉤牽，後令人佛智。」宋葉廷珪《海錄碎事》卷十三亦載「釋氏書，昔有賢女馬郎婦於金沙灘施一切人婬；凡與交者，永絕其婬。死葬後，一梵僧來云：求我侶。掘開乃鏁子骨，梵僧以杖挑起，升雲而去。」〔註 39〕葉氏謂所見爲釋氏書，而所述與〈延州婦人〉條故事全同，是知此篇當有本於釋氏書，牛僧孺與佛緣遠，似不當有此作。

〔註38〕文末謂「時大定中也」，王夢鷗先生云：「按梁敬帝紹泰元年，蕭詧自立後梁國，改元『大定』，然偏霸年號不便以紀年，疑此『定』字乃『足』字之訛。唐武后改『久視』之明年爲『大足』元年，或指其時。」（《唐人小說研究》四集，頁 17）

〔註39〕見錢鍾書《管錐篇》（第二冊），頁 686。

2. 韓偓〈感舊詩〉引爲典實者，恐亦爲釋氏書，未必爲此篇，即或爲此篇，亦不能以牛僧孺書較受晚唐人注意與否作爲判斷之依據。

此外，徐乃昌復自周守忠《姬侍類偶》中輯得〈寵奴侍坐〉一條，文甚短，機杼略似〈唐儉〉篇之前半段，然文氣則頗不類李書，其中「劉琨被匹磾殺却，張寵奴乃與老野狐唱歌」一語，與牛氏〈顧揔〉篇「死劉楨猶庇得生顧揔」、「防風骨節專車，不如白起頭小而銳」等語口氣最爲類似，疑此當爲牛書，且文甚簡短，亦與牛書性質相近。

《續玄怪錄》原有之三十七篇，經前文考訂。刪除〈柳歸舜〉、〈劉法師〉、〈刁俊朝〉、〈寵奴侍坐〉等四篇，共得三十三篇。此三十三篇若以今本《續幽怪錄》四卷二十三事之分卷爲例，稍多於《新唐志》所著錄之卷數（五卷），然稽之《南部新書》與《郡齋讀書志》所載之十卷，蓋亦亡其半矣。

第四節　成書年代考

《續玄怪錄》大部分篇章皆注明年代，此雖於小說之藝術價值無補，唯就作品本身之考證而言，則有莫大之方便。今欲考證《續錄》之寫作與成書年代，由於作者之生平資料不足，仍須借重各篇之附記，及其所標示之年代。茲先引錄有關原書纂錄年代或撰述經過之資料如下：

1. 〈尼妙寂〉篇

   「太和庚戌歲（四年）……錄怪之日，遂纂於此焉。」

2. 〈梁革〉篇

   「其年（太和六年）秋，友人高損之……命余纂錄耳。」

3. 〈驢言〉篇

   「元和十二年秋……故備書之。」

4. 〈辛公平上仙〉篇

   「元和初，李生疇昔宰彭城……得以詳聞，故書其實。」

5. 〈錢方義〉篇

   「太和二年秋……故及斯事，得以備書焉。」

卞孝萱氏曾根據〈驢言〉、〈梁革〉二篇之附記，以爲：「元和時，他編寫了一批故事；太和時，又編寫了一批故事。元和時所編寫者，大概是五卷本；太和時所編寫增補者，大概是十卷本。」（《江海學刊》十期，頁 47）卞氏此說極有可能，蓋其

書陸續撰寫，元和時或已略具規模；且李復言之友朋輩殆亦皆知其有此錄怪之作，故至太和時高損之命其纂錄，謂命其將〈梁革〉篇之故事，錄入其原有之書中也。又如〈尼妙寂〉篇，其得知此故事之時代爲太和四年，而錄怪之日，則晚於此，《南部新書》謂李景讓典貢年（開成五年）李復言以「《纂異記》一部十卷」投卷，開成與太和年代相接，此時十卷本之《續錄》殆已接近完成；其後，又補充〈李紳〉、〈麒麟客〉二篇，其年代約在大中初，爲《續錄》諸篇中最晚之作，再後，則停筆而未有他作矣。

第二章　內容探究

第一節　題材探索

一、唐傳奇之題材淺探

魯迅《中國小說史略》云：

> 傳奇者流，源蓋出於志怪，然施之藻繪，擴其波瀾，故所成就乃特異，
> 其間雖亦或託諷喻以紓牢愁，談禍福以寓懲勸，而大歸則究在文采與意
> 想。（頁 76）

然唐傳奇雖源於志怪，並未爲志怪所牢籠，故其取材，除繼承六朝以來搜奇錄異之
傳統，亦採用當時許多愛情故事或豪俠事迹。此外，佛經與變文，於唐傳奇之發展
亦頗具影響。尉天聰氏〈唐代小說題材之演變與作家之派別〉一文之結論云：

> 唐人小說的內容，有的得自印度等地的傳說，如〈杜子春〉、〈白猿
> 記〉。有的雖本是中國題材，却因佛經及俗講的流行而擴大其體，如〈紅
> 線〉、〈長恨傳〉等便是。有的作品表現的思想由佛書及俗講得來，如〈枕
> 中記傳〉、〈南柯太守傳〉等，眞可說是不一而足。（《中國古典小說研究》
> 頁 62）

祝秀俠氏《唐代傳奇研究》一書，除研究唐傳奇成長之因素外，另又就唐代傳奇與
戀愛故事、俠義故事、神怪故事、史外逸聞故事、娼妓故事、商賈故事等，分別加
以論述。由此亦可知唐傳奇取材之廣泛，且與社會現實極貼切，就此現象而言，其
與六朝之志怪小說，固已大異其趣矣。

孟瑤女士《中國小說史》一書論及唐傳奇之特徵時，以爲：

> 唐代傳奇，是作家們「有意爲小說」，不覺在取材上自然的擴展了範

圍，前朝所遺留下來搜奇志怪的風格固然被保存；由於社會、政治的動盪
不安所引起人民的痛苦，也普遍地被傳述，甚至於前人所諱言的男女間的
私情，更有人大膽的予以取錄。這些素材落到第一流的文人手裏，加上個
人思想、感情與才華的揉合，不僅使它能反映整個時代的現實風貌，而且
多少震人心魄，屬於真正人心的悲歡離合與喜怒哀樂，也都能躍然紙上，
變成一種引人入勝的文體，贏得大眾的喜愛與共鳴。（頁 68）

故知唐傳奇之成就，除寫作技巧之進步外，更在其取材能與現實生活結合，反映時
代與人生，能成為真正有血有肉之活文學，而非文人之遊戲筆墨，此方為其不朽處。
至於宋後之傳奇小說，已至末流，魯迅謂「後來流派，乃亦不昌，但有演述，或者
模擬而已。」（《中國小說略史》頁 103），又批評徐鉉之《稽神錄》云：

> 其文平實簡率，既失六朝志怪之古質，復無唐人傳奇之纏綿，當宋之
> 初，志怪又欲以「可信」見長，而此道於是不復振也。

此言雖為徐書而發，實已切中宋代傳奇之弊。然此特就其敘事之文筆而言耳，實則
宋後傳奇所以不昌，亦題材之限制使然也，故孟瑤女士謂：

> 唐傳奇多取材身邊近事，故寫來親切；宋傳奇多取古事，常過分冷靜
> 並含教訓，故不能感人。（《中國小說史》頁 129）

二、《續玄怪錄》之取材探索

《續玄怪錄》，顧名思義，為一志怪小說，內容不出搜奇志異之範圍。或將唐人
傳奇分為神怪類、俠義類與愛情類〔註 1〕，則《續錄》於俠義類已為僅見，於愛情
類更全付闕如矣。

《續錄》雖屬志怪，其內容與漢魏六朝小說之關係亦極為密切，然其取材之深
度與廣度，超出前人甚多，固非早期小說可比，即作為其摹仿對象之牛氏《玄怪錄》，
恐亦相形遜色。

學者以為影響搜奇志怪小說最大者，為漢代以前之《山海經》與《穆天子傳》
二書，劉葉秋〈魏晉南北朝志怪小說簡論〉一文云：

> 先秦古籍的神話傳說，近於小說家言的野史（如《吳越春秋》、《蜀王
> 本紀》）……正是魏晉志怪小說的先驅。……但直接影響志怪小說的，還
> 是先秦古籍中的《山海經》和《穆天子傳》。〔註2〕

〔註 1〕如孟瑤、郭箴一、范煙橋、秦孟瀟、譚正璧等諸本小說史皆是也，其中俠義或作豪俠，
　　　　神怪或作怪異。
〔註 2〕收入上海中華書局《古典小說論叢》。

孟瑤《中國小說史》更進一步云：

> 一類專記絕域殊方的山川物產的，是《山海經》的流派，衍成後來的
> 雜錄類；一類專記神仙靈異之跡的，是《穆天子傳》的流派，衍成後來的
> 志怪類。（頁8）

王瑤著〈小說與方術〉一文，則以爲小說即方士「誇大之語」。方術之發展，後來成爲道教，道教所持，仍爲方術，故無論道士或方士，「藉著時間空間的隔膜和一些固有的傳說，援引荒漠之世，稱道絕域之外，以吉凶休咎來感召人……這便是所謂小說家言。」〔註3〕。所謂方術，依王瑤氏之解釋，實即通於鬼神之術。而方士之種類，不外（一）前知吉凶；（二）醫療疾病；（三）地理博物之學。三者實亦相通，山川土地爲神仙之居處，珍寶異物爲神仙之用物，前知吉凶與治療疾病爲通於神仙、役使鬼神之結果。

《漢書・郊祀志》載谷永諫漢成帝之言，謂：

> 世有僊人服食不終之藥，遙興輕舉，登遐倒景，覽觀玄圃，浮游蓬萊。
> 耕耘五德，朝種暮穫，與山石無極。黃冶變化，堅冰淖溺，（晉灼註云：
> 方士詐以藥石，若陷冰丸，投之冰上，冰即消液，因假爲神仙道使然也。）
> 化色五倉之術（李奇註：思身中有五色，腹中有五倉神，五色存則不死，
> 五倉存則不饑）。（《漢書》卷25下）

傅勤家氏云：

> 谷永數言，已將道教中金丹、存思、服食、變化諸方術，包蘊無餘。
> 亦道教承繼方士之證也。（《中國道教史》頁130）

道教繼承方術，成爲當時社會各階層人士心靈之寄託，其長生成仙之理想、服食煉丹等修養，以及道士之法術神迹等，皆成爲志怪小說之取材對象。

東漢末年，佛教傳入中土，即逐漸爲一般民眾所接受，即部分士大夫階級，亦相信其說。此一現象，不特刺激道教本身之發展，且使當時之文學藝術，無論形式或內容，均大爲豐富充實。於是，佛經中之地獄、龍宮、輪迴觀念等，爲志怪小說所大量採用，於我國小說之發展，頗具影響。〔註4〕

魯迅《中國小說史略》云：

> 中國本信巫，秦漢以來，神仙之說盛行，漢末又大暢巫風，而鬼道愈
> 熾，會小乘佛教亦入中土，漸爲流傳。凡此，皆張皇鬼神，稱道靈異，故

〔註3〕〈小說與方術〉，收入王氏《中古文學史論》第一冊，〈中古文學思想〉部分。
〔註4〕可參考張曼濤編《佛教與中國文學》一書，收有關佛教與文學之論文凡二十五篇，其中大部分討論佛教與小說發展之關係。

自晉訖隋，特多鬼神志怪之書。（註頁 47）

《續玄怪錄》即繼承此一傳統，而爲之發揚光大。其取材，部分採用六朝小說，而加以演述；或直接援引佛道故實，而加以變化；或記錄當時流傳之奇聞異說，而鋪展成篇。今即就此三方面，討論《續玄怪錄》之取材於后：

（一）取材或本於六朝小說者

1. 〈李岳州〉篇

本篇言李俊賂冥吏而上榜。

按幽明兩界，本無相通之理，其能通於鬼神者，但爲巫祝，即後來之方士之流。然鬼神之說，本起於先民敬畏之心，爲想像之產物，通鬼通神，固未必爲術士之專利也；特爲術士所利用，以達其干求利祿之目的，如《史記・封禪書》所載李少君、少翁、欒大等輩是也，其後少君病故，少翁、欒大因術敗見殺，而武帝仍不能悟，此固帝王貪生畏死之心，亦可見其術之惑人也。《後漢書・方術傳》載許峻自云：「嘗篤病，三年不愈，乃謁泰山請命」，泰山爲古代傳說中人死魂魄之歸處，其統治者爲泰山神，易言之，亦可稱鬼王。許峻自稱謁泰山請命，可見人壽之多寡可與鬼王商量矣，唯文中並未言請命之結果如何。《搜神後記》卷四，載襄陽李除死而復返，搏其婦臂上之金釧，復入幽冥賂鬼，而後得活，謂「爲吏（冥吏）將去，比伴甚多，見有行貨（賂）得免者，乃許吏金釧。」是則雖屬六朝小說中流行之「再生」故事，然因行貨賂而免於死，其事甚奇，與術士之通鬼神亦大異其趣。〈李岳州〉篇雖未必有取於此，因其與賂冥吏有關，故特爲標出。

又如《晉書・魯褒傳》載〈錢神論〉云：「有錢可使鬼，而況於人乎？」；《太平御覽》卷三十六杜恕「體論」云：「可以使鬼者，錢也；可以使神者，誠也。」；《廣記》卷二四三〈張延賞〉條云：「錢至十萬貫，通神矣！無不可回之事。」今俗謂「有錢可使鬼推磨」，其來亦遠矣。

2. 〈蘇州客〉篇

本篇記劉貫詞入龍宮爲龍子傳書之事。

王夢鷗先生謂：「按此文似有取於〈柳毅傳〉。柳毅傳書故事，云出於唐高宗儀鳳年間，而此自記唐代大歷間事，年代相去懸殊，則此文之爲仿作以充行卷者，當是也。」（《唐人小說研究》四集，頁 33）

按：王說固有可能，但〈蘇州客〉必然同時承受了其他影響，此類故事，本來自印度；柳毅爲替龍女傳書，此文亦提及龍女，霍世休〈唐代傳奇文與印度故事〉一文云：「龍女，不消說，並不是中國道地的土產，而是外國（印度）的洋貨。佛經

裏關於這類的故事，便不知該有多少。」〔註5〕，臺靜農先生〈佛教故實與中國小說〉一文，對佛書中龍的故事對於唐人傳奇的影響，有詳細討論，關於此篇取材之涉及佛書故事部分，詳見下文。此處必須一提者，此類傳書故事，〈柳毅傳〉並非第一篇，六朝小說中已數見，如《廣記》卷三百七十五引《列異傳》〈蔡支〉條，載蔡支爲火山神致書於其外孫（天帝）。又《廣記》卷三百十八引《志怪》〈張禹〉條，亦載張禹爲亡人傳語事。又《搜神記》卷四，亦載泰山府君託胡母班致書河伯，曰：「扣舟呼青衣，當自有取書者。」凡此，皆可爲此類故事之遠祖。此外，〈蘇州客〉篇既不見有詩筆議論，未必合於行卷之條件。

又據錢鍾書氏之考證，《水經注》卷十九「渭水」引《春秋後傳》華山君託鄭容以書致鄗池君，「過鄗池，見大梓下有文石，取以款列梓，當有應者。」又卷三八「秦水」有使自洛還，忽一人託寄書，謂家在觀歧渚前，「石間懸籐……但叩籐自當有人取之。」（《廣記》卷二九一「觀亭水神」出《南越志》即此）。（見錢鍾書《管錐篇》頁 806）以上錢氏所引，與本篇「龍子託寄書，曰：『家在渭橋下，合眼叩橋柱，當有應者』」大同小異，《續玄怪錄》作者李復言撰寫此文，極有可能受此類記載之影響。

3.〈錢方義〉篇

本篇載方義如廁，見廁鬼郭登，求爲寫《金剛經》之事。

按《搜神記》卷九，載庾亮登廁，忽見廁中一物，如「方相」，兩眼盡赤，身有光耀，漸漸從土中出。與本篇「夜如廁……忽見蓬頭青衣者，長數尺來逼」略爲類似。又由於文中述及《金剛經》之神力，夢鷗先生以此證李復言佞佛，其說已見前章。此篇之思想固近佛家，《宣驗記》、《冥祥記》載此類故事極多，如《廣記》卷一百十二「史世光」（出《冥祥記》）條，有「會僧轉經，當稍免脫」之語；又《廣記》卷一百十二，「董吉」（出《冥祥記》）條，亦云：「轉《首楞嚴經》，百餘日中，寂然無聞，民害稍止」。又如《法苑珠林》卷十七載晉沙門竺法純、沙門釋開達、潘道秀等人遇災厄時，一心念誦《觀世音經》，遂得免脫之事，不勝枚舉。然廁鬼要求轉經，從而得遷陟他職，其事不見於前人故事；李復言撰寫此篇雖取材於佛經度災解厄之通俗傳說，然並未落入俗套，文中亦無宣教意味，實與前朝故事之性質頗異其趣也。

4.〈竇玉妻〉篇

本篇言竇玉娶得鬼妻之故事。

按娶鬼爲妻之事，六朝小說亦爲常見，如魯迅《古小說勾沈》所輯《孔氏志怪》

〈盧充〉條，即載盧充娶鬼妻，且生兒與常人無異之故事；又如《廣記》卷三百十六引《列異傳》〈談生〉條等皆是。此篇與下文將敘及之〈唐儉〉、〈張老〉等篇，皆類似於異類之結合，李豐楙先生云：「凡異類婚姻，諸如人鬼之戀、人妖之戀，未嘗不能解釋爲以象徵方式滿足其壓抑的願望，佛洛伊德『遂願說』（wish-fulfillment），實可解說此種心理狀態。」〔註6〕考本篇內容，實近此說。

5. 〈張庾〉篇

本篇言張庾於月下見青衣數輩引少女七八人至院中飲宴，張投以搘床石始散去，逐之，得一白角盞，後親朋傳視，忽墮地不見。

王夢鷗先生云：「按此談妖說鬼之文，唐人多有，以較牛撰〈元無有〉篇之別有託意者不同。」（《唐人小說研究》四集，頁33）按此類志怪文，尚保留濃厚之六朝小說傳統，與《搜神記》卷十八所載：飾䀉、金、銀、錢、杵及各種動物之精怪，爲同一類型，牛氏〈元無有〉取材於此類篇章之痕迹甚爲明顯，唯〈元無有〉篇寓諷刺意味，故性質稍異。李豐楙先生〈六朝精怪傳說與道教法術思想〉一文，歸納此類精怪爲動物、禽鳥、植物、玉石、及其他如昆蟲精怪等類型。此篇所言之「白角盞」能「墮地不見」，當屬「玉石精怪」類，李先生云：「精怪類型中以此一無生命物最爲美麗，而較少警怖、詭異及淫邪的妖魔性格。」〔註7〕

6. 〈張逢〉篇

本篇載張逢化虎食人之故事。

按人類化虎之傳說，所由來遠矣，《抱朴子》載虎壽千歲，滿五百歲者其毛色白；《後漢書》卷一一六載「廩君死，魂魄世爲白虎。」；《搜神記》卷十二載「江漢之域，有『貙人』，其先，廩君之苗裔也，能化爲虎。」；《博物志》卷六載「江陵有猛人，能化爲虎。俗又曰虎化爲人，好著紫葛衣，足無踵。」；《海錄碎事》卷十二引《述異記》，謂「漢宣城大守封邵忽化爲虎，食郡民，民呼曰封使君，因去不復來。時語曰：無作封使君，生不治民死食民。」此類化虎故事中，與〈張逢〉篇最爲類似，極可能即爲李復言所依據者，則爲《廣記》卷四百二十六引《齊諧記》〈師道宣〉條，茲錄其全文如下：

> 太元元年，江夏郡安錄縣薛道詢（依《御覽》卷八百八十八，《廣記》作師道宣）年二十二。少年了了，忽得時行病，差後發狂，百治救不瘥。
> 乃服散狂走猶多劇，忽失蹤跡，遂變作虎，食人不可復數。後有一女子，

〔註6〕 見〈六朝仙境傳說與道教之關係〉，載《中外文學》八卷八期。
〔註7〕 本篇收入靜宜中國古典小說研究中心編《中國古典小說研究專集》3。

樹下採桑，虎往取食之，食竟，乃藏其釵釧著山石間；後還作人，皆知取
之。經一年還家，復為人。遂出都仕官，為殿中令史。夜共人語，忽道天
地變怪之事，道詢自云：「吾昔曾得病發狂，化作虎，噉人一年。」中間
道其處所姓名。其同坐人，或有食其父子兄弟者，於是號哭，捉以付官。
遂餓死建康獄中。（依魯迅《古小說鉤沈》本）

文中化虎食人，復為人，夜共人語自道其事，為仇家所追等諸情節，與〈張逢〉篇
幾無一不合。又唐傳奇中，此類故事尚見於張讀《宣室志》載李徵事（《廣記》卷四
二七）、皇甫氏《原化記》載南陽士人事（《廣記》卷四三二）。《南部新書》云：「薛
偉化魚，魂遊爾；唯李徵化虎，身為之，吁可悲也。」則似李徵化虎事較為有名也。

　　李豐楙先生謂：「至於人化為虎，大多強調其發狂變性；《抱朴子・論仙篇》舉
『午哀成虎』為例，為遍見於秦漢載籍的變化傳說，《淮南子》、《論衡》以至曹植〈辯
道論〉等都載其變化形體又狂亂本性，為流傳極廣的變化傳說。」（〈六朝精怪傳說
與道教法術思想〉），此種變化傳說，流傳至唐代猶未歇止，遂成為唐代志怪傳奇之
熱門題材。

7.　〈定婚店〉篇

　　篇中載「老人檢書，韋固不識其字，因問曰：『固少小苦學，字書無不識者，西
國梵字亦能讀之，唯此書目所未覩，如何？』老人曰：『此非世間書，……幽冥之言。』」
《廣記》卷三二二引《幽明錄》「王矩」條，使者曰：「身是鬼，見使來詣君」，矩索
文書看，使者曰：「君必不解天上書。」又卷三一九引王隱《晉書》「蘇韶」條，謂
其子節曰：「死者書與生者異」，因作字，「像胡書也」。卷三二一「郭翻」條（無出
處），亦謂兒書「皆橫行，似胡書」，曰：「此是鬼書，人莫能識。」錢鍾書云：「皆
言鬼書不可識，如元好問『論詩絕句』所嘲『真書不入今人眼，兒輩從教鬼畫符』」
（《管錐篇》頁 781），唯《續錄》〈李岳州〉篇載李俊遇「冥吏之送進士名者」，示
以「送堂之牓」，李俊視之，無名，因垂泣；是冥牓之文字可識，與此處所言有殊。

　　篇中又載老人曰：「主天下婚牘，巾囊中有赤繩子以繫夫婦之足。」《廣記》卷
三二八引《廣異記》「閻庚」條，謂地曹主婚姻，「絆男女腳」，袋中有細繩。按《廣
異記》，唐戴孚所撰，孚為至德二年進士，年輩長於復言甚多，〈定婚店〉之作，或
受其影響，此篇主在說明婚姻命定之觀念，此種觀念，亦見於六朝小說，如《廣記》
卷三百二十二引《幽明錄》載馬仲叔死後為至友王志都致一婦，婦曰：「天應令我為
君妻。」唯「赤繩繫足」，不見於六朝小說，不知其說是否別有所本。

8.　〈葉令女〉篇

　　此文與〈定婚店〉皆作婚姻命定之論，唯其取材受前引《幽明錄》「王志都」條

之影響，痕迹甚爲明顯。篇中載盧造女原許鄭元方，後絕音訊，改配韋子，親迎之夕，虎送女於元方處，女謂：「以君之絕耗也，將嫁韋氏，天命難改，虎送歸君。」與「王志都」條，婦曰：「我河南人，父爲清河太守，臨當見嫁，不知何由，忽然在此」……「天應令我爲君妻。」甚爲類似。

9. 〈驢言〉篇

篇中言前生負債，今生爲驢以償之事，可能受以下二條之影響：

（1）《廣記》卷一百〇九引《幽明錄》「趙泰」條，云：「偷盜者作豬羊……抵債者爲驢馬牛鱉之屬。」（《廣記》卷三百七十七引《冥祥記》同，亦題「趙泰」）今俗謂「大恩大德，來生作驢作馬以報」意亦與此同。

（2）驢之抵債，其數有定，故謂張高子曰：「吾不負汝，汝不當騎我，汝強騎我，我亦騎汝。」其所負張高者，僅餘一縜半，故囑轉賣王胡子，正得此數。《御覽》卷九百引《宣驗記》載：「天竺有僧，養二□牛，日得三升乳。有一人乞乳，牛曰：『我前生爲奴，偷法食，今生以乳饋之。所給有限，不可分外得也。』」雖一爲驢言，一爲牛言，所言其實無殊也。

10. 〈張質〉篇

本篇載冥吏誤錄同名，其內容與《冥祥記》所載王四娘故事頗爲類似（《法苑珠林》卷九一，《古小說鉤沉》頁528）。該文謂有二人錄王氏將去，途中遇一沙門，乃罵此二人曰：「汝誤錄人來，各鞭四十餘，此四娘女郎可去。」與本篇判官曰：「姓名偶同，遂不審勘。錯行文牒，追擾平民，……本典決十下，改追正身。」意思正同。

11. 〈木工蔡榮〉篇

本篇記「代死」之事，此事亦爲六朝小說所習見，如《廣記》卷三百二十一引《甄異傳》「張闓」條；卷三百八十引《幽明錄》「索盧眞」條等皆是也。

12. 〈李衛公靖〉篇

本篇所載龍宮事，與〈蘇州客〉篇同爲受佛經影響者，俱詳下一小節。唯篇末以取奴作爲預言之事，頗受六朝故事影響，如《廣記》卷三百八十三引《錄異傳》「賀瑀」條，載瑀爲吏將上天見府，先入曲房，架上有印及劍，瑀取劍，吏曰：「恨不得印，可以驅策百神。今得劍，惟使社公耳。」《搜神記》卷十五所載同；又《搜神記》卷八載陳倉人道逢二童子，人謂「彼二童子，名爲陳寶，得雄者王，得雌者伯。」皆與此篇李靖取怒奴而不取悅奴，後但爲將而終不及於相之事相類。

13. 〈杜子春〉篇

本篇之架構主要取材於《大唐西域記》〈烈士池〉故事；此外，又運用佛教所

構想之地獄酷刑，此二者皆詳下一小節。另文中有撲殺兒子，以試道念堅否之情節，錢鍾書氏謂「葛洪書中早有，如《廣記》卷十二〈薊子訓〉（出《神仙傳》）：『見比屋抱嬰兒，訓求抱，失手墮地，兒即死。』西方中世紀苦行僧侶試其徒，亦或命之拋所生呱呱赤子於深沼中（to cast their infant into a deep pond）。」（《管錐篇》頁655）

14. 〈張老〉篇

本篇載灌園叟張老娶韋恕女，歸隱於王屋山，後女兄訪之，乃知張本仙人。先是韋嫌張身份低，至此反賴張老之濟助。汪辟疆謂：「〈杜子春〉一篇，意在斷絕七情；此文極言仙凡之別。皆受佛道思想所薰化者也。」（《唐人小說》頁238）然篇中亦頗採用六朝仙境故事之傳統題材，如女兒之訪張老，其進入仙境、離去後之復返，皆與六朝之仙遊故事結構相同，尤以再訪時「到即千山萬水，不復有路」云云，最為明顯。《搜神後記》卷一載劉麟之誤入仙鄉，還家後，「欲更尋索，不復知處矣」；以及〈桃花源記〉篇末「既出，得其船，便扶向路，處處誌之……尋向所誌，不復得焉。」皆為此類故事之基型結構。日人小川環樹〈中國魏晉以後的仙鄉故事〉〔註8〕一文，歸納五十一篇仙鄉故事具有之共通要點為八項，其第八項「再歸與不能回歸」結論為：「一旦從仙鄉回到人界來的人是否能再一次的到仙鄉去呢？大部分的是：日後再尋找仙鄉而不達目的。」

篇中又謂「此地神仙之府，非俗人得遊，以兄宿命，合得到此。」按〈裴諶〉篇：「今日之會，誠再難得，亦夫人宿命，乃得暫遊」，又〈麒麟客〉篇亦云：「此乃仙居，非世人之所到，以君宿緣，合一到此。」李豐楙先生謂：「道教洞天說以洞穴等門戶，具有秘傳性，其奇特的說辭即為機緣、或宿命，因為偶然的機遇、巧入、或誤入，道教理論以此解說成仙非人人可至的難題。」（〈六朝仙境傳說與道教之關係〉）此三篇雖不言以洞穴為門戶，然其以宿命乃得進入，當即承此傳統。

15. 〈韋氏子〉篇

本篇載韋氏長安復甦道地獄事，屬於六朝流傳之「冥界遊行」傳說，六朝小說《冥祥記》、《幽明錄》、《宣驗記》等，載此類故事甚多。

16. 〈房杜二相國〉篇

本篇言房杜徵時，遇冥吏相呼，應對之間，洩露天機，謂二人為宰相，後果應驗。此種由冥吏問答而洩露天機之預言式結構，與《搜神記》卷九載「魏舒……

〔註8〕張桐生譯自小川環樹《中國小說史の研究》第九章，原載《幼獅月刊》四十卷五期，收入幼獅《中國古典小說論集》第一輯。

嘗詣野王，主人妻夜產，俄而聞車馬之聲，相問曰：『男也？女也？』曰：『男』，書之。『十五以兵死。』復問：『寢者為誰？』曰：『魏公舒』……舒自知當為公矣。」機杼正同。

17.〈唐儉〉篇

篇中所載唐儉親與之二異事：其一，儉誤入婦人墓穴，見其為夫將來迎而忙碌；其二，見二士人領徒發故殯，棺中男女之一履竟互易所在。此二事蓋皆脫胎於六朝故事，前者入於婦人墓穴事，最有名者如《搜神記》卷十六，載辛道度誤入秦王女墓中，後封為駙馬事。此類題材，至清蒲氏之《聊齋誌異》集其大成，如卷二「巧娘」條，竟以墓穴為家矣。後者與《搜神後記》卷四載李仲文喪妻後，有張子長者得一女相就，遂為夫妻。後仲文遣婢視女墓，因入廂中，「見此女一隻履在子長床下。」發棺視之「右腳有履，左腳無也」，頗為類似。

（二）取材或本於佛教故事者

1. 佛教地獄說

根據臺靜農先生之考證〔註9〕，佛教地獄說於西元二世紀初已流入中國，此乃由於《開元釋教錄》卷一「總錄，後漢」著錄：

> 《問地獄事經》一卷，見《朱士行漢錄》及《高僧傳》

右一部一卷（本闕）沙門康巨（或作臣），西域人，心存遊化，志在弘宣，以靈帝中平四年（187）丁卯於洛陽譯《問地獄經》，言直理詣，不加潤飾。

佛教地獄說於漢末流入中國，至南朝時大為盛行，影響文學藝術極大。然而地獄觀念雖是外來，我國却早有「幽都」之構想，《楚辭》〈招魂〉云：

> 魂兮歸來，君無下此幽都些。土伯九約，其角䜔䜔些；敦脄血拇，逐
> 人駓駓些；參目虎首，其身若牛些；此皆甘人，歸來恐自遺災些。

王逸注：「幽都，地下后土所治也，地下幽冥，故稱幽都。」又「土伯，后土之侯伯也。」臺靜農先生以為「幽都的封建王，都不是人類的形相；他雖以人肉為美食，却沒有對於人的善惡價值有所估量，所以說這種早在紀元前兩三世紀幽都說，與佛教的地獄說是不同的。」

又顧炎武《日知錄》「泰山治鬼」條云：

> 自（漢）哀平之際，而讖緯之書出，然後有如《遁甲開山圖》所云：
> 「泰山在左，亢父在右，亢父知生，泰山主死。」《博物志》所云：「泰山

〔註9〕臺靜農先生〈佛教故實與中國小說〉原載香港《東方文化》十三卷一期，後輯入羅聯添先生編《中國文學史論文選集》（三），又《現代佛教學術叢刊》十九集《佛教與中國文學》（大乘文化出版社，張曼濤編）亦採入。

> 一曰天孫，言爲天帝之孫，主召人魂魄，知生命之長短者。」……《三國
> 志‧管輅傳》：謂其弟辰曰：「但恐至泰山治鬼，不得治生人如何？」而〈古
> 辭怨詩行〉云：「齊度遊四方，各繫泰山錄，人間樂未央，忽然歸東嶽。」……
> 然則鬼神論之興，其在東京之世乎？（《日知錄》卷三十）

臺靜農先生以爲：「證以顧炎武『泰山治鬼』條所引魏晉人說，魏晉人只知泰山是鬼
世界，却沒有悲苦的地獄觀。」又舉《列異記》、《搜神記》二書爲證，以爲魏晉文
士雖列異搜神，却未嘗接受佛教之地獄說。此外，王琰爲佛教徒，其《冥祥記》對
於地獄主仍用太山府君，而非閻羅王，故臺先生之結論爲：

> 是知六朝時代，佛教雖已盛行，而佛教的地獄說，却沒有被當時搜神
> 志怪的小說家普遍運用。

至於唐代，臺先生又謂：

> 李唐文學雖多傳奇，到了中晚唐之際始有以地獄爲題材的；足見從六
> 朝至唐，有修養的文人，都不願接受外來的地獄說。

又謂：

> 有修養的文士所寫的傳奇，以地府爲題材的，不特時間晚，而且不多；
> 現在所能看到較早作品，大概只有牛僧孺的《玄怪錄》中的〈崔紹〉。

按〈崔紹〉篇經王夢鷗先生之考證，當屬《河東記》〔註10〕，則時代更在《續玄怪
錄》之後。若然，則運用佛教地獄說較早而極爲成功者，當推李復言。

《續玄怪錄》採用地獄題材者共三篇，其中〈張質〉篇言地府冥官誤勘生人事，
〈韋氏子〉篇載病篤復甦言地獄事；此二篇猶爲六朝傳統，未詳述地獄情況，亦未
提及閻羅王。至〈杜子春〉篇則不然，除極力描寫地獄之苦，亦有「斬訖，魂魄被
引見閻王」之語，佛教地獄說之爲小說採用，當首見於此。臺靜農先生以爲〈杜子
春〉篇之運用地獄說頗爲成功，謂：

> 妙者他運用了佛教所構想的地獄酷刑，作爲令人恐懼的對象。而運用
> 自然，使讀者毫不感覺他是從佛教的地獄說中吸取來的資料。

2. 佛教經典中有關龍之故事

臺靜農先生云：

> 古人對於龍的觀念，上者變化無常，是人類德性的象徵；下者同一般
> 動物一樣。古人並沒有將牠塑造成人類一樣的有智慧有情感，也就是說，
> 古人儘管崇拜龍，却未曾構想出龍的生活來。將牠看作高貴的靈物……。

〔註10〕《唐人小說研究》，頁12，〈玄怪錄及其後繼作品辨略〉上。

> 佛經中的龍，牠是釋迦佛的弟子之列，牠的生活、威力、靈異，不特同於
> 人類，並且超乎人類，這也是中國文學取爲題材的原因。所以中國文學中
> 的龍，是外來的，不是舊有的。〔註11〕

唐傳奇取材於印度龍之故事最有名者，自當首推李朝威之〈柳毅傳〉，由此而發展出一系列「龍宮文學」，如唐末有《靈應傳》（《廣記》卷四百九十二，未注出處），元尚仲賢更演爲《柳毅傳書》雜劇，又元曲中有李好古之《張生煮海》，清李漁十種曲之《蜃中樓》，皆爲有本於〈柳毅傳〉者。此外，《聊齋誌異》之〈織成〉篇，竟直云：「聞洞君爲柳氏，臣亦柳氏，昔洞庭落第，今臣亦落第，洞庭遇龍女而仙，今臣醉戲一姬而死，何幸不幸之懸殊也？」亦可知此類故事之盛傳矣。《續玄怪錄》之〈蘇州客〉篇，實亦同類之故事，唯主角劉貫詞先遇龍子，後入龍宮，始見龍女，與〈柳毅傳〉異。且同爲傳書入龍宮之故事，但此處絕不言男女之情，而喜言靈異奇怪之事，此爲李復言書之一大特色。

又按祝秀俠氏以爲：

> 至於胡商番客，由於唐代交通暢盛，和政府的優容，他們也大都富
> 有，……〈蘇州客〉中的劉貫詞，將罽賓國鎮國椀售與胡客事，便可爲例。

（《唐代傳奇研究》頁135）

此處實爲祝氏之附會，劉貫詞售椀與胡客，原爲故事之需要，籍此歸還鎮國椀，以達龍子回返龍宮之目的，與商業無關。至於此椀之售與胡客，另有原因，臺靜農先生曾歸納唐人以明珠爲題材之小說除〈柳毅〉外，尚有九篇，此九篇之共同特色爲「凡能鑑識珠寶價值者皆是胡人」。究其原因，蓋以此類珍寶原來自西土異國，如此篇龍子所盜者，即印度罽賓國之鎮國椀，能鑑識之者自當爲「胡商番客」，而非中土人士。

臺靜農先生又謂：

> 又龍宮多珍寶，佛書中時常言及，龍宮所以多寶，由於世間寶物多在
> 海中之故。《經律異論》第三引《海八德經》云：佛告沙門，海有八德，
> 如「海含眾寶，靡所不包」是一德；「海懷眾珍，無求不得」又是一德；
> 此佛所謂八德，珍寶竟居其二，這都是龍王的財富。以故中國小說，凡以
> 龍王爲題材的，必涉及龍宮的寶物。

〈蘇州客〉篇亦不例外，鎮國椀原非龍宮故物，龍子竟偷盜爲己有，龍族子孫之愛好珍寶可知。

〔註11〕同註9，《中國文學史論文選集》（三），頁1206。

　　印度龍之故事爲唐傳奇所取材之另一名篇，即《續玄怪錄》之〈李衛公靖行雨〉篇。

　　在中國早期神話中，行雨者爲雨師，與龍無關。如《列仙傳》卷上載：

　　　　赤松子者，神農時雨師也。

《韓非子》〈十過〉篇謂：

　　　　蚩尤居前，風伯進掃，雨師灑道。

另《淮南子》〈說林〉篇雖有「土龍行雨」一語，但無故事性，臺靜農先生以爲此「僅漢人祈雨以土龍爲祭品而已」，故民間知龍能行雨，實在佛教傳入以後。

　　按佛書中說雨有三種，《法苑珠林》卷七降雨部云：

　　　　依《分別功德論》云：雨有三種：一天雨、二龍雨、三阿修羅雨。天
　　　　雨細霧；龍雨甚麤，喜則和潤，瞋則雷電；阿修羅爲共帝釋鬥，亦能降雨，
　　　　麤細不定。

又《經律異相》卷十四畜生部下引《樓炭華嚴經》云：

　　　　娑竭龍王住須彌山北大海底……能隨心降雨，群龍所不能（經山寺本
　　　　無能字）及。

依此，故臺先生以爲「龍的神通或有道行高下之不同」。又謂李靖行雨，雨水貯於瓶中，此瓶名爲龍瓶，並引《宣律師住持感應經記》所載：

　　　　龍瓶內具有功德水，汝若飢渴，當飲此水，能消煩惱，增長菩提。勿
　　　　輕此小瓶，假使四大海水，內此瓶中，猶不能滿。……

謂「李靖行雨的雨器，亦有依據，還是出於佛書，非中土所舊有也。」

　　關於雨水貯瓶中，錢鍾書氏另有考證云：

　　　　「出阿人」（出《幽明錄》）令至遼東行雨，乘露車，中有水，東西灌
　　　　灑。按《廣記》卷三九五「王忠政」（出《唐年小錄》）相類而較詳，則以
　　　　「小項瓶子貯水」；卷三〇四「潁陽里正」（出《廣異記》），卷四一八「李
　　　　靖」（出《續玄怪錄》）亦以瓶中水行雨，又皆欲所居村落沾足而反致水災。
　　　　四則實一事。《茵夢湖》作者又有《司雨娘娘》一篇，寫雨母久眠不醒，
　　　　人間大旱，其神亦以瓶爲法寶（Vergiss nicht den krug），非特瀉瓶降霖，
　　　　而以瓶水啓引井水，俾雲騰致雨耳。（《管錐篇》頁796）

3. 其他佛教故事

　　前述〈杜子春〉篇除採用佛教地獄說外，其故事之架構實來自《大唐西域記》卷七之〈烈士池〉一段故事。《河東記》之〈蕭洞玄〉篇；《傳奇》之〈韋自東〉篇，皆與此同源。《酉陽雜俎》續集卷之四「中岳道士顧玄績」故事亦同，段成式即引《西

域記》比勘，並謂「蓋傳此之誤，遂爲中岳道士」。實則印度外來故事，經改頭換面成爲中土故事，極爲正常，未必爲傳說之誤也。又郭立誠氏〈小乘經典與中國小說戲曲〉一文云：

> 鄭（郭氏以爲〈杜子春〉篇爲鄭還古作）氏文筆流利，描寫生動，諸魔來侵一段，極爲精彩。魔化猛獸惡人，又化親族父母，用各種方法誘之，與《佛本行集經》及《佛本行經》中寫如來初成道時，魔王波旬率其部眾來擾一節，情節相似。不讀《佛本行經》，焉知鄭（李）氏師承有自乎？〔註12〕

又〈延州婦人〉篇載鎖骨菩薩以肉體布施事，張讀《宣室志》卷七「商居士」條云：「昔聞佛氏書言，佛身有舍利骨，菩薩之身有鎖骨」（《廣記》卷一○一亦載）又如前章所引宋葉廷珪《海錄碎事》卷十三所載「釋氏書，昔有賢女馬郎婦於金沙灘上施一切人淫」云云，此二則皆謂佛（釋）書所言，不知有何根據？

另〈麒麟客〉篇，主人曰：「經六七劫，乃證此身；回視委骸，積如山岳；四大海水，半是吾宿世父母妻子別泣之淚。」錢鍾書氏云：

> 按本於釋書輪迴習語，如《佛說大意經》：「我自念前後受身生死壞敗，積其骨過於須彌山，其血流，五河四海未足以喻。」；《大般涅槃經·光明徧照高貴德王菩薩品》第十之二：「一一眾生一劫之中所積身骨，如王舍城毗富羅山。……父母兄弟妻子眷屬命終哭泣，所出目淚，多四大海。」（《篇錐篇》頁 667）

（三）取材於當世史傳逸聞者

1. 故事中人物之見於正史者

（1）〈涼國武公李愬〉篇之李愬，見《新唐書》列傳七九，《舊唐書》列傳八三。

（2）〈薛中丞存誠〉篇之薛存誠，見《新唐書》卷一六二，《舊唐書》卷一五三。

（3）〈盧僕射從史〉篇之盧從史，見《新唐書》列傳一四一，《舊唐書》列傳一三二。

（4）〈李岳州〉篇之包佶，見《新唐書》卷一四九。

（5）〈韋令公皋〉篇之韋皋，見《新唐書》列傳八三，《舊唐書》列傳九十。

（6）〈房杜二相國〉篇之房杜二相，見《新唐書》列傳二十一，《舊唐書》列傳

〔註12〕收入張曼濤編《佛教與中國文學》，頁 169。關於郭氏以〈杜子春〉爲鄭還古作，乃根據明陸楫之《古今說海》；《龍威秘書》因之。然《廣記》題李復言，《類說》歸牛僧孺，皆非各自成卷者，時代在後之《古今說海》自不可信。

十六。

（7）〈梁革〉篇之于傲，見《舊唐書》列傳九十九。

（8）〈李衛公靖〉篇之李靖，見《新唐書》列傳十八，《舊唐書》列傳十七。

（9）〈李紳〉篇之李紳，見《新唐書》列傳一〇六，《舊唐書》列傳一二三。

2. 作者自言故事聞於友人處者

（1）〈辛公平上仙〉篇，聞於公平之子。

（2）〈張質〉篇，親聞張質道其事。

（3）〈錢方義〉篇，聞於方義從兄處。

（4）〈驢言〉篇，聞於張達（主角之東鄰）處。

（5）〈木工蔡榮〉篇，聞於蔡榮之母。

（6）〈梁革〉篇，聞於友人高損之，高命作者纂錄。

（7）〈尼妙寂〉篇，聞於進士沈田處。

3. 故事之盛傳於當世者

〈尼妙寂〉篇，故事之梗概來自李公佐之〈謝小娥傳〉，作者已自言之。汪國垣先生謂：

> 按謝小娥事，在唐人小說中，差爲近實。《新唐書》（二百五）即據此文，採入列女傳，文簡事省，未足以寫小娥也。李復言《續玄怪錄》有〈尼妙寂〉一則，即記此事，而略有異同，皆足與公佐此傳互爲取證也。

此故事一記於李公佐，再記於李復言，宋祁又將之採入正史，其流傳之情形亦可知矣。〔註13〕

〈韋令公皋〉篇載韋皋微時寄食妻家，爲妻父張延賞所厭薄之故事。王夢鷗先生云：

> 唯此事頗富戲劇性，而韋皋又爲貞元一代名臣，故文人筆記多及之者。范攄《雲溪友議》（卷中）〈苗夫人〉篇載此尤詳。又末段所言韋皋用計殺牛雲光一事，與《舊唐書》本傳相同，然二者皆在牛李二書之後，蓋分別各有取於茲篇也。（《唐人小說研究》四集，頁31）

又《南部新書》謂：「韋皋見辱於張延賞，崔圓受薄於李彥允，皆丈人子壻（壻），後韋爲張西川交代，崔殺李，殊死。」（商務《叢書集成初編》本頁 14）可見此事

〔註13〕可參考王夢鷗先生〈謝小娥故事正確性之探討〉一文，在《唐人小說研究》四集，下編。夢鷗先生曾懷疑〈謝小娥傳〉是否確爲李公佐之作品，蓋以此文疑點頗多，且「文筆拙笨」，不似李公佐其他作品之乾淨俐落。然〈尼妙寂〉篇末，作者明言見李公佐所作傳，似不當有此懷疑。

之盛傳當世，至宋代猶有餘聞。

〈張逢〉化虎，〈薛偉〉化魚，此二則故事似亦頗為流行。張讀《宣室志》，皇甫氏《原化記》具載化虎事，已如前述；載乎《廣異記》言張縱化魚被殺，情節亦與〈薛偉〉篇類似。前引《南部新書》所云：「薛偉化魚，魂遊爾，唯李徵化虎，身為之，吁可悲也；婦女化蛇，然亦有之。」亦可作為此類故事盛傳之佐證。此種變形故事，來源甚古，為初民神話所習見，卡西勒《論人》一書曾云：

> 它（初民心靈）的生命觀是一個綜合的觀點，而不是一個分解的觀點。生命不會被分為類和次類，它被感受為一個不斷的連續的全體，不容許任何清楚明晰和截然的分別。不同的領域之間的限制並不是不能超越的障礙，……由一種突然的變形，一切事物可能轉化為一切事物。如果神話世界有任何特色和突出的性格，有任何統治支配它的律則的話，那就是變形的律則了。〔註14〕

我國《山海經》系統之神話，多載此類變形故事，樂蘅軍女士〈中國原始變形神話試探〉一文云：

> 中國古代神話對天地開闢，生命起源，也充分運用變形的原則來表達。它們有的冥想玄遠，構思宏偉，涵泳者近於哲學的思維；有的則觀察現象，揣摩入微，近於前科學的探索。〔註15〕

又謂：

> 就變形神話看，它通過一些變形事件，而呈露若干人生的意義，或藉著變形事件，以觀照生存的真實景況；例如生活中一些基本的處身安危，恐懼和希望，以及對生死的解說等，就是變形神話所表現的最核心的意念。〔註16〕

就初民神話而言，變形實具有恐懼死亡與企求生命不滅之意義。唯時代愈晚，此種意義愈趨式微，至唐人傳奇，此類變形故事僅成為搜奇錄異，或作為作者表現某種思想意念之小說題材而已。

第二節　內容分類

《續玄怪錄》三十三篇中，除〈辛公平上仙〉篇外，其餘《廣記》皆已收錄；

〔註14〕歐因斯特，卡西勒（ Ernst Cassirer ）著《論人》，劉述先生譯，頁93。
〔註15〕《古典小說散論》，頁19。
〔註16〕同前，頁25。

今先就《廣記》一書，觀察《續錄》之分類情形。

1. 女仙類：〈楊恭政〉
2. 夢類：〈涼國公李愬〉、〈薛中丞存誠〉
3. 神仙類：〈麒麟客〉、〈杜子春〉、〈張老〉、〈裴諶〉、〈李紳〉
4. 鬼類：〈盧僕射從史〉、〈李岳州〉、〈張庚〉、〈竇玉妻〉、〈房杜二相國〉、〈錢方義〉、〈唐儉〉、〈馬震〉
5. 再生類：〈張質〉
6. 神類：〈韋令公皋〉、〈木工蔡榮〉
7. 定數類：〈鄭虢州騊夫人〉、〈定婚店〉、〈琴臺子〉
8. 水族類：〈薛偉〉
9. 龍類：〈劉貫詞〉、〈李衛公靖〉
10. 虎類：〈張逢〉、〈葉令女〉
11. 畜獸類：〈驢言〉
12. 醫類：〈梁革〉
13. 釋證類：〈韋氏子〉、〈延州婦人〉
14. 報應類：〈尼妙寂〉

　　《廣記》一書共分九十二大類，中間又分若干目，總約百三十餘細目〔註17〕。類目既多，難免性質不一，編排錯雜，且類目與篇目亦有相混之現象，葉慶炳先生云：

> 例如卷二〇三至二〇五是樂類，下面又分樂、琴、歌、笛等目。琴這一目的第一條文字出自《西京雜記》，引文前面所題篇目是〈璵璠樂〉，這是很有條理的。但在瑟這一目，第一條文字出自「傳記」，前面卻沒有題篇名，於是目名「瑟」就成了這一條的篇名了，這就是類目的名稱與篇名相混的例子。〔註18〕

《續錄》在《廣記》中之分類雖無此一問題發生，然就其所分十四類之類名觀察，已可覺出其體例不一，分類雜亂之現象。如既有「畜獸」類（包括狼、獅、猿等），又別出一「虎」類；既有「神仙」類又有「神」類；此外，有時以故事之主題分類，如〈定婚店〉（定數類），有時又以故事中之異物分類，如〈葉令女〉（虎類），實則二篇皆旨在說明，或印證「婚姻命定」之觀念，皆應歸於定數類。《廣記》之分類既不可全信，又無法由類目中窺知故事之內容與性質，實已失去分類之意義。

〔註17〕見郭伯恭著《宋四大書考》二《太平廣記》部分。
〔註18〕見葉慶炳師著〈有關太平廣記的幾個問題〉一文，收入《中國古典文學研究叢刊小說之部（二）》。

衢州本晁公武《郡齋讀書志》稱《續錄》之內容云：「李復言續僧孺書，分仙術感應三門」，馬端臨《文獻通考・經籍考》照錄晁氏之說，後徐乃昌校補《續錄》，改訂爲「分仙術感應二門」，王夢鷗先生云：

> 變三爲二，實無必要，今以前篇列舉《廣記》所載《玄怪錄》諸文，雖分類稍見瑣碎，但就大體觀之，正屬分「神仙」、「道術」及「感應」之事，晁氏撮要直書，適與《廣記》之分類暗合；且其所言「續僧孺書，分仙術感應三門」者，蓋通二書而爲之說，謂僧孺書之大旨不外於此三門，而李復言續之，亦猶是耳。（《唐人小說研究》四集，頁26）

然而晁氏所分三門，實亦不能涵蓋《玄怪錄》與《續錄》二書之內容，如「鬼類」、「畜獸類」皆既不能入「道術」門，亦與「感應」無關，且道術本爲神仙所行，如〈裴諶〉篇，裴諶成仙後以道術千里外召致王敬伯之妻，此類故事，究應入「神仙」門，亦或「道術」門？《廣記》有「感應」類，但僅二卷（卷一六一～一六二），「感應」實亦不能包含「仙、術」以外之篇章。故無論「二門」或「三門」，晁氏所言之門類皆毫無意義。

今試就《續錄》各篇之性質，分三十三篇爲六大類：

1. 神異類：（包括神仙、女仙、女巫、道術、土地神、菩薩、神醫、謫仙、羅漢等）
   〈楊恭政〉（女仙）、〈涼國公李愬〉（謫仙）、〈薛中丞存誠〉（羅漢）、〈麒麟客〉（神仙）、〈辛公平上仙〉（神仙）、〈杜子春〉（道術）、〈張老〉（神仙）、〈裴諶〉（神仙）、〈李紳〉（神仙）、〈木工蔡榮〉（土地神）、〈延州婦人〉（鏁骨菩薩）、〈梁革〉（神醫）、〈韋令公皋〉（女巫）。

2. 鬼怪類：（包括鬼、地獄、精怪等）
   〈盧僕射從史〉（鬼）、〈李岳州〉（鬼）、〈竇玉妻〉（鬼）、〈房杜二相國〉（鬼）、〈錢方義〉（鬼）、〈唐儉〉（鬼）、〈馬震〉（鬼）、〈張質〉（地獄）、〈張庾〉（精怪）、〈韋氏子〉（地獄）。

3. 定數類：〈鄭虢州騊夫人〉、〈定婚店〉、〈琴臺子〉、〈葉令女〉。

4. 報應類：〈尼妙寂〉、〈驢言〉（因果輪迴）。

5. 變形類：〈張逢〉（化虎）、〈薛偉〉（化魚）。

6. 龍宮類：〈劉貫詞〉、〈李衛公靖〉。

以上分類除「龍宮類」較爲特殊外，其餘類目均爲虛詞（動詞或形容詞），故涵蓋面較廣而且互相平行；且劃分較嚴，如神異類之篇章絕不能入鬼怪類，變形類亦與神術無關，定數與報應意相近而有別。此雖未必爲最確當之分類，然較之《廣記》與《讀書志》，自認有其長處而無其缺點也。

第三節　主題分析

一、《續玄怪錄》與溫卷

（一）溫卷說考述

溫卷一詞，羅聯添先生以爲最早見於柳宗元《柳河東集》卷三十六，〈上權德輿補闕溫卷決進退啓〉一標題中〔註19〕。唯柳宗元並未解說「溫卷」之涵意，首先解釋其義者，爲南宋寧宗時代（1195～1207）之趙彥衛，其《雲麓漫鈔》卷八云：

> 唐之舉人，先藉當時顯人以姓名達之於主司，然後以所業投獻，踰數日又投，謂之溫卷。

此說並無問題，然下文又云：

> 如《幽怪錄》、《傳奇》等皆是也。蓋此等文備眾體，可以見史才、詩筆、議論。

此則或有信之者，如劉申叔（《論文雜記》）、陳寅恪（《元白詩箋證稿》等）、劉開榮（《唐代小說研究》），坊間大多數文學史、小說史，以及有關唐傳奇之各種論著等；亦有斥其非者，則前有吳庚舜（〈關於唐代傳奇繁榮的原因〉）、馮承基（〈論雲麓漫鈔所述傳奇與行卷之關係〉），後有羅聯添先生集其成。

茲先列舉諸家之說於後：

1. 劉申叔說：（《劉申叔先生遺書》第十冊）唐代士人始著傳奇小說，用爲科舉之媒。如《幽怪錄》、《傳奇》是也。……元人以曲戲爲進身之媒，猶之唐人以傳奇小說爲科舉之媒也。

2. 陳寅恪說：（《元白詩箋證稿》頁四）是故唐代貞元元和間之小說，乃是一種新文體，不獨流行當時，復更輾轉爲後來所則效，本與唐代古文同一原起及體製也。唐代舉人以備具眾體之小說之文求知於主司，即與以古文詩什投獻者無異。

3. 劉開榮說：（《唐代小說研究》頁十三～十四）所謂當世顯人者，即文壇上之要人，也是政府裏的顯官。他們的嗜好與主張，自然爲海內千百舉子所鑽研所追逐。……惟中唐時古文運動正風行一時，主司自必都是古文家，韓柳所試驗的小說也必爲一般士子所仿效無疑。如《白香山集》二八〈與元九書〉：「又聞親友親說，吏部舉選人，多以僕私試賦、判、傳爲準的。……」所謂賦即詩筆，判爲議論，傳即史才也。足見當時古文家所操縱的文壇的趨向，

〔註19〕見羅聯添先生〈唐代文學史兩個問題的探討〉，原載《書目季刊》十一卷三期，後輯入《中國文學史論文選集》第三冊。

是敘事文，議論文，及詩詞。為了便於主司「溫卷」節省時間起見，乃盛行作小說。

4. 臺靜農先生說：(《論唐代士風與文學》)〔註20〕投卷者為求所投之行卷不致被充作脂蠟或投入苦海（按此指《唐摭言》所言：公卿之門，卷軸填委，率為闇媼脂燭之費。又：有可嗤者，即投其中，號曰「苦海」。）只有從文體與內容方面下功夫，於是極力避免通常的文體和內容，好使閱者打開卷軸欣然的讀下去，而文體若為傳奇小說，那是最容易引人入勝了。……是「行卷」原為士子的敲門磚，而新體又賴之以產生。

以上諸說可作為肯定傳奇小說之發展與溫卷密切有關之代表。至於反對者，羅聯添先生〈唐代文學史兩個問題的探討〉一文首先歸納吳庚舜〈關於唐代傳奇繁榮的原因〉一文之意見為以下五點結論：

1. 唐代確有溫卷風氣，但舉人投獻的作業僅限於詩文。

2. 唐五代文獻未見舉人投獻傳奇的記載。

3. 從傳奇作品寫作時代觀察，不論單篇或專集都與投獻無關。如張鷟寫〈遊仙窟〉時已是襄樂縣尉。張說寫〈綠衣使者傳〉時，已任宰相。沈既濟寫〈任氏傳〉時，為左拾遺。李公佐寫〈謝小娥傳〉在做洪州判官以後。李復言是德宗貞元年代進士，而五卷本《續玄怪錄》作於憲宗元和時代以後（按此以李復言為李諒，其非已見前章；又以為五卷本《續錄》作於元和以後，雖無大誤，似亦嫌大膽，蓋五卷本早已不傳，今可見唯四卷本耳！）。

4. 《幽怪錄》、《傳奇》皆非舉人投獻的作業。（下略）

5. 唐李肇《國史補》載，盛唐時代崔顥投李邕詩開頭有「十五嫁王昌」一語，即受李邕的斥責。以此為例，知舉人投獻長者的作品必須莊重——投歌功頌德之作或表現某種德行抱負的詩文。——用艷情或怪力亂神的傳奇作為溫卷，未免太冒險。〔註21〕

此外，羅先生又歸納馮承基先生〈論雲麓漫鈔所述傳奇與行卷之關係〉一文之主要論點為二；今仍就馮先生之原文，歸納其說為三：

1. 舉人可以包括進士，趙氏以二者並列，與唐世貢舉之實況不合。

2. 傳奇作者，不乏進士。

3. 傳奇作品，並非出於行卷。蓋傳奇果出於行卷，行卷本緣於貢舉，則應與貢舉相為始終，唐代科舉以天寶以前為盛，而傳奇作品，多作於天寶之後。

〔註20〕原載《文史哲學報》十四期，後輯入《中國文學史論文選集》第三冊。

〔註21〕原載《文學研究集刊》第一冊，1964年北平出版，本文筆者未見。

〔註22〕

吳氏之說，羅先生為之疏釋補充，以證其是；馮先生之說，除第三點羅先生修正以為「科舉固盛於開天時代，但中晚唐科舉更為興盛，每年到長安應舉的貢士動輒數千。傳奇興盛的時代，也正是科舉興盛的時代。」外，亦皆贊同。羅先生該文之最後結論為：

1. 裴鉶《傳奇》、牛僧孺《幽怪錄》並非投獻的溫卷。其他流傳的傳奇作品絕大部分是作者撰於擢進士第或進入仕途以後，也不是溫卷。傳奇和溫卷實在牽不上關係。

2. 唐五代文獻（詩文集、雜史、筆記）沒有舉人投獻傳奇小說的記載。《雲麓漫鈔》時代甚晚，又是孤文單證，誠難以取信。

美國哈佛大學梅爾博士（Victor H. Mair）曾撰〈唐代的投卷〉一文，關於傳奇小說之發展與溫卷之關係，亦持否定之意見，理由為：「足以支持這一假設的證據，既少又不能令人信服。」〔註 23〕並以為趙彥衛《雲麓漫鈔》中所述，若仔細察看全文，便難以堅持趙氏所言不是猜測之詞，蓋趙氏所說之重點，「在於詩而不在文」〔註24〕，此因趙氏所言，除前文所引外，其下又謂：

> 至進士則多以詩為贄，今有唐詩數百種行於世者是也。王荊公取而刪為《唐百家詩》。或云：荊公當刪取時，用紙帖出付筆吏，而吏憚於巨篇，易以四韻或二韻詩，公不復再看。余嘗取諸家詩觀之，不惟大篇多不佳，餘皆一時草課以為贄，皆非其得意所為，故雖富而猥弱。今人不曾考究而妄譏刺前輩，可不謹哉？〔註25〕

梅爾博士又以為前述劉開榮《唐代小說研究》所引白居易〈與元九書〉一段文字，「其實跟投卷沒有關係」，理由為：

> 但是，白居易是在討論他自己的盛名以及負責選拔官吏的禮吏部所持的官方準則。文中並沒有指出政府贊成「行卷」，只不過對行卷之普及睜一隻眼，閉一隻眼。〔註26〕

以上諸說皆認為溫卷與傳奇小說之發展無關，其論點則似皆採取消極否定之態度，以為贊成之說「不可信」，但並不能提出正面之證據，證明傳奇與溫卷絕無關係。

〔註22〕此文原發表於《大陸雜誌》三十五卷八期，後收入馮氏《小說戹言》一書，又輯入《中國文學史論文選集》第三冊。

〔註23〕賴瑞和譯，載《中國古典小說研究專集》2。

〔註24〕說亦見黃雲眉〈讀陳寅恪先生論韓愈〉一文，原發表於《文史哲》八期。

〔註25〕《雲麓漫鈔》卷二，新興書局《筆記小說大觀》，頁964。

〔註26〕見該文注22。

王夢鷗先生以為（《唐人小說概述》）：

> 投行卷這件事是有的，但不一定是「小說」，而溫卷的行為在元和之後才流行，主考官也不一定是「小說迷」，因此說溫卷刺激唐人小說的發展，其事在後，對於唐人小說沒有那麼大的關係。〔註27〕

由以上諸先生之證明，知趙彥衛之說實不可信；唯斷言溫卷與唐小說絕無關，則似又不然，何者？陳寅恪先生嘗云：「貞元、元和，為古文之黃金時代，亦為小說之黃金時代。」〔註28〕，而「文備眾體」又為傳奇文之特色之一，方此古文與傳奇小說之黃金時代，謂溫卷之作品中，必無傳奇文，實不易取信於人；此所以陳、劉諸先生有溫卷影響傳奇發展之推論也。至夢鷗先生謂「溫卷刺激唐人小說的發展，其事在後」，則似亦未完全排除其可能性，特未如陳、劉二氏之完全肯定耳。故云：「對於唐人小說，沒有那麼大的關係」，而不謂「實在牽不上關係」也。

今以為，趙彥衛之說雖非事實，但仍不失為一合於常理之推斷，否則豈能使熟悉唐代歷史掌故之陳寅恪等諸先生為之論證，並為後來研究唐傳奇之許多學者引為典實？唐五代之文獻雖不能證明溫卷與傳奇小說有關，要之亦不能證明二者必無關連。傳奇文，「與詩律並稱一代之好奇」（洪邁語），而發展於如此注重科名之唐代，且「舉人投獻作業的風氣，到了晚唐越來越盛」（同註19，羅先生語），溫卷與唐小說之關係，縱無文獻為之佐證，似亦不宜一筆抹煞之也。

（二）《續錄》與溫卷

綜覽《續錄》全書，絕少有詩；其議論部分，亦多簡短；只此二事，已不合趙彥衛之說。然如前章所述，宋初錢易之《南部新書》甲編，載有：

> 李景讓典貢年，有李復言者，納省卷，有《纂異記》（或作《纂異》）
> 一部十卷。牓出曰：事非經濟，動涉虛妄。其所納，仰貢院驅使官却還……。

一段文字。所言《纂異記》一名，容或有誤，但「有李復言者，納省卷」一語，則言之鑿鑿，不似誣造之語。

由前章之考證，知李復言撰述《續玄怪錄》一書，為時甚長，並可能經過多次纂集，其不專為行卷而作，理由甚明。然而復言奔走名場多年，屢試則不售，至開成五年（李景讓典貢年），已年過五旬；此時《續錄》之纂集已近完成，復言或存徼倖之心，姑妄一投，不料却為主司退還。王夢鷗先生嘗推斷復言書所以為李景讓却

〔註27〕此文為王夢鷗先生於民國69年7月18日，在國學研習會講座演講之講稿，由李豐楙先生整理，載於《中國古典小說研究專集》3。

〔註28〕見〈韓愈與唐代小說〉一文，程會昌譯，原載於《國文月刊》五十七期，後輯入《中國文學史論文選集》第三冊。

還之理由爲：

> 以其清正，或薄志怪之文；然，文宗卒於開成五年正月；武宗即位，
> 盡罷牛僧孺之黨，以李德裕爲宰相。《新唐書》（卷一七七）〈李景讓傳〉
> 云：「蘇滌裴夷直皆景讓所善者，因其爲李宗閔，楊嗣復（皆牛黨）所擢，
> 故景讓在會昌時，抑壓不遷。」是則，其爲人對於牛黨有瓜葛者，別有所
> 忌，明矣。以此觀之，則李復言之續牛書而遭擯斥，猶不僅其書之無關經
> 濟已也。（《唐人小說研究》四集，頁 46）

陳寅恪先生謂：

> 李復言之《續玄怪錄》者，江湖舉子投獻之行卷也。〔註29〕

此言雖未必確當，然李復言嘗持所爲小說投獻主司，其事非不可能，可惜以「事非
經濟，動涉虛妄」，或黨爭派系之理由，爲主司却還而已。

二、《續錄》寫作之時代背景

　　《續玄怪錄》之寫作年代，依第一章之考訂，約在元和初以至於大中初；其間
經歷憲、穆、敬、文、武、宣六朝，依一般之習稱，約在中晚唐之交。

　　唐代自安史亂後，勢已不能復振，且又帶來無窮後遺症，即藩鎮割據下之社會
經濟破產，民生凋蔽。雖憲宗時用裴度、李愬討平淮西，號稱元和中興，然藩鎮之
勢實不能除，而政府竭財養兵，不得不苛取於民，人民生計日困，其後之穆、敬二
宗又荒淫頑囂，國事遂至大壞矣。

　　抑又尤甚者，皇帝信用宦官，致使唐中葉後，宦官典有重權，廢立弒君，如同
兒戲。司馬君實論之曰：

> 宦官爲國家患久矣，東漢最名驕橫，然皆假人主之權，未有能劫脅天
> 子，如制嬰兒，如唐世者也。所以然者，漢不握兵，唐握兵故也。〔註30〕

玄宗開元時，楊思勗領兵平安南，是宦官典兵之始；其後肅、代、德宗各朝宦官權
勢日張，順宗謀誅宦官不成，在位一年，即爲宦官脅迫傳位憲宗。憲宗雖平藩鎮，
却爲宦官所弒。其後宦豎日益恣肆；至文宗時欲誅宦官而不能，後甘露變起（太和
九年，見《新舊唐書・李訓傳》），文宗鬱鬱不樂，卒見幽囚，遭屠戮，呂思勉氏云：

> 蓋至是而天復駢誅，城社狐鼠，同歸於盡之局定矣。〔註31〕

良然。

〔註29〕《金明館叢稿二編》，頁 74，〈順宗實錄與續玄怪錄〉。
〔註30〕此文轉引自呂思勉《隋唐五代史》上冊，頁 34。
〔註31〕見呂思勉《隋唐五代史》上冊，頁 399。

此外，穆、敬、文、武四朝，黨爭最烈，陳寅恪先生以爲此乃兩晉、北朝以來山東士族與唐高宗、武則天之後由進士詞科進用之新興階級兩者不相容所造成（見《唐代政治史述論稿》頁 86），即所謂牛（僧孺）、李（德裕）黨爭，二派互相傾軋，達四十年之久。

社會文化方面，唐代混合胡漢民族之血統，遂而創生一種能襲舊亦能開新之文化形態，以及活力充盛、剛健樂觀之社會氣象。又有一種作爲統攝文化意識之宗教形貌，即儒、道與新興釋教綜合而成之三教平等形態，進而容納西來異教，如祆教、摩尼教等，團花簇錦，風貌萬千，大放異彩。其中尤以佛、道之發展，最爲可觀。

隋唐時代，爲中國佛教之極盛時期，尤其唐代，無論譯經之盛況、宗派之發展，皆非前代可比。就宗派而言，天臺、華嚴、法相與禪宗，皆在此時完成，其發展之情形，日人宇井伯壽有說云：

> 從宗派方面看，當時（六朝）「地論宗」與「攝論宗」却也很隆興，並亦有其學者在活動，但至於隋代，成立「三論宗」，建立「天臺宗」，「成實」及「涅槃宗」乃攝入此二宗。然後又成立「華嚴宗」，「地論宗」乃入於其中。其次「法相宗」新起……達磨系統乃變成「禪宗」而形成中國式的發展……。〔註32〕

道教方面，孫克寬先生〈唐代道教與政治〉一文，將其在唐代之發展過程分爲三個階段：

第一階段：自高祖李淵建國而至武后、睿宗政權變動時之道教活動（618～1712），此時期之主要事實爲：1. 創業時之神話與老君顯現尊爲始祖。2. 高宗李治時之封禪崇道建立宮觀。3. 道佛爭長之辯論及措置。

第二階段：爲玄宗隆基之開天二時期（713～756），爲唐代道教極盛時期。凡諸尊崇聖祖（老子）、祥瑞符讖、釐訂制度、編纂道書諸事，皆於此時空前活躍。

第三階段：爲肅宗以後，直至唐末（775～907），爲道教勢力擴散時期。〔註33〕

然而無論佛道，皆以玄宗開天時爲極盛而衰之轉捩。佛教此後雖仍有發展，但經武宗時「會昌滅法」，元氣大損，後宣宗力圖復興佛教，但已無從恢復如前之盛觀矣；而道教受天寶亂事之影響尤大，唐代尊崇老子因及於道教，本爲提高皇室威信，拉攏民心，安史亂後，皇室不振，帝王本系之道教崇奉，亦隨之中衰。

雖然，佛道二教之信仰固已普及於民間，上自帝王將相，下至布衣百姓，或惑

〔註32〕《中國佛教史》，頁 96，李世傑譯。

〔註33〕收入《寒原道論》，頁 62。

於佛老、禱福祈年，餌丹藥、信道術；或泛祭求神、信巫鬼；或深信因果，篤念輪迴。如憲宗之迎鳳翔法門寺佛骨，最爲有名；又如《新唐書》載敬宗惑於佛老，「浮屠方士，並出入禁中」（《李德裕傳》）；又如武宗抑佛崇道，好道術、信道士，竟因此而得疾亡身。凡此，皆帝王惑於佛道之證。至於民眾之迷信巫覡，張亮采《中國風俗史》論之云：

> 奉巫覡爲神明，號巫覡爲天師，不但用之醫病祈福祈雨也，即升遷之事亦決之於巫覡，如范攄《雲溪友議》所載石州巫言石雄升遷之事悉驗，是也。……《靈異記》又載，白行簡生魂求食，中巫術而死，蘇州巫趙十四，平生能致生魂，又曾以術致許雍之死魂，其說尤怪誕，而世俗信之。
> 大抵當時社會上迷信巫覡，已成爲一種「神經病」。（頁142）

實則世俗之信佛信道，本無義理上之區別，但能降福消災者，我便信之，唐君毅先生所謂：

> 蓋一般人之信宗教，恒多出自爲自己之動機。人恒由精神寄託於「神之必可與我以助力，及神必能賞善罰惡之信仰」，及「天國來生之福之想念」，方得一精神安慰之所。〔註34〕

除「佛徒」與「道士」外，唐世之信仰宗教，蓋亦此種「一般人」之形態。

　　由於政治之逐漸敗壞，加上藩鎮跋扈，百姓生活之艱困痛苦可知；故無論佛家來生之寄託，道教神仙之想望，皆易爲大眾所接納，所信仰。人民信鬼信巫，知識分子勤於學佛，或惑於煉丹；蓋現實人生既無法滿足人們之慾望，唯有別尋寄託，另求安慰也。

　　《續玄怪錄》既寫作於此一時代，作者李復言又志於錄怪，故其作品之內容最能反映此時崇尚佛道，信仰巫鬼之一般情形；而其中又以神仙思想最爲濃厚，作者不得志於當時，乃將其心力付諸煙霞仙境之想像，其心情之無奈亦可知也；此外，作者於當時民間之一般信仰，皆未作任何褒貶性之駁斥，反欲借以諷諭世人，作爲治身之戒；此除可表示作者之人生觀「表現了世俗而親切的態度」外〔註35〕，亦可見出當時社會現象之一斑也。

三、《續錄》之主題分析

（一）主題之表現方式及各篇主題探討

〔註34〕《中國文化之精神價值》，頁445。
〔註35〕〈枕中記與杜子春〉，王拓撰，原載《幼獅月刊》四十卷三期，收入《中國古典小說論集》第一輯。

小說主題之表現方式有二：

1. 以情節表現主題（以「情節——主題」表示）：主題依附於情節中，隨情節之開展而萌露端倪。主題貫穿整個故事與情節，不但限定情節之開展，亦決定故事之動向。

2. 以思想揭示主題（以「思想——主題」表示）：直接說明而不藉情節表現主題，亦即情節未展開前，已點出主題，或故事結束後，作者自言作意。此種主題，亦即作品之基本思想。

一般而言，短篇小說以情節表現主題為宜，因其篇幅短小，結構簡單，若直接點明主題，便失去耐人尋味之效果，而難以其他技巧之藝術表現加以補償；長篇小說則可以其完密之結構，生動之人物刻劃等，達到其預定之目的，而可較不在乎主題之表現方式如何。

洪文珍《唐傳奇研究》一書，歸納唐傳奇主題之表現方式，屬於以情節表現主題者，僅〈枕中記〉、〈南柯太守傳〉〈虬髯客傳〉三篇；而將〈謝小娥傳〉等篇末有議論者，歸入以思想揭示主題之方式，並言明此種帶議論之唐傳奇，「嚴格說，並不能算『思想——主題』」〔註 36〕。蓋因其與定義不完全相合，有時篇中之議論未必與主題息息相關，如〈鶯鶯傳〉中作者所發「大凡天之所命尤物」一段議論，魯迅所謂「文過飾非，遂墮惡趣」〔註 37〕是也。

洪氏以為屬於「情節——主題」表現方式之唐傳奇僅有三篇，未免過於武斷。若然，則此三篇外，篇中又無議論者，豈皆無主題乎？

《續玄怪錄》各篇或於篇末申明主旨，或但記撰述之過程，或無附記但可於情節中尋其主題，或但錄異聞而旨意不明，不一而足。然合而觀之，則各篇似相連屬，主題頗能一貫，王夢鷗先生云：

> 唐人寫的小說，亦有純粹出於好奇或賣弄文筆；唐人編纂的小說，亦有只是直接抄輯別人的文章。但是這種情形，以現存的《續玄怪錄》看來，都不大相似。在這本書中，無論是他自製抑是改寫他人的文章，它都是有一個比較一致的主題：充滿道家的玄想和陰騭的信仰。〔註 38〕

夢鷗先生之觀察甚為有見，但所謂「充滿道家的玄想和陰騭的信仰」，只能稱為主題之特色或性質，不能直呼為主題。至於《續錄》主題之詳細內容，詳見下文之討論，今先考察《續錄》各篇主題之表現方式於下。

〔註 36〕本文為洪文珍氏之碩士論文，頁 229。
〔註 37〕《中國小說史略》，頁 87。
〔註 38〕〈略談續幽怪錄的編纂〉，載《國立中央圖書館館刊》一卷三期，頁 13。

　　洪文珍氏曾歸納唐傳奇議論之表現方式爲三類：1. 藉人物之口說出。2. 以敘述人的語言，總結全文，發抒個人感想。3. 引他人之語。〔註39〕
《續玄怪錄》各篇議論之表現方式，無第三類之情形，今分二類：

第一類：由敘述者道出

1. 〈辛公平上仙〉篇：篇末云：「故書其實，以警道途之傲者。」

2. 〈涼國武公李愬〉篇：篇末云：「時人以（李愬）仁恕端愨之心，固合於道，安知非適仙數滿而去乎？」

3. 〈李岳州〉篇：篇末云：「生人之窮達，皆自陰騭，豈虛乎哉。」

4. 〈韋令公皐〉篇：篇末云：「噫！夫人未遇，其必然乎，非張相之忽悔，不足以戒天下之傲者。」

5. 〈鄭虢州騊夫人〉篇：篇末云：「乃知結褵之親，命固前定，不可苟求，乃驗巫言有徵矣。」

6. 〈張逢〉篇：篇末云：「議曰：聞父之仇不可以不報，然此仇非故煞（殺），必使殺逢，逢亦當坐，遂遁去不復其仇也。」

7. 〈定婚店〉篇：篇末云：「乃知陰騭之定，不可變也。」

8. 〈驢言〉篇：篇末云：「遂聞其事，且以戒欺暗者，故備書之。」

9. 〈木工蔡榮〉篇：篇末云：「泛祭之見德者，豈其然乎？」

10. 「李衛公靖行雨」篇：篇末云：「其後竟以兵權靜（靖）寇難，功蓋天下，而終不及於相，豈非悅奴之不得乎？世言關東出相，關西出將，豈東西而喻耶？所以言奴者，亦臣下之象，向使二奴皆取，即位極將相矣。」

11. 〈裴諶〉篇：篇末云：「吁！神仙之變化，誠如此乎？將幻者騖術以致惑乎？固非常智之所及。且夫雀爲蛤，雉爲蜃，人爲虎，腐草爲螢，蜣螂爲蟬，鯤爲鵬；萬物之變化，書傳之記者，不可以智達，況耳目之外乎？」

第二類：借篇中人物之口道出

1. 〈辛公平上仙〉篇

　　（1）臻（冥吏）曰……夫人生一言一憩之會，無非前定。

　　（2）將軍……揖公平曰：聞君有廣欽之心，誠推此心於天下，鬼神者且不敢侮，況人乎？

　　（3）因慰問以人間紛挐，萬機勞苦，淫聲蕩耳，妖色感心。

2. 〈麒麟客〉篇：「且曰：樂雖難求，苦亦易遣，如爲山者掬土增高，不掬則

止，穿則陷。夫昇高者不上難而下易乎？」

3. 〈盧僕射從史〉篇：「（從史）曰：吁！是何言哉？人世勞苦，萬愁纏心，盡如燈蛾，爭撲名利；愁勝而髮白，神敗而形羸，方寸之間，波瀾萬丈，相妬相賊，猛於豪獸；故佛以世界爲火宅，道以人身爲大患。」

4. 〈薛偉〉篇：「宣河伯詔曰：城居水遊，浮沈異道，苟非其好，則昧通波。……嗚呼！恃長波而傾舟，得罪於晦；昧纖鈎而貪餌，見傷於明，無惑失身，以羞其黨，爾其勉之。」

5. 〈定婚店〉篇：「曰：未也，命苟未合，雖降衣纓而求屠博，尚不可得，況郡佐乎？」

6. 〈驢言〉篇：「驢又曰：吾今告汝人道獸道之倚伏，若車輪然，未始有定。」

7. 〈杜子春〉篇：「道士曰……嗟乎！仙才之難得也。」

8. 〈張老〉篇：「乃張老也，言曰：人世勞苦，若在火中，身未清京，愁焰又熾，而無斯須泰時。」

9. 〈裴諶〉篇：「裴慰之曰：塵界仕官（宦），久食腥羶，愁慾之火，焰于心中，負之而行，固甚勞苦。」

10. 〈李紳〉篇：「群士曰……人世凡濁，苦海非淺，自非名繫仙錄，何路得來？」

11. 〈韋氏子〉篇：

    （1）其夫泣曰：洪鑪變化，物固有之……。

    （2）（相里氏妻曰）：爲妾謝世人，爲不善者，明則有人誅，暗則有鬼誅，絲毫不差。因其所迷，隨迷受化，不見天寶之人多而今人寡乎？蓋爲善者少，爲惡者多，是以一厠之內，蟲豸萬計，一甕之下，螻蟻萬千，而昔之名城大邑，曠蕩無人，美地平原，目斷艸莽，得非其驗乎？多謝世人，勉植善業。

12. 〈唐儉〉篇：「儉聞言，登舟靜思之曰：貨師之妻，死五年猶有事舅姑之心；逾寵之姬，死尚如此（淫蕩），生復何望哉？士君子可溺於此輩而薄其妻也（耶）？」

以上二類，扣除重複者，共有二十篇帶有議論。此二十篇中，合第一類議論之表現者爲：

1. 〈辛公平上仙〉篇：「警道途之傲者。」

2. 〈涼國武公李愬〉篇：「（李）謫仙數滿而去。」

3. 〈李岳州〉篇：「人生窮達，皆自陰騭。」

4. 〈韋令公皐〉篇：「夫人未遇，豈必然乎？」

5. 〈鄭虢駒夫人〉篇：「結褵之親，命固前定。」

6. 〈定婚店〉篇：「陰騭之定，不可變也。」

7. 〈驢言〉篇：「戒欺暗者。」

8. 〈木工蔡榮〉篇：「泛祭見德。」

等八篇，作者所發之議論，正合全篇之主旨。又第二類之：

1. 〈李紳〉篇：「自非命繫仙錄，何路得來？」

2. 〈韋氏子〉篇：「多謝世人，勉植善業。」

3. 〈唐儉〉篇：「士君子可溺於此輩（淫姬）而薄其妻也（耶）？」等三篇之議論，亦合全篇主題。故《續玄怪錄》一書三十三篇中，合於「思想——主題」之表現方式者，共十一篇。

至於以情節表現主題者，則有：

1. 〈楊恭政〉篇

本篇之主旨與〈李紳〉篇最相近，皆在說明成仙與天命有關，若非命中合當成仙，強求亦不能得。而本篇主題之表現則與〈李紳〉篇大異其趣，〈李紳〉篇於文字中明言此意，本篇則時時於情節之進行中透露，如恭政「性沈靜，不好戲笑」，上仙之夜忽覺「神識頗不安」，來迎者謂「夫人准籍合仙，仙師使者來迎」，其後在天上，仙伯曰：「恭政，汝村一千年方出一仙人，汝當之會，無自墜其道。」後恭政返回人間，縣官問昔何修習，曰：「村婦何以知，但性本虛靜……此性也，非學也。」情節之展開，扣緊「此性也，非學也」一事，而全篇之主題亦在此。

2. 〈薛中丞存誠〉篇

本篇情節簡單，旨在說明薛存誠前世為羅漢，謫來俗界五十年。其事在後，而前段薛存誠復亞臺長時所吟「卷簾疑客到，入戶似僧歸」已透露此意。

3. 〈麒麟客〉篇

本篇在勸人修仙，故極言神仙道術之靈異，仙境之華麗；又於文中指引生死之迷惘，以及修仙之必要，所謂「迴視委骸，積如山岳，四大海水，半是吾宿世父母妻子別泣之淚」又謂「形骸雖遠，此（心）不忘修致，其功即亦非遠；亦時有心遠氣清，一言而悟者，勉之」，又如前文所引之一段議論皆是也。

4. 〈盧僕射從史〉篇

本篇在說明窮通由命，與〈李岳州〉篇作者所發「生人之窮達，皆自陰騭」之議論正合。篇中言李湘以女巫招致盧從史之鬼魂，告以未來之事，其後皆驗。至於盧從史所發關於神仙道術之一段言論，則已離於題旨，與主題無涉矣。

5. 〈張質〉篇

本篇實乃以陰司冥吏之昏庸，譏刺時政，故篇中刻意描繪冥官辦案糊塗，失職諉過之狀，當爲有心之作。

6. 〈薛偉〉篇

本篇之題旨頗不易掌握，雖王夢鷗先生以爲「題旨在戒殺生」（《唐人小說研究》四集頁 33），然細究全文，覺其含意深刻，絕不止於「戒殺生」而已。由篇中「人浮不如魚快也」，及前文所引「城居水遊，浮沈異道」一段議論思索，作者對世人似有所警戒，所謂「無惑失身，以羞其黨」是也。河伯所云「恃長波而傾舟，得罪於晦」者，蓋謂權勢與財富皆如流波之不可恃，若自傲自滿，而傾覆天下，亦必得罪於鬼神，不得善終；又云「昧纖鉤而貪餌，見傷於明」者，蓋謂貪圖近利，忘其身家之危，若飛蛾撲火，愚不可及也。前者欲人勿傲，後者欲人勿貪，與〈辛公平上仙〉篇之「警道途之傲者」，以及〈盧言〉篇之「戒欺暗者」，旨意正合。

7. 〈張庚〉篇

本篇雖爲談妖說鬼之文，實則亦意有所諷。文中妖鬼豪爽大方，人類反猥瑣可厭，如「庚聞青衣受命，畏其來也，乃閉門拒之……一女曰：吾輩同歡，人不敢望，既入其家門，不召亦合來謁，閉門塞戶，羞見吾徒；呼既不應，何須更召」，言中諷刺之意頗爲明顯，蓋對拘謹畏事之人有所譏嘲也。

8. 〈錢方義〉篇

本篇借廁鬼因《金剛經》而陞職之故事，諷喻世人重視佛經。

9. 〈葉令女〉篇

本篇主旨在說明「婚姻命定」，與〈定婚店〉、〈鄭虢州騧夫人〉篇之作意相同。

10. 〈杜子春〉篇

本篇之主題，說法不一：汪辟疆先生以爲「〈杜子春〉一篇，意在斷絕七情」（《唐人小說》頁 238），王夢鷗先生亦主此說，謂：「此文曲喻金丹之難成由於俗情之難蠲，而親子之情，出乎天性；既已忍無可忍，所以世人修道終無成也。……蓋同於道術之偏好而又甚難之了，故借烈士池之譬喻，演爲茲篇。」（《唐人小說研究》四集頁 39），臺靜農先生亦以爲「李復言這篇小說所要表現的，能忘卻喜怒哀懼惡慾愛，便可得成上仙。」（〈佛教故實與中國小說〉）龔鵬程氏亦謂：「其內容顯然是依據佛道兩教說法而來，指出愛是成仙成佛最大的魔障，《維摩經問疾品》：『於諸眾生，若起愛見大悲，即應捨離』，《智度論》七：『煩惱有二種：一屬愛，一屬見』，恩愛害道如毒藥，故王維詩說：『愛染日以薄，禪寂日以固』。……

作者不但直接曝示愛爲煩惱之根，也彰顯了必須通過愛慾的澄化才能入道，這是全文的重點所在。」〔註40〕

　　楊皖英〈從杜子春看命定性格〉一文，以爲「杜子春所宣示的是人生命定性格的無法突破……整篇主旨所強調的是『慾望』的難以駕取，而性格又難以超出慾望，結果命定的悲哀就如影隨形了」。至杜子春因愛生於心而發「噫」聲，楊氏以爲：「在這中間出現了兩個很不尋常的人性，其一是盧生對於親子的感情是建立在對妻子感情的附庸上，不但未重視其子是一個獨立的生命，承認他自身有生的價值，反而加以毀滅，這是作者再度肯定『生』是荒謬的表白。其二是子春所『噫』的感情出發基點，不是爲了另一個『生機』的殞落而悲哀，而是爲了愛的天性，這是作者有意製造的更大諷刺。」故以爲：「在中國古典小說中，最能大膽描摹生命歇斯底里，無法抗拒的無奈情愫，要算唐代傳奇中的〈杜子春〉了。」（《書評書目》三十八期）

　　李元貞氏則謂：「子春歸別道士，只愧其忘誓，未報恩而已，並不對自己因『愛心』未泯，成仙失敗而恨。仙才的難得，在於連『愛心』亦要泯除－這是人性中最值得珍貴的一種，李復言幾乎是從反面來肯定這點。」〔註41〕王拓氏採取其，說以爲「李復言竟巧妙地在〈杜子春〉這篇小說中，從反面來否定佛、道的這種思想，而肯定了人與人之間的愛心……杜子春雖然經不起最後的考驗而失去了成仙的資格，但是他卻證明了自己是一個眞正的人，所以後來連道士也只是惋惜『仙才之難得』，而並沒有苛責他。」〔註42〕

　　以上三說中，第一說只就「金丹難成」一事立論，其說固無大錯，然似未能深刻體會作者刻苦經營全篇之用心所在。若將全文之主旨歸於「須斷絕愛慾，方能成仙」，則篇中前半之大段文字，皆成贅筆，而子春志在報恩「愧其忘誓」之主要情節亦無落腳處，作者不憚其煩，刻意刻劃子春之性格，其匠心所在，亦皆無法說明。至於第二說，則似曲解原文，妄作推論，如篇中謂「子春愛生於心，忽忘前約，不覺失聲云噫」作者明言「愛生於心」，「不覺失聲」，此皆親情之自然流露，楊氏卻謂「不是爲了另一個生機的殞落而悲哀，而是爲了愛的天性」，若非一個「生機的殞落」，又如何表現「愛的天性」？又如謂「盧生對於親子的愛情，是建立於對妻子感情的附庸上，不但未重視其子是一個獨立的生命……這是作者再度肯定生是荒謬的表白」云云，未免牽強附會，子春經歷之各種試煉，皆是違反

〔註40〕〈唐傳奇的性情與結構〉，《古典文學》第三集，頁204。
〔註41〕〈李復言小說中的點睛技巧〉，載《中國古典文學研究叢刊－小說之部二》，頁131。
〔註42〕同註35。

人情之幻象，盧生也，親子也，皆所以考驗子春是否能斷絕親情，此種安排，與「生是荒謬」何涉？總之楊氏認爲本篇在描摹生命之歇斯底里，似離題旨稍遠，非中肯之論。

　　竊以爲三說中，以李、王二氏之「肯定人間親情」或「肯定人性」之說，較能體會作者之用心。子春「少落拓不事家產，然以志氣閒曠，縱酒閒遊，資產蕩盡」，其浪蕩之性格，稍異於常人；故道士贈金，「蕩心復熾」，二次受贈，「錢既入手，心又翻然」。此一而再，再而三，除表現子春個性之曠蕩外，亦在加重恩惠，以增加子春報恩之信念。子春之性格，既在放蕩不羈一流，其本性亦當豪邁慷慨，能有豫讓「國士遇我，我故國士報之」（《史記・刺客列傳》）之氣概，劉紹銘先生嘗謂「在中國，朋友之義，跟其他各種關係一樣，都根源於楊聯陞教授所謂『報的觀念』。」〔註43〕報恩一念，使子春於各種痛苦之試煉中，「神色不動」，至於其妻被執，「鞭捶流血，或射或斫，或煮或燒……灑淚哀號，且咒且罵」而子春「終不顧」，事亦不奇，夏志清先生曾謂：「由於他（指中國男子）是儒家教育出來的產品，他可以在非常情況下爲君、爲親，甚或爲好友赴死，但不會爲其所愛的女子而犧牲。」〔註44〕西人韋里竟謂：「中國人則犯了另一種極端的錯誤，視妻妾乃生育之器具耳。」〔註45〕此言雖嫌過甚，然此種現象確存在於我國舊日社會中，故子春不顧妻子受苦，端然不動，其心雖似狠忍，亦未至違反本性。及子春轉世爲女人而生子，母愛之天性（人性中最值得珍貴之一種），使子春無法面對喪子之痛，不覺失聲，是天性自然，百試而無悔者，故子春「愧其忘誓」而已，不以未能成仙而恨也。孟子云：「人之異於禽獸者幾稀！」爲成仙而忘親情，是禽獸亦不如也。

11. 〈張老〉篇

　　汪辟疆先生謂「此文極言仙凡之別。」（《唐人小說》頁238），王夢鷗先生則以爲「按篇中言韋氏自誇門第，見張老多金，乃又前倨後恭。敘事雖涉詭誕，然其意實有所諷。」（《唐人小說研究》四集，頁14）

　　夢鷗先生以爲「其意實有所諷」，此言甚是，但謂「見張老多金，乃又前倨後恭」則似嫌附會。韋女之嫁張老，乃因韋家一時之戲言，及張老載錢至，舉家大驚，然並不樂意嫁女予張老，可知韋氏非見錢眼開之徒。後韋女偕張老隱居，韋

〔註43〕〈唐人傳奇小說中的愛情與友情〉，余素譯，原載《幼獅月刊》三十九卷三期，收入《中國古典小說論集》第一輯。
〔註44〕轉引自劉紹銘〈唐人傳奇小說中的愛情與友情〉。
〔註45〕同前註，本文爲韋理於1918年出版之《中國詩一百七十首》之序言。

兄訪之，張老贈金，「其家驚訝……或以爲神仙，或以爲妖妄」，何嘗「後恭」？其後韋家數困，二度蒙張老濟助，篇中亦無「前倨後恭」醜態之描寫，但謂「乃信眞神仙也」。篇後張老最後一次贈金，乃假崑崙奴之手，韋兄「取金視之，乃眞金也，驚嘆而歸」，亦無悔恨之意。故知是篇之作意，絕不在諷刺韋氏之「前倨後恭」而另有指。細究全篇，乃在諷刺世俗之愚妄無知而又自以爲是也。張老在表露仙人身份之前，乃一任勞任怨，而又修養極佳之灌園叟，雖倍受輕賤，而無慍怒之心。娶韋女後，韋家稍露疏遠之意，張老即曰：「所以不即去者，恐有留念，今既相厭，去亦何難？」其用心亦深矣。其後，張老夫婦搖身一變，竟成飄忽莫測，逍遙仙界之人間仙侶，而韋氏家勢日困，數賴張老濟助，汪辟疆先生所謂「此文極言仙凡之別」是也。張老以低下之園叟身份出現，爲韋氏所薄，娶韋女後「園業不廢，負穢钁地……其妻躬執爨濯，了無怍色，親戚惡之，亦不能止。」而韋家輕視賤業，反賴張丈接濟，其諷刺之意亦深矣。張宏庸〈中國諷刺小說的特質〉一文云：「（諷刺小說）作家寫作的目標……或爲了『責難邪惡與愚蠢』，或爲了『改正惡行』。」（《中外文學》五卷七期）〈張老〉篇之作意，正是爲了「責難邪惡與愚蠢」。

12. 〈裴諶〉篇

本篇之作意與〈麒麟客〉篇相似，旨在勸人修仙，而表現手法較該篇成功。以一仙一俗之努力過程作爲對照，以俗者自滿於些小成就而爲仙者戲弄之狀，諷刺俗情之荒謬；並藉成仙者之口，諷喻世人努力自愛。

13. 〈尼妙寂〉篇

本篇旨在襃揚尼妙寂報仇報恩義烈之事迹，自他一方言之，亦所以感動人心，以收感慕傲化之效果，題旨似若不存在，故須於言外求之。

以上十三篇，皆能以情節表現主題，其中以〈楊恭政〉、〈杜子春〉、〈張老〉、〈薛偉〉等篇之表現最耐人尋味。

此外，所餘〈蘇州客〉、〈竇玉妻〉、〈房杜二相國〉、〈張逢〉、〈梁革〉、〈李衛公靖〉、〈琴臺子〉、〈馬震〉、〈延州婦人〉等九篇，或志在錄異，或旨意不明，故不予單獨討論。

（二）重要主題歸納

綜合《續錄》一書之重要主題，可歸納爲下列四種：

1. 「婚姻命定」之觀念

王夢鷗先生以爲《續錄》一書「充滿陰騭的信仰」，此言甚是。細究《續錄》全

書，此種「陰騭」之信仰以表現於婚姻一事最多，除前述〈定婚店〉、〈鄭虢州騊夫人〉、〈葉令女〉三篇中以申演此事爲主題外，如〈張老〉篇中韋女之嫁園叟張老，女亦不恨，乃曰：「此固命乎？」又如〈琴臺子〉篇中，李希仲女閑儀年僅九歲，即有崔氏前妻之鬼魂以子相託，謂閑儀曰：「夫人當爲崔之繼室，敢以念子爲託。」又如〈竇玉妻〉篇中所謂「妾與君宿緣，合爲夫婦，故得相遇。」凡此，皆旨在說明「婚姻命定」之觀念。此種觀念，當是佛教思想深入影響之產物，《法苑珠林》卷六五引《五無返復經》，載有婦喪夫不哭，梵志怪而問之，婦說喻言：「譬如飛鳥，暮宿高林，同止共宿，伺明早起，各自飛去，行求飲食；有緣即合，無緣即離。我等夫婦，亦復如是。」此種夫婦因緣份而結合之論調，影響國人甚鉅。馮明惠〈唐傳奇中愛情故事之剖析〉一文，討論此種命定論之婚姻思想云：

> 在中國古代，婚姻似是純人事的事，很少牽涉到人事以外；直至唐代，小說中才普遍的有「姻緣前定」爲男女結合力量的說法。《中國婚姻史》引唐宋若莘《女論語》「事夫章」說：「前生緣分，今世婚姻」的觀念，分明是受佛教因果報應，六道輪迴思想影響而產生的。唐代是佛教眞正盛行的時代，佛教思想深入而普遍的影響社會各階層。這「姻緣前定」的命定婚姻觀，便是在這種環境中產生的理論。而這一理論，竟深刻久遠的支配著國人的婚姻觀念，一直到現在。〔註46〕

2.「天命思想」與「人間意志」之衝突

《續錄》一書雖然「充滿陰騭的信仰」，然而卻也有許多企圖以「人間意志」抗逆「天命」之情節，此類情節，雖佔少數，然而《續錄》一書之最大價值與可貴處即在此。

首先提出《續玄怪錄》中「人間意志」與「天命」之衝突者，爲李元貞氏之〈李復言小說中的點睛技巧〉一文，該文討論《續錄》中〈定婚店〉、〈李衛公靖〉與〈杜子春〉三篇，作者如何精心運用一「細節」，造成情節上之高潮及顯現主題之意義。在其論及主題之部分，即發現作者處處不忘於天命之籠罩下，揭示「人性」與「意志」，如〈定婚店〉篇，李氏以爲：

> 男主角婚姻自主的意志受到天命的挫敗，雖然解釋了男女婚姻關係內所包含的某些特殊性與神秘性；然而本篇的主題除了表現這一層意義外，作者還試著展現「人間意志」與「天命」衝突的問題。人力雖然對抗不了天命，人總有尋求個人自主，不肯輕易服命的衝動；天命的結果即使很美

〔註46〕本文原載《幼獅月刊》三十九卷五～六期，收入《中國古典小說論集》，頁148。

滿，人也有不肯隨便就範的衝動。

又如〈李衛公靖〉篇，李氏以為：

> 本篇故事的精彩處並不在李靖性格的描寫，卻在作者所提出的「一滴」
> 與「二十滴」的問題上。我們讀者雖然不免對李靖無意造成的災殃，覺得
> 遺憾，卻也是相當同情李靖下二十滴的善意。……世間人和天命比較起
> 來，雖然顯得非常愚昧無知，常犯錯誤，逃不出天命的網羅，世間人仍有
> 世間人的善意和希望的。……李復言要不是深深了解世間人的「人性」，
> 他就不會使李靖連下二十滴的心理築在相當善意的基礎上，使李靖的犯錯
> 令人同情而非厭恨。

至於〈杜子春〉篇之肯定「人性」，已如前述。其後，王拓氏承其說，以為：

> 李復言的《續玄怪錄》中，除了〈杜子春〉這篇小說外，另有幾篇小
> 說，如〈楊恭政〉、〈李衛公靖〉，也都是圍繞著這個人性的主題。這種現
> 象一方面說明李復言對人性有其深刻的瞭解之外，也說明了他的人生觀是
> 一種面對人性的真實，表現了世俗而親切的態度。〔註47〕

王拓氏未提及〈定婚店〉，而以「楊恭敬」代替，蓋以為〈定婚店〉所表現之天
命力量太強，而人性顯得微弱無力，二者之衝突不夠強烈，至於〈楊恭政〉篇，恭
政乃其村中「一千年方出一仙人」之幸運人選，卻肯為奉侍舅姑之理由捨棄仙籍，
謂「王父清年高，無人侍養，請迴侍其殘年，王父去世，然後從命，誠不忍得樂而
忘王父也」。恭政之能上仙，乃「天命」使然也，而能不忘親情，仙伯無奈，亦只得
許之，此即「人間意志」力量之具體表現。

然而，有持反對之說者，龔鵬程氏〈唐傳奇的性情與結構〉一文，提出「在中
唐哲學突破中，人們對人類處境的思考，歸於天命之覺知與肯認」之看法，以為在
當時之「思想態勢」中，無發展自由意志以對抗命運之可能。其文原針對樂衡軍女
士〈唐傳奇中所表現的意志〉一文而發，樂女士以為：

> 唐代，因受時代所孕育的浪漫精神的影響，當代人對生命充滿了肯定
> 的自我堅信；人生既完全是意志的創造，命運就黯弱得幾乎根本不存在。
> 〔註48〕

龔氏則以為唐代貞元、元和時期為類似一種「哲學突破」之階段，群士爭鳴；又解
釋所謂「哲學突破」為：

> 是指某一時代的人對構成人類處境的宇宙本質激生了一種思考與認

〔註47〕同註35。
〔註48〕本文引自龔氏〈唐傳奇的性情與結構〉一文，見註22，該書，頁177。

識，使得人們對人類處境的本身和它的基本意義都有了新的詮釋或肯定。
而中唐「哲學突破」之結果，爲「天命之覺知與肯認」，故唐傳奇「多是天命世界，
而無自我意志伸張或天人抗衡的蹤跡」。

樂女士以爲唐傳奇中「命運就黯弱得幾乎根本不存在」，此固非事實；天命觀
念在唐傳奇中所呈現之色彩極爲濃厚，名篇如〈鶯鶯傳〉、〈柳毅傳〉、〈虬髯客傳〉
等，均已透露出個中消息，《續玄怪錄》中，除前述〈定婚店〉等篇之婚姻命定論
外，又有如〈李岳州〉篇之「生人之窮達，皆自陰騭」等思想，不惟肯定天命，
且爲之演述證明；凡此，皆足以見出天命思想籠罩唐傳奇之眞實情形，無法否認。
然龔氏以「哲學突破」爲立論，否定一切「人間意志」存在之事實，亦未免過於
主觀與自信。龔氏之說有兩大問題：其一，貞元、元和時代之思想主潮，是否確
實爲「天命之覺知與肯認」？其二，一個時代之思想形態，能否主宰文學，尤其
是小說之主題內涵？就其第一問題而言，中唐「哲學突破」之說，爲龔氏之獨見，
以爲無論詩文，此時幾乎全指向同一主題：即對存在所依據之基礎（天命、天道）
之覺知，且歸結於命之肯定。龔氏徵引詩文頗多，所論似亦頗爲有據，然而該文
似乎有意遺漏一項事實，唐代之思想主流在佛學，而佛學之發展自禪宗以後，起
一「中國化佛學」之變化，尤以六祖慧能之成就最大，主張注重自性，所謂「但
用此心，直了成佛」，「一切般若智，皆從自性生，不從外入」，錢穆先生以爲宋學
即由此開出〔註49〕。宋學是否自此開出，此處可不論；然宋學絕不能自「肯定天
命」之思潮開出，則不待言。作爲唐代思想主流之佛學已由被動之他力逐漸轉爲
自力，而謂此時之思想大勢，乃在「事無大小，皆前定矣」（《聞奇錄》）之無助消
極，自難教人信服，而唐傳奇之價值表現亦不能在此。實則龔氏亦自知當時之思
想不能止於此，故後文中不得不進一步肯定其另一面之積極意義，所謂：

> 人世固然因緣相繫，苦海茫茫，人卻非生而不幸，一念解脫，依然自
> 在，於無可爲中見其無所不爲。

又謂：

> 他們視時命如框架，人之有限無法踰越；但生命像詩，非僅不因格律
> 框架而僵化，反而因格律一定，所以才能表現，才能無礙自得。

此種見解，無異肯定時人不唯「覺知、肯認天命」而已，實已超乎天命之覺知與
肯認。此種超越，非人類意志之力量而何？人類既能在天命之框架內，作無所不
爲之努力，以格律爲喻，實已超越格律之限制，從而主宰、掌握格律；其掌握、

〔註49〕《中國思想史》，頁 157，（二七）「慧能」。

主宰之力量，亦在人而不在天；人類如能主宰命運，又何必抗逆命運？龔氏首先肯定當時之思潮為「覺知、肯認天命」，即已承認命運之力量主宰一切；繼而又以格律喻天命，以為人類仍可因天命之確立，而能「表現」，能「無礙自得」，其立論之前後似乎略有矛盾。

就其第二問題而言，哲學思潮雖能影響文學之創作主題，但文學之特色即在其繁茂之多樣性，文學作品往往呈現當時思潮之正反兩面，而其價值亦往往表現在違反風潮，獨步當時之作家身上，如詩歌中之陶淵明、陳子昂即是。就小說而言，雖云唐人始有意為小說，然未必能真正認識並肯定其文學價值，亦不肯將之奉為終生追求之藝術事業，故唐傳奇中不乏遊戲筆墨，亦有某些作者，終生只有一篇作品者（如元稹即是）。以唐傳奇作品所表現之此種現象，而欲執某一思想形態，遂而認定其主題只能表現某種樣式，豈能為公允之論！

《續玄怪錄》一書，大體而言，對所謂「陰騭」、「天命」等思想，持一認同之態度，亦即作者對命運之力量，作相當程度之肯定，尤其婚姻方面，肯定最強。此於前一小節各篇主題之討論中已可覺察，婚姻命定之觀念固不待論，他如〈楊恭政〉與〈李紳〉二篇所表達成仙與否在於命運安排之思想；〈辛公平上仙〉篇所謂「人生一言一憩之會，無非前定」、「陽司授官，皆稟陰命」之言；〈麒麟客〉、〈張老〉、〈裴諶〉各篇中，俗人之暫遊仙界，皆因「宿緣」；〈李岳州〉篇之「生人之窮達，皆自陰騭」；〈驢言〉篇之輪迴報應；〈房杜二相國〉、〈盧僕射從史〉、〈涼國武公李愬〉、〈薛中丞存誠〉、〈韋令公皋〉等篇之預知前事，以及壽夭有定數；〈尼妙寂〉篇之「天許復讎」；〈張逢〉篇發生之一切過程，似有一力量主宰安排等等。然而在此濃厚之天命力量籠罩下，「人間意志」仍露出數點晶瑩之光芒，如前述〈定婚店〉篇中之韋固；〈楊恭政〉篇中之楊恭政；〈李衛公靖〉篇中之李靖；〈杜子春〉篇中之杜子春等人之表現皆是。又如〈辛公平上仙〉篇中之辛公平，大將軍謂之曰：「聞君有廣欽之心，誠推此心於天下，鬼神者且不敢侮，況人乎？」是人力可以勝過鬼神；〈李紳〉篇中，李紳命合成仙，卻因「未立家，不獲辭」之世俗理由，違抗命運之安排，回歸人間；又〈張逢〉篇中，張逢化虎食人，乃命運之差遣，其後遇所食人之子，依命運之安排，張逢食人雖非自願，仍應接受制裁，比較同一題材寫成之〈南陽士人〉篇之結局可知，然作者卻因人性之理由，安排隔離二人，使命運主宰人事之力量，大量削減，是亦以「人間意志」抗拒天命之一證，關於此篇之討論，詳見第四章第三節。

3. 神仙思想之傳播

《續錄》三十三篇中，涉及神仙思想之故事即有九篇，由此九篇之內容考察，

作者有時勸人努力修習仙術，以脫離俗界；有時又感喟修仙之不易，而成仙與否，又繫於命運之安排；有時卻以人間親情之理由，令修仙者毅然放棄仙籍，重返人間。吾人可由此感覺出作者心情之矛盾與無奈，吾人亦可以斷言，作者雖嚮往仙鄉，對人間卻仍有無限之留戀。然而，無論作者之心情如何，《續錄》一書對於神仙思想之傳播，頗具有教化之作用，而有正面積極之意義在。

首先，雖以人世為苦海，卻與佛家空苦之觀念不同，佛家「業感緣起論」，以為宇宙萬有之生起，皆由吾人業力之所感召也，造業之因，乃由於惑（煩惱），起惑造業，乃生苦果，有惑有業，果乃得生；即因惑業而有此世界，有此人生；故世界也，人生也，畢竟迷惘之境，充滿苦痛之苦果〔註50〕。故佛家以為世界人生之痛苦，乃與生俱來，欲超脫此苦果，雖有斷惑業之因，惑業斷盡，更不感果受生，得不生不滅，名為涅槃。《續錄》書中之觀念，則以為人世之愁苦，乃由於世人之爭名奪利，或慾望太多，永遠無法滿足，遂一世辛勞，而無法超脫愁苦之枷鎖，〈盧僕射從史〉篇所云：「人世勞苦，萬愁纏心，盡如燈蛾，爭撲名利，愁勝而髮白，神敗而形羸，方寸之間，波瀾萬丈，相妬相賊，猛於豪獸」，最堪為此種思想之代表，此類以人世為勞苦、污濁之文句，前文引過甚多，今將《續錄》書中所有此類思想之字句歸納於后：

(1)〈楊恭政〉篇，五真成仙，相慶曰：「同生濁界，並是凡身，一旦翛然，遂與塵隔……。」信真詩曰：「……誓將雲外隱，不向世間行」，湛真詩曰：「綽約離塵界，從容上太清……」，守真詩曰：「共作雲仙侶，俱辭世間塵」，恭政亦繼詩曰：「人世徒紛擾，其生似舜華……。」

(2)〈辛公平上仙〉篇，謂：「人間紛挐，萬機勞苦，淫聲蕩耳，妖色感心。」

(3)〈涼國武公李愬〉篇，迎仙者詩曰：「浮名何足戀，高舉入煙霞」。

(4)〈盧僕射從史〉篇，謂：「人世勞苦，萬愁纏心……。」

(5)〈麒麟客〉篇，謂：「示以九天之樂，復令下指生死海波」。

(6)〈張老〉篇，謂：「人世勞苦，若在火中，身未清涼，愁焰又熾。」

(7)〈裴諶〉篇，謂：「塵界仕宦，久食腥羶，愁慾之火，焰于心中，負之而行，固甚勞苦」，又曰：「以智自燒，以明自賊，將沈浮于生死海中，求岸不得」，又曰：「塵路迢遠，萬愁攻人，努力自愛」。

(8)〈李紳〉篇，謂：「人世凡濁，苦海非淺。」

人世既然凡濁，人生既為苦海，欲脫離此凡濁之苦海唯有努力修習仙術；故〈麒

〔註50〕見蔣維喬《佛教概論》第二篇，頁4。

麟客〉篇中之麒麟客王夐，即自言其修習之過程，謂：

> 夐比者塵緣將盡，上界有名，得遇太清眞人，召入小有洞中，示以九
> 天之樂，復令下指生死海波……自是修習，經六七劫，乃證此身。

又勸張茂實努力修習，謂：

> 形骸雖遠，此（心）不忘修致，其功即亦非遠。亦時有心遠氣清，一
> 言而悟者，勉之。

並贈金百鎰，作爲茂實修身之助。後茂實果以此金安家，而後入山不知所終。主題
與此相似之〈裴諶〉篇，亦在諷喻世人修仙，謂「裴諶、王敬伯、梁芳，約爲方外
之友，隋大業，相與入白鹿山學道，謂黃白可成，不死之藥可致，雲飛羽化，無非
積學」〔註51〕，無何而梁芳死，敬伯下山求仕宦，唯獨裴諶成仙；其後敬伯得官，
欲濟裴諶，反爲成仙之裴諶嘲弄。又如〈盧僕射從史〉篇，盧之鬼魂謂：「且夫據其
生死，明晦未殊，學仙成敗，則無所異，吾已得煉形之術也。」

　　至於〈張老〉篇「極言仙凡之別」；〈杜子春〉篇言修道之不易；〈楊恭政〉、〈李
紳〉二篇以爲成仙與否亦繫於命，而二人又以人間親情之理由，重返人間。凡此，
除提醒世人成仙未必人人可爲之外，亦告戒世人不可因修仙而忽略人情；此可見作
者雖傳播神仙思想，不過作爲無可奈何之寄託而已，固未嘗眞正入山修道也。

4. 對俗情之諷戒

　　《續錄》書中，常謂「警道之傲者」，「戒欺暗者」；又如〈韋氏子〉篇，藉將死
而復甦者之口，勉人勤修善業，免墮地獄之苦；或如〈張老〉、〈韋令公皋〉等篇，
諷刺世俗之輕薄現實。凡此，皆在談玄說怪之餘，出之以諷戒，知其爲有心之作，
而與單純志怪之性質有別。

　　作者常勸人勿傲慢，如〈辛公平上仙〉篇中，旅店主人欲逐客，辛公平謂：「客
之賢不肖，不在車徒，安知步客非長者？」其後將軍謂：「聞君有廣欽之心……鬼神
者且不敢侮」，公平亦因此得見天子上仙之經過·故篇末云「以警道途之傲者」。〈韋
令公皋〉篇中，張延賞先輕視韋皋，及韋代其爲西川節度使，張欲自抉其目，以懲
不知人之過，作者有感於此，曰：「噫！夫人未遇，其必然乎？」又謂「非張相之忽
悔，不足以戒天下之傲者」。又〈張庾〉篇中之精怪，亦能發「不告掌人，遽欲張樂，

〔註51〕關於「黃白」，李豐楙先生認爲道教要變化成仙，需經由一種變化之手段，服食即爲其
　　　　方法。晉葛洪撰《抱朴子》，綜括爲黃白、仙藥二類，前者指黃金、白銀等燒煉而成之
　　　　丹藥，後者指各種奇特礦植物等，見〈六朝仙境傳說與道教之關係〉一文，另參其博士
　　　　論文《魏晉南北朝文士與道教之關係》。又傅勤家《中國道教史》認爲「燒煉金石之故……
　　　　一爲服食以求長生，一爲使成黃金以求富。……或曰黃白，謂黃金白銀變化之術也」（頁
　　　　139），二文對「黃白」之解釋不同。

得無慢易乎？」之論。〈張老〉篇中，張老爲神仙而以園叟之身分示人，受韋氏之輕賤，其後韋反賴張濟助，此類情節，亦在戒人不可隨意輕視他人。

其次，作者主張泛祭，故書中「泛祭之見德」一語二見（一在〈錢方義〉篇，一在〈木工蔡榮〉篇）。所謂泛祭，實亦「廣欽之心」之推廣，對人類固不可傲慢，對鬼神又豈可輕賤？此種心態，與迷信絕不相同。又如〈韋氏子〉篇，雖借用佛教之題材，勸世人勉植善業，主旨乃在勸人爲善，而不勸人信佛；但作者既主張「廣欽」，佛也，道也亦皆有其存在之價值，故書中既不抑佛，亦不斥道，任其並存，擇其善者爲我用，夫有何不可？〈錢方義〉篇所載《金剛經》之異事，〈韋氏子〉篇記人死後化爲烏鴉「回煞」之奇聞，〈驢言〉篇載驢言因果輪迴之譚論，皆應作如是觀，不可執此以判李復言「侫佛」也。

〈韋氏子〉篇謂「爲不善者，明則有人誅，暗則有鬼誅，絲毫不差」，〈驢言〉篇亦謂「以戒欺暗者」，此二篇之性質皆近佛，而其作意，則固在「戒欺暗者」也。

除對人類，對鬼神不可輕賤外，即對異類，對奇事亦應有包容之心；如〈薛偉〉篇，薛偉化爲魚而爲同僚所釣取宰割，雖但爲「魂遊」，亦足以悚人心目，焉知今日所食之魚，非往日親友之魂？故終生不復食魚者，非僅僅「戒殺生」一語可以涵蓋，而有一種尊重生命之深刻意義在。

在前文討論「神仙思想」之傳播時，論及人世之愁苦，乃由於人類無止盡之慾望之無法滿足，爭奪名利，如燈蛾之撲火，故應努力修仙，以脫離此苦海。自他一方言之，人類若能減少其慾望，減少其巧取豪奪之行爲，則人世與仙境亦無差別矣！作者雖屢借神仙之口以痛斥世人之愚妄，實則仙境難期，作者無意於學仙遁世（此由其終生奔走名場可知），乃在感喟之餘，聊以諷戒世人耳！

第四節　作者思想

作者李復言之思想，以《續玄怪錄》一書之內容考察，當爲受佛道影響而歸結於儒家之形態。

李復言對仙境充滿嚮往，對神仙之境界頗爲羨慕，於修仙學道之過程，亦能言其大略；佛教方面，輪迴、果報之念均出現於其書中，甚至記述佛經之異能，並以地獄之悲苦，勸人行善。〈盧僕射從史〉篇謂「佛以世界爲大宅，道以人身爲大患」，佛道二家之思想，駢存於《續錄》書中，故謂其思想，受佛道之影響。

李復言不得志於仕途，偶一爲縣令小官而已，生平又未有科名，故《續錄》一書，對科舉懷有譏諷，對官場之昏亂，亦加以諷刺。此種不得志之心情無處宣洩，

現實人生之挫敗不得慰籍，故轉而爲仙境之想望，另尋寄託，寓情於煙霞之外，其心情之悲苦無奈可知也。

王夢鷗先生以爲「作者思想殆盡於道教，而遠於釋氏」〔註52〕，其後又以爲「李復言頗佞於佛」〔註53〕，何其前後看法之差距若是之鉅也？縱有二、三篇章不易判斷其正確之歸屬，亦不當因此而由「遠於釋氏」而變成「頗佞於佛」，竊以爲此乃對於資料之判斷過於自信之原故。夢鷗先生判斷作者思想近於道教之理由爲：

> 不特《太平廣記》以之散列於神仙、方術、定數、報應諸門類，而無一及於僧釋；且觀其中如〈葉令女〉篇，竟謂盧生取佛塔磚以擊虎，又燃佛像以繼明。既未見其有若何戒懼造孽之意，甚且反因此而得完成其婚娶，此豈非由於佛教緣遠之故乎？

此時先生將四卷本中〈薛中丞存誠〉篇之羅漢，〈張質〉篇之地府，〈錢方義〉篇之《金剛經》，〈驢言〉篇之輪迴果報等，完全略去不談；而以《廣記》之分類，以及〈葉令女〉一篇之取佛塔磚、燃佛像，即判斷作者之思想「遠於釋教」。其後，先生改定其說，又以〈錢方義〉篇所載《金剛經》之異事，斷定作者「佞佛」，而將〈葉令女〉篇刪除於《續玄怪錄》一書之外。固然，〈錢方義〉篇因有作者之自記，可以斷定爲李復言所作，可以作爲判斷作者思想之根據，但必須詳參〈錢方義〉篇載錄《金剛經》之奇異，究竟是否爲釋氏說教，或但以「錄異」之心態爲之，此點若不辨明，一見及囀經之事即謂作者佞佛，又豈能作出客觀公正之判斷？李復言撰寫《續錄》，常於篇末之議論中述其作意（見前一節），如〈辛公平上仙〉篇之「以警道途之傲者」是也。唯此篇復言之結語爲「宵話奇言，故及斯事」，若復言佞佛，必當以《金剛經》之異能爲正常，何以自謂「宵話奇言」？〈錢方義〉篇中載厠鬼要求囀經，從而遷陞他職，全不及人事，故謂「宵話奇言」也。復言若欲爲釋氏說教，大可長篇累牘，記載佛經助人脫災之故事，何以《續錄》一書中，仍以神仙道術爲多？

王夢鷗先生「佞佛」或「遠於釋教」之說雖皆不合事實，然亦由此可見《續錄》一書之受佛道影響也。就作者受道家思想之方面言，王夢鷗先生之說云：

> 至於作者之道家思想，則又承襲魏晉南北朝以來道教之信仰。此種信仰實揉合古代巫術，天竺佛說及中國自有之神仙家言而爲一。其最著者，厥爲「定數」觀念。因其視世間萬象，明之有人事，幽則有鬼神，而幽明

〔註52〕《幼獅學誌》六卷四期，〈續玄怪錄及其作者考〉。
〔註53〕《唐人小說研究》四集，頁34。

之間，實相照應。故其變化循環，凡事皆經前定。〔註54〕

此種「事皆經前定」之天命觀念，前文已有詳細之討論，此處不復贅言。然面對此「天命」與「定數」之力量，作者表現何種態度？夢鷗先生又云：

> 定數觀念固可使人安於宿命而樂天自守，然亦為一極不自由之人生觀感。作者於是乃復歧趨為二種願望，其消極者，但願其預知陰騭之有定，因而逆來順受而不妄冀非分。其積極者，則又欲掙脫定命之支配而求自我之自由伸展。由於此一願望遂形成其對仙真生活之極度羨慕。按其所羨慕者，第一為永恒之適意，其次為予取予求之仙術，又次則為不受人事拘束之幽人生活，最下者但願逢凶化吉，稍稍改變「定數」之安排……如〈李俊〉、〈錢方義〉、〈蔡榮〉是第四級；〈麒麟客〉第三級；〈竇玉妻〉是第二級；〈楊恭政〉是第一級。至不修而偶得之自由，殆無異於薛偉之變為魚，而終仍難逃於定數。

夢鷗先生既已覺察出《續錄》有「擺脫定命之支配」之願望，卻又認為此皆為幻想，謂：

> 此種幻想，為魏晉以來文人所共具。但於唐中葉，定命之說特見風行。……然時代進步，其中亦有勘破此種幻想者，如白居易之〈夢仙詩〉云「悲哉仙人夢，一夢誤一生」，秦韜玉〈問古詩〉云：「大抵榮枯各自行，兼疑陰騭也難明」。倘持此二說以質於《續錄》作者，則顯見其於唐人中，應居思想庸俗之一流。

此言頗不公允，既言此種幻想為魏晉以來文人所共具，又謂具有此幻想之李復言思想應居庸俗一流，推其意，是否魏晉以來之文人之思想皆居庸俗一流？白居易雖有〈夢仙詩〉，然其中年亦曾惑於丹術〔註55〕，即韓文公亦有服食硫黃之傳聞，如因此而譏二公之思想亦為庸俗一流，似亦有所不當。

復言之思想是否庸俗，暫可不論；但其人於人性有深刻之體認（見前一節），又常能於嚮往仙鄉之餘，顧及人間親情之可貴，如楊恭政之迴侍王父；李紳之「未立家，不獲辭」；杜子春之母愛表現；更如〈麒麟客〉篇中張茂實之決定入山，必先「出井中金與眷屬」，將家計安頓完善，方肯出遊；〈杜子春〉篇中之杜子春隨道士入山前亦然。以此，吾固知李復言之思想為儒家，唯有儒家思想最重視親情

〔註54〕同註52。

〔註55〕陳寅恪先生云：「然則樂天之中年曾惑於丹術可無疑矣。」見《元白詩箋證稿》附論〈白樂天之思想行為與佛道關係〉，頁323。韓文公服食硫黃之事，陳氏亦有詳考，見頁325～327。

也。李復言既不入山修道,亦不學佛,卻一生奔走名場,其原因安在?《漢書·藝文志》云:「儒家者流,蓋出於司徒之官。助人君,順陰陽,明教化者也。」後世儒者,有不營求仕宦,冀能展其政治抱負者乎?李復言若非仕途顛頓,又何必寄情於仙境之幻想中,抒其牢愁,亦不必終生搜奇錄異,聊以自解也。

第三章　形式探究

第一節　結構設計

　　小說之結構，又稱組織，或稱佈局，乃由情節（plot）之發展構成，故在討論結構之前，須先了解情節。

　　情節一詞，最早見於亞里士多德《詩學》一書，亞氏用以稱作「悲劇」或「敘事詩」之構造體。近代學者則以爲小說或戲劇中，依時間程序布置前後動作之因果敘述，即爲「情節」。美小說家佛斯特氏（Forster）曾對情節下一定義曰：

　　　　我們對「故事」下的定義是按時間順序安排的事件的敘述。「情節」
　　也是事件的敘述，但重點在因果關係（Cousality）上。「國王死了，然後
　　皇后也死了」是故事；「國王死了，皇后也傷心而死」則是情節。在情節
　　中時間順序仍然保有，但已爲因果關係所掩蓋。〔註1〕

此種「著重因果關係」之事件敘述之妥善安排，即稱爲小說之結構或佈局。

　　關於小說佈局之理論，亞里士多德論「悲劇」結構之一段文字常被引用，《詩學》第七章：

　　　　悲劇爲對一個動作之模擬，此一動作其本身係屬完整，……所謂完整
　　乃指有開始、中間與結束。開始爲其本身毋須跟隨任何事件之後，而有些
　　事件卻自然地跟隨於它之後；結束爲或出於自身之必然，或出於常理，跟
　　隨於某些事件之後，而無事件跟隨於它之後；中間則必須跟隨於一事件之

〔註1〕《小說面面觀》，頁75，李文彬譯。王夢鷗《文學概論》十九章註1譯作「我們把情節
　　　　定義爲：將故事（story）依照時間順序而整理的各種事件的敘述，而這敘述的重點則在
　　　　於因果關係。」二譯略殊，筆者未見原文，但就原書前後文觀之，似以李譯爲佳。

後，而另一事件復跟隨於它之後。〔註2〕

此「開始」、「中間」、「結束」三步驟，倘就動作進行之情況言，又稱「糾紛」（Complication）、「危機」（Crisis）、與「解決」（solution）。而威廉（Williams）氏《短篇小說作法研究》一書，則將之演述為：

（1）最初衝動或最初事件。

（2）爭鬥或糾葛中間的各步驟，至迴旋點（或稱戲劇頂點）為止。

（3）自戲劇頂點至動作頂點（或稱動作的末尾）間的各步驟，和結局。〔註3〕

所謂「戲劇頂點」即小說之高潮，而「動作頂點」則指小說之結束。在「戲劇頂點」以前之動作稱「上升動作」，而「爭鬥」或「糾葛」之各步驟即包含其中；「戲劇頂點」以後之動作則稱「下降動作」，威廉氏謂：

> 近代的短篇小說，往往在戲劇頂點過去以後立即結束，因為當小說的緊張時間過去以後，若把「下降動作」過分延長，那篇小說就要覺得失勢了。〔註4〕

至於小說之結尾，威廉氏以為：

> 常為一段敘述動作頂點或結局或收場的文字，但有時則為一種含有道德意味的附詞或反映，或非正式的議論。這樣的結尾，當然不在佈局的範圍以內。

本文討論《續玄怪錄》之結構，亦將篇末之附記或議論部分刪去不談。此外，在正式分析《續錄》各篇結構之前，附帶討論其敘事觀點與格局：

壹、敘事觀點（point of view）

討論小說敘事觀點之文章甚多，竊以《長篇小說作法研究》一書之說法最為詳明清楚。該書分敘事觀點為內部觀點與外部觀點二類，所謂內部觀點，指敘述者為參與所敘述之事件者（如〈謝小娥傳〉中之李公佐是），而內部觀點之敘述，又分：

（1）主角敘述。（成為第一人稱之故事）

（2）同伴敘述。（故事中之「我」變成「我們」）

（3）旁觀者敘述。（以第三人稱之「他」敘述）

（4）幾個敘述者。

至於外部觀點，則敘述者完全置身於故事之外，未參與該事件，此種觀點，必為第

〔註2〕《詩學》，頁79，姚一葦譯註。

〔註3〕《短篇小說作法研究》，頁48，張志澄編譯。

〔註4〕同前，第五章，51，頁。

三人稱之故事，又分爲：1. 完整的全知。2. 有限度的全知。3. 移動的觀點。4. 哲學的「我」。〔註5〕

　　該書採取循環方式討論觀點問題，故內部與外部觀點有相近處亦有截然相異處；例如內部觀點中有時亦用第三人稱，而外部觀點亦可以用「我」作爲敘述者。本文不擬完全採用其說，而將討論範圍限定於：

　　（1）內部觀點：主角第一人稱敘述。

　　（2）外部觀點：作者第三人稱敘述（全知）。

　　《續玄怪錄》不離我國古典小說之傳統，絕大部分篇章採取全知全能之外部觀點敘述；唯其中有數篇有觀點轉移之情節，亦即故事原由作者以全知之觀點敘述，至故事之高潮處，改由主角自述其奇遇之過程，如〈楊恭政〉、〈薛偉〉、〈尼妙寂〉、〈韋氏子〉等篇皆是。至於此種觀點轉移之優點，將於討論各篇情節、結構時，詳細說明。

貳、格　局

　　吾人稱佈局之程式爲格局，所謂佈局之程式，通常以「編年式」、「反編年式」等名詞稱之。依次敘述事件發生之過程，即稱「編年式格局」，我國古典小說之格局多爲此類；若逆向敘述事件，由結果推求原因，即稱「反編年式格局」，一般偵探小說常用此種格局；此外亦可將「編年」與「反編年」混合運用，即將依次敘述之中間一段移出，跳過此段，繼續依次敘述，然後於某處補述此跳過之部分。試以天干爲例：（1）編年式格局：甲乙丙——→壬癸。（2）反編年式格局：癸壬辛——→丙乙甲。（3）混合式格局：甲乙——→戊己庚——→丙丁——→辛壬癸。其中仍可作許多變化，今不具論。

　　《續玄怪錄》各篇之格局，大抵仍爲傳統之「編年式格局」，唯亦有部分採取反編年或混合式之格局；以下分析《續錄》各篇之組織結構，即以其格局分爲三大類，分別討論。

參、結構分析

　　本文將依下表所列之次序，討論《續錄》各篇之結構設計。

一、編年式格局

　　（一）預言式結構：1、單純預言式。2、複雜預言式。

　　（二）遊歷式結構：1、仙境遊歷式。2、地獄遊歷式。3、龍宮遊歷式。

〔註5〕《長篇小說作法研究》第五章，Manuel Komroff 著，陳森譯。

（三）巧遇式結構。

（四）命定式結構。

（五）其他：1、簡單結構。2、複雜結構。

二、編年與反編年混合格局。

三、反編年式格局。

一、編年式格局

（一）預言式結構

此類故事之基型結構為：「預言──應驗」。此為單純型，若較為複雜者，則中間含一衝突或糾葛，即或加以反抗，或發生特殊變故，其結構則變成：「預言──糾葛──應驗」。

1. 單純預言式

其進行方式又分二類：

甲類：主要人物獲知預言──應驗。

乙類：次要人物獲知預言──應驗。

屬於單純預言式甲類者：

（1）〈房杜二相國〉篇：房杜微時夜對食，冥吏相呼應對間稱二人為相──應驗預言，二人後果為相。

（2）〈盧僕射從史〉篇：李湘因女巫召盧之鬼魂，盧預言其當刺梧州，而不言其後事──李果刺梧州，而終於任內。

（3）〈琴臺子〉篇：崔氏妻招閑儀，告以當為崔之繼室，並以其子託之，時閑儀年方九歲──後果為崔之繼室。

屬於單純預言式之乙類者：

（1）〈涼國武公李愬〉篇：李愬之衙門將石季武夢道士迎愬登天津橋而稱仙公──後三日，愬果登天津橋，月餘而薨（成仙）。

（2）〈薛中丞存誠〉篇：薛存誠復亞臺長，其閤吏夢見僧童來稱中丞為須彌山羅漢，因故謫來俗界五十年，年足合歸故來迎──後數日，薛公薨，年正五十。

此類「單純預言式」之結構，「開始」與「中間」二階段無法截然劃分，中間又無衝突與糾葛，連構成短篇小說之基本條件亦不能符合，故就結構設計而言，此五篇為《續錄》中之下品。

2. 複雜預言式

屬於複雜預言式者，為〈定婚店〉篇。

韋固少孤，思早娶婦而無成，遇老人，告以當娶賣菜陳婆女，時女年僅三歲
——→韋不願娶此女，命奴殺之，後屢求婚而不遂，相州刺史以女妻之——→此女即
昔日所殺不死之賣菜陳婆女也。

本篇故事在「中間」階段即存在一衝突，所謂衝突，指二種相反力量之互相抗
衡。韋固長於士大夫之家，而老人預言其將娶賣菜人之女，此即產生衝突，故韋命
人殺之，然篇中但言「才中眉間」，殺之不死，此衝突即不能解決，而造成「懸疑」；
其後該女為其叔父相州刺史收養，而嫁給韋固，既為宦門之女，以前之衝突即已不
存在。此時已達小說之「戲劇頂點」，故韋固一知該女之真正身分，小說即告結束。
本篇之結構設計頗為成功，關於本篇之其他成就，詳見第四章第四節之討論。

（二）、遊歷式結構

此結構又可分為：1、仙境遊歷式。2、地獄遊歷式。3、龍宮遊歷式。

此類遊歷式結構，一部分繼承六朝小說之傳統，遊歷之過程，具有「啟蒙」
（Initation）作用，遊歷者經歷各種異象後，了悟人生百態，或改變某種觀念；一部
分不具「啟蒙」作用，或意有所諷，或藉遊歷之過程預知某些後事，而於日後應驗。

六朝仙境遊歷之基型結構為：「出發——→歷程——→回歸」，回歸指回返人間。回
歸後有二種情形，一為留在人間，一為再返仙境。〔註6〕

1、仙境遊歷式結構

甲類：出發——→歷程——→回歸　　乙類：出發——→歷程——→回歸——→再返

屬於甲類者為：〈李紳〉篇。

（1）出發：李紳少時遊華陰，有仙人唐若山邀其同遊羅浮，遂隨仙人共乘一簡
　　　　冊，到一山前。

（2）歷程：眾仙迎之，謂紳名繫仙錄，而俗塵尚重，然美名崇官，皆可得之。
　　　　又李紳原不名紳，眾仙告以「子合名紳，字公垂」。

（3）回歸：回返人間，改名易字，果兼將相之重。

篇中李紳於遊歷過程中未得任何「啟蒙」，亦不描寫其對世情有何領悟，反著重
於眾仙所作之「預言」，以與其後日之成就相印證。故嚴格說，此篇結構當介於「單
純預言式」與「仙境遊歷式」之間，「開始」、「中間」、「結束」之步驟既不明，中間
亦無任何衝突與糾葛發生，就小說結構之設計言，仍為《續錄》各篇中之下品。

〔註6〕見李豐楙先生〈六朝仙境與道教之關係〉一文，另參見第三章第一節，探討〈張老〉篇
　　　題材之部分。

此外，〈張老〉篇中韋兄訪張老一段，〈裴諶〉篇中王敬伯訪裴諶一段，亦運用此類仙境遊歷之結構，且較〈李紳〉篇更接近於六朝傳統，因其只為全篇結構之一部分，故此處不談。

屬於乙類者，為：〈麒麟客〉篇。

(1) 出發：張茂實有僕名王夐，實為仙人以備作穰災者，期滿當歸，邀茂實同遊。

(2) 歷程：王乘麒麟，張乘虎，至一仙境，王夐示以成仙之樂，人世之苦，並贈以修身之助，勉其修仙。

(3) 回歸：回人間後，茂實棄官遍遊名山。

(4) 再返：歸出井中金（王所贈）安置眷屬，再出遊山，終不知所在。

篇中仙遊之歷程，實具「啟蒙」之作用，既已了悟世事，看破紅塵百態，故不再留戀人世，而再返仙鄉。作者雖不言是否茂實已重返仙境，但以「不知所終」一言出之，含有虛無縹緲之神秘意味，實亦已表明其修仙之決心及其成仙之可能性。本篇之結構較〈李紳〉篇為複雜，王茂實經仙境歷程之洗禮後決心修仙之行動亦屬可信，可惜未能就其修仙與否之衝突作內心之刻劃，說教意味太重反使其諷人修仙之說服力大減，故本篇之藝術成就不高。

2、地獄遊歷式結構

六朝本有「冥界遊行」之遊歷型故事流傳〔註7〕，此類故事之典型結構為：

某人死亡，唯心頭尚煖，故數日不葬——→復甦，自道其地獄中所見種種苦狀——→從此奉佛或即出家。

六朝小說《冥祥記》載此類故事頗多。延至唐代，此類故事已不復被記載傳述；唐傳奇中，或有一二篇章採用作為全篇結構之一部分，如《續玄怪錄》之〈韋氏子〉篇，即載韋氏女病危，忽若鬼神扶持，驟能起坐，道其入地府所見，唯其言畢而卒，與六朝小說之傳統略殊。《續錄》另有〈張質〉篇，雖亦為入地府事，唯其結構則與前述仙境遊歷之結構接近，亦為「出發——→歷程——→回歸」之型式。

(1) 出發：張質初授臨渙尉，到任月餘，數人執符來追。

(2) 歷程：隨使者入地府，被責以推事不實，使人枉死，張力加否認，經對質之結果，乃知誤勘同名，遂獲遣回。

(3) 回歸：回返人間，數日方能言，而神識已闕。

此類結構本過於單調，在六朝固為正常，在唐代則已落伍。唯本篇之處理仍有其

〔註 7〕冥界遊行故事參見前野直彬《中國小說史考》Ⅱ之2。

精彩處，其精彩處乃由許多疑問與解答所構成：張質初到任，忽爲陰司所追勘，不知是何原因？入於地府，乃知因其推事不直，遣人枉死。質謂到官月餘，未嘗推事；既未嘗推事，何以能使人枉死？經對質後，乃知誤勘同名。此種疑問與解答，造成情節之起伏，使不致過於平板，故覺其精彩。其次，本篇頗含諷刺意味，張質被陰司所勘之理由爲「推事不直」，及發現乃同名之誤，冥官乃又推責諉過，謂「聞於上司，豈斯容易，本典決十下，改造正身」，意謂此事不可聞於上司，但略罰使者，並令其改追正身到案。張質受此無妄之災，神識遂闕，豈非冥吏「推事不直」之故乎？

〈韋氏子〉篇結構較繁，人物亦多，茲先簡介人物，然後分析情節：

韋氏子：自幼宗儒，以釋氏爲胡法，非中國宜有。

韋長女：適相里氏。

韋次女：適胡氏。

相里氏：執韋氏之論，崇儒抑佛。

胡氏：常敬奉佛法。

（1）韋氏子死，交代不可「爲俗態鑄釋飯僧，祈祐於胡神」，其子從之。

（2）既除服而胡氏妻死。不久相里氏妻亦疾殂，忽若鬼神扶持，驟能起坐，告其夫地府中所見。謂韋氏子因謗佛而受苦，而胡氏妻以夫家積善，即當上生天宮。又謂已委形後，當化爲鳥，再七飯僧時，可以來此。言畢而卒。

（3）及期果有鳥來，狀如相里氏妻生前所言。

此篇中間一段：相里氏妻疾殂入地府──→遊歷──→復甦道其事等情節，可謂完全襲自六朝小說。但由於本篇將結構擴大，故感人深，而說服力亦較強：

（1）用對照法，安排謗佛之韋氏子，及夫家敬佛之胡氏妻二人同入地府而待遇不同；尤以胡氏妻，但以夫家奉佛，即能上生天宮。

（2）爲強調其言之可信，又安排化鳥一段作爲驗證。

本篇之結構雖勝過同類型之六朝小說，然其情節平板，離短篇小說之基本要求尚遠。

3、龍宮遊歷式結構

其基型結構爲：「因奇遇而入龍宮──→歷程或事件──→得寶物後出宮」。

（1）〈李衛公靖〉篇

1. 李靖因迷路誤闖龍宮。

2. 受龍王夫人之託，代爲行雨，因報恩闖禍。

3. 出宮前夫人贈悅怒二奴，李靖取其怒者，因此成爲唐開國名將，但不及於

相。

（2）〈蘇州客〉篇

1. 劉貫詞求丐於蘇州，遇龍子，託其傳書。
2. 貫詞入龍宮，見龍女與夫人。
3. 得罽賓鎮國椀，出宮。

關於〈李衛公靖〉篇中李靖行雨時一滴與二十滴之內心衝突，前文已有討論；至於其結構設計部分，有二處仍值一提：

1. 在李靖入龍宮前，先描寫其受恩於村翁，及李靖行雨，乃因報恩而滴二十滴雨於該村，又因其報恩，使夫人受鞭笞，環環緊扣，使全篇前半之結構極為紮實。

2. 篇末夫人贈悅怒二奴，靖取其一，致不能位兼將相之一段寓言，與前段不相接，實為本篇之敗筆，蓋前段處理人性問題，極見深刻，此段卻落入宿命論之窠臼，使李靖合於人性之英雄形象大受損害。關於此點，請詳見下節人物刻劃部分。

至於〈蘇州客〉篇，其結構除以劉貫詞為主線之遊歷型式外，又有以龍子為主之另一條副線暗中發展，經過為：

1. 龍子因盜得罽賓鎮國椀，出亡在外，逢貫詞，託其傳書，並欲假其手歸還此椀，又擔心龍王太夫人啖貫詞，囑其堅持一見龍女，以保護貫詞。

2. 貫詞入龍宮，龍女二次護住貫詞。

3. 貫詞出宮售椀，椀歸回西域，龍子復歸龍宮。

其結構可以下圖表示：

線段ＡＢ表示貫詞求乞於蘇州，Ｂ點遭逢龍子；弧線ＢＣ表示貫詞入龍宮，線段ＣＤ表示貫詞出宮售椀，Ｄ點椀售出後被攜回罽賓，同時龍子回宮；虛線ＢＤ則表示龍子行蹤不明，乃為伏線。《短篇小說作法研究》一書之作者威廉氏謂：

　　糾葛是指二條興味線的糾纏，糾纏的結果，為保持小說的通一性起見，其中的一線必須被另一線所節制。〔註8〕

〔註8〕同註3，第三章，頁28。

　　本篇龍子之命運全繫於劉貫詞之行動，而劉貫詞之行動又完全操持於命運之手，二條興味線處處糾纏，結構頗見精彩。可惜在事不在人，不能於人物內心衝突處作細心之刻劃，一切行動仍落入宿命論之泥沼，遂落於下乘。如貫詞之求丐，龍子之盜椀，皆為極佳之衝突題材，而作者於此處完全不作描寫，彷彿故事中所發生之一切均理所當然。空有一付嚴謹之架構而無深刻之內涵，本篇為《續錄》中極令人惋惜之作。

　　除以上三種遊歷式結構外，另有「幻遊」式之結構，如〈薛偉〉篇之薛偉化魚即是，但該篇採用反編年式格局，故此處不論。此外，又有〈辛公平上仙〉篇，其結構亦與遊歷式頗為接近：

（3）〈辛公平上仙〉篇

　　1. 辛公平赴調集，逢陰吏之迎駕者王臻，結為好友。

　　2. 王臻將往迎駕，邀公平同行，公平遂得見皇帝上仙之經過。

　　3. 歸後數月，而有「攀髯之泣」。

　　所謂「攀髯之泣」其釋見前章，蓋指當時未能隨皇帝上仙而言。故其窺見皇帝上仙之經過，即相當於遊歷之歷程，而有「攀髯之泣」者，即表示其於歷程中，受一「啟蒙」之作用。

　　本篇所處理為一人性之問題。篇旨作者已言，為「警道途之傲者」，何謂「傲者」？如何警示之？作者先描述公平謙敬之狀，因其謙敬，故能結識王臻，王臻告以「人生一言一憩之會，無非前定」並予以證明，又自謂其為陰吏之迎駕者；因公平之謙敬，乃能結識陰吏，此其一。其後臻引公平謁大將軍，將軍曰：「聞君有廣欽之心……。」遂許其同行，故公平得見上仙，乃因有廣欽之心，此其二。辛公平見皇帝上仙，皇帝為人間極尊貴者，而於人世之處境，不過「人間紛拏，萬機勞苦，淫聲蕩耳，妖色惑心」而已，此其三。王臻曰：「陽司授官，皆稟陰命」，並預言公平之仕途，其後皆如其言，此其四。人生皆如定分，尊貴如皇帝者亦不過爾爾，此所以公平數月後忽悟，而有「攀髯之泣」也。公平本為赴調集之舉子，心中所念不過功名二字，忽知人生之一切皆屬前定，則前此所有念頭以及伏案之苦狀，皆成荒謬；又見皇帝上仙之心情如此，內心之衝突更強烈，數月後終于而有攀髯之泣，但後悔已遲，已掉入命運之網羅，永難超生也。其內心之衝突，造成結構上之兩次波折，故事遂覺動人，同為命運問題，因處理之過程及於與人性之衝突，即能使單純之志怪，提升至上乘小說之境界，本篇之描繪雖略嫌粗陋，但已不失為《續錄》中之中品。

三、巧遇式結構

此處所謂巧遇，與威廉氏所定義西方文類之「巧遇」（incident）不同。威廉氏所言之「巧遇」，包含：「動機十步驟十頂點＋結局」。等階段〔註8〕。與短篇小說之不同處爲：「巧遇」爲單線發展，短篇小說則有第二條興味線加入。威廉氏所定義之「巧遇」實頗合於我國六朝以來志怪小說之傳統結構，《續玄怪錄》中此種單線發展之巧遇型故事數量不少，如前述「簡單預言式結構」之各篇皆是。唯此處但借「巧遇」一詞，而定義爲「偶然相遇」，即某人遭逢某一事件，純屬偶然，毫無原因；事件發生後，此人亦不受任何影響。如李靖誤入龍宮，似若偶然，但出宮後命運受此事件之支配，即不能稱巧遇；又如張質因同名爲陰司誤勘，既有原因，亦不能歸於巧遇。

《續錄》中屬於「巧遇式結構」者：

1.〈張庾〉篇

篇中載張庾獨在月下，遇少女數人宴樂，庾側身於垂簾後望之──→庾開門突出，眾起紛紜，庾趁機奪得一盞──→親朋傳視此盞，數日後忽墮地不見。

本篇雖或寓有諷刺（說詳前章第三節），然其情節之發展既爲單線，亦無任何糾葛與衝突，實尚難符合短篇小說之標準。

2.〈錢方義〉篇

（1）方義夜如廁，遇廁鬼郭登。

（2）郭登二度要求爲寫《金剛經》，俾能升等，且食天厨。

（3）方義從其請，郭登如願。

此二篇故事中之主角偶然參與一事，偶然而來，忽然而去，於其日後生活，毫無影響，故稱爲「巧遇」。此類故事，情節簡單，本不足以言小說，但《續錄》中有〈唐儉〉篇，卻能巧妙疊合二次巧遇，成爲極成功之短篇小說作品。

其第一次巧遇：

（1）唐儉過洛城，渴甚求水，遇一縫襪婦人，意緒甚忙，自謂其夫爲貨師薛良，事之十餘年，未嘗歸侍舅姑，明早郎來迎故忙耳。儉微挑之，拒不答，儉媿謝之，遺餅兩軸而去。

（2）行十餘里，忽記所要書有忘之者，歸洛取之，爲塗芻所阻，問何人？乃薛良之枢也。駭異之，遂問何往，曰：良婚五年而妻死，葬故城中，又五年而良死，良兄發其枢，將祔先塋。

〔註8〕同註3，第三章，頁28。

（3）儉隨觀之，至殯所，是求水處也，棺上有餅兩軸，新襪一雙，儉悲而異之。

雖爲簡單之巧遇，卻有精彩之處理。唐儉誤入婦人墓穴，並不自知，敘述者亦不言明，卻以生動之刻劃出之，先以縫襪忙祿，念事舅姑，刻劃該婦人之賢淑；又以唐儉之微挑不答，刻劃其貞節，能使抽象之德性具象化，此所以佳。結構上，則以「縫襪」與「新襪」，「遺餅」與「有餅兩軸」作爲線索，使唐儉誤入墓穴之事實，有證物可尋。此完整之一段，已頗有可觀，且又以「儉微挑之，拒不答」，作爲伏筆。

第二次巧遇：

（1）儉遂東去，遇士子二人各領徒發故殯，一人驚嘆久之，一人執錘碎其柩而罵之。

（2）儉遽造之，歎者謂所發乃其子之柩，棺中喪其屨而有婦人履一隻，罵者所發乃其愛姬之柩，棺中喪其一履，而有丈夫履一隻，兩處互驚，取合之，彼此成對，蓋其子淫於彼，往復無常而遺之。

（3）儉聞言，登舟靜思此二事而發議論。

此一段巧遇，以一雙互易其位之鞋履作爲線索，本爲極荒誕無稽之故事，卻因當事者之情態，以及歎者揣摩之口氣成爲可信，此其成功處。而主題仍扣在男女之情操上，與上一段巧遇，唐儉微挑婦人埋下之伏筆連成一氣，使二次巧遇之結構如銅門之雙環，各自分開而又似相連屬。二次巧遇之性質類似，而筆法不同，第一次巧遇由唐儉誤入婦人墓穴而引發，唐儉且親與其事，其經過爲：

唐儉──→婦人──→薛良之柩──→婦人殯所──→唐儉離去

第二次巧遇，唐儉只是旁觀者，故事由歎者道出：

唐儉──→二人領徒發棺──→歎者道出故事

篇末唐儉思此二事，發出「貨師之妻死五年，猶有事舅姑之心；逾寵之姬，死尚如此，生復何望哉？」之議論，除可解釋文中一部分情節外，又恰將二次巧遇貫穿，就全篇結構而言，此段議論不能算是多餘。

四、命定式結構

命定式結構與預言式結構不同；先提出預言，然後或立即應驗，或經衝突而應驗，此爲預言式結構；全篇籠罩於命運之手掌下，而故事之主人翁並不自知，讀者亦不知，至故事發展至相當程度始萌露端倪，此爲命定式結構。

命定式結構之圖式，可借用《長篇小說作法研究》一書所提出之三種圖形作爲說明：

圖中B爲覺察命運之點，圖一所示爲一般命定式小說之圖形，圖二表示幾乎一

開始即感到命運之力量，圖三則表示故事進行許久，讀者始發現命運之網已張開。
無論何種圖形，故事一經覺察點，發展之勢即開始下降。〔註9〕

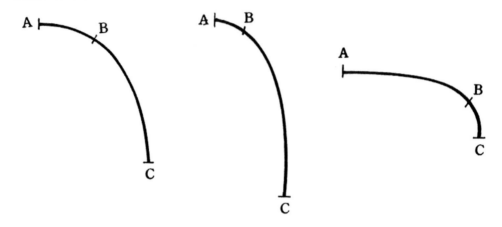

然以上圖一～圖三只適用於長篇小說，就短篇小說而言，則常如圖四所示：

　　圖中命運之覺察點接近結局，亦即命運之力量一經出現，故事即近尾聲，否則
「下降曲線」過長，故事必然失勢。何以長、短篇小說有此不同？此由於結構之自
然限制，長篇小說可藉著巨大結構，展現命運嘲弄人生之悲劇為不可抗拒之事實，
讀者明知結局為悲劇，卻為通向最後結局之驚心動魄歷程感懷不已；短篇小說必須
強調驚奇之戲劇效果，故不能一開始即點明左右情節發展之力量為何。

　　龔鵬程氏討論唐傳奇之性情與結構，亦曾引用前述之圖形，並以〈張老〉篇中，
韋女以嫁張老為「此固命乎！」並在張老韋女成婚後，盡力描寫二人遊恣神仙之樂，
使得前半求婚一段形同楔子，此為傳奇常見結構之一，與西方小說中命運發展之型
式不同。又，如〈柳毅傳〉、〈郭元振〉等小說主題意識於最後始逼顯，戛然終止，
逗人深省。更有一類，別有主題，卻於敘事映帶中，偶然提及自我與天命之關係。
此類結構《長篇小說作法研究》之作者 komroff 具未提及。又謂：〈虯髯客傳〉顯然
是第二類結構圖示，但生命情境似乎並未下降，〈定婚店〉更是在幾乎釀成悲劇後轉

為天命之前的一體同歡，由 komroff 看來，這就像使灰姑娘自殺一樣不可能，可是傳奇中卻所在多有。〔註10〕

　　龔氏以為唐傳奇各類結構 komroff 具未提及，其實該圖乃 komroff 氏就長篇小說之結構而言，二類小說之結構本不能混為一談。其次，龔氏以為圖中B點以後之下降曲線代表「生命情境」之下降，亦非確論，此下降曲線實只能代表故事於高潮後之「下降動作」，亦即故事在B點後，急轉直下，一切明朗化，不再有「上升動作」發生。故下降曲線與生命情境之下降與否無絕對關連。此外，〈定婚店〉篇故事之情節發展，只在應驗月下老人之預言而已，預言雖經考驗，終於應驗，故事喜劇收場，極為自然，komroff 氏未必認為不可能。實則，龔氏所提出如〈柳毅傳〉、〈郭元振〉等篇，命運力量於最後始逼顯，命運力量出現，故事即告結束，正合圖四所示之結構，為典型命定式短篇小說之代表。

《續錄》中屬於命定式結構者：

1. 〈葉令女〉篇

（1）葉令女盧造有幼女，許嫁鄭楚之子元方，後楚卒，元方護喪居江陵，音問遂絕。

（2）韋氏娶盧造女，其吉晨，元方適到，舍佛舍，忽有虎負一女來，年十七八，禮服儼然，元方擊虎救之，乃盧造女也。

（3）二人話舊，記前諾，元方致虎於縣，縣宰以盧歸于鄭。

此篇為典型之命定式結構，其上升動作至元方以佛塔磚擊虎，救盧造女，盧自言其身世為高潮，亦為命運力量之覺察點，讀者此時已感覺一切皆命運之安排，此後情節急轉直下，致虎於縣等事，皆完成結構之下降動作而已。

2. 〈梁革〉篇

（1）于公有美姬蓮子，以笑語獲罪而賣給崔公，崔命梁革讀其脈，革以為：二十春無疾佳人也。

（2）未一年而蓮子暴死，革迴及城門，逢柩車，以為蓮子未死，遂救治之，始復生，但缺一齒。

（3）于公大奇，勸崔公將蓮子予革，崔公以其缺一齒而應允。革得之，以神藥傅齒，未逾月而齒生如故。

本篇以蓮子之遭際為線索，蓮子先為于公青衣，再為崔公愛姬，後歸梁革；而三易

〔註10〕見〈唐傳奇的性情與結構〉、《古典文學》第三集，頁 206，另參本文第二章第三節，主題討論「天命與人間意志衝突」之部分。

其主，梁革皆與其事：

$$(1) \qquad (2)$$
$$于公 \longrightarrow 崔公 \longrightarrow 梁革$$

（1）崔公欲購蓮子，先請梁革讀其脈，始購而寵之。

（2）蓮子暴死，梁革救治之，遂歸梁革。

故蓮子之遭遇，由梁革為之穿針引線，一似梁革使其然者。然革始亦不知其能得蓮子，而必須輾轉自崔公處得之，梁革雖為「得和扁之術者」，仍亦不能逃脫命運之安排。崔公命革讀蓮子之脈，蓮子暴死而革適迴及城門，此非命運之安排而何？在故事前段，蓮子與革彷彿扯不上關連，因梁革僅為一名被偶然邀請之醫者，而蓮子卻為傳賣於公卿間之佳人；其後情節之發展亦如蜻蜓點水一般，二人若即若離；及于公忽提及將蓮子予革，命運之力量一經覺察，故事即告結束。本篇妙在命運完全隱於幕後，須經思索方能了悟，其結構由命運——梁革——蓮子，構成一串鐵環鎖，牢不可破。

3.〈張逢〉篇

本篇之情節原極單純，即張逢化虎食人又復為人，後自道其事，坐中一人為其所食人之子，聞言後欲殺逢，為眾人所阻，逢改姓名以避之。但因其夾一天命之主題，遂使情節轉為複雜。

張逢化虎食人為一偶然事件，本與天命無關，但化虎後「意中恍惚，自謂當食福州鄭錄事」，即隱隱有一力量為之主宰；其後遇迎鄭之使者相問答，「逢方伺之，而彼詳問，若為逢而問者」，再度表明張逢所為並非偶然，乃受制於某種力量。由於此二處之暗示，使本篇命運之覺察點稍稍提前，但此二處之覺察力量不大，全篇之高潮亦不在此。其後，張逢因話奇而道其事，豈料鄭錄事之子正在當場，故事之高潮在此，而命運與人性之衝突亦在此；長逢食鄭錄事為事實，但並非出於己願，此時鄭錄事之子即面對一項極為為難之抉擇，殺或不殺？不殺，則父仇不共戴天，為人子者難以心安；殺，則其人何辜？且己亦當坐法，前途毀矣！若於此處留下疑問，可以造成極大之戲劇效果。此時作者基於人性不能對抗天命之理由，安排隔離二人，死則死矣，此無可奈何之事也，若又殺逢，則三人皆死，於事何補？此種安排固為適當，只留下鄭子無窮矛盾複雜之心情而已。（另詳第四章第三節之討論。）

五、其　他

除以上十九篇外，屬於「編年式格局」者，尚有〈李岳州〉、〈韋令公皐〉、〈驢言〉、〈木工蔡榮〉、〈杜子春〉、〈張老〉、〈裴諶〉、〈馬震〉、〈延州婦人〉等九篇。此

九篇不能列入上述四種結構之任何一種，今為討論方便，將其分為「簡單」與「複雜」二種類型：

（一）簡單結構

1. 〈延州婦人〉篇，情節如下：

　　（1）延州有婦人，孤行城市，年少之子悉與之狎。數年而歿，州人為葬於道左。

　　（2）胡僧自西域來，見墓，敬禮焚香，謂此女乃鎖骨菩薩，以身度人者。

　　（3）眾人開墓視之，見其骨鈎結如鎖狀，州人為設大齋，起塔焉。

2. 〈馬震〉篇，情節如下：

　　（1）馬震居平康坊，見一賃驢小兒，謂有一夫人騎驢來此宅，未還賃債。其家實無人來，且付錢遣之，如此前後數四。

　　（2）一日，果有一婦人騎驢來，乃震母也，亡十一年矣，震逐之，至一牆後，乃白骨耳。

　　（3）馬生號哭，往驗其墳，棺中已空，遂為之遷葬。

此二篇皆但記異事，全無作意與主題，僅可以筆記視之，不足以言小說；然作者以其善於描繪之筆，使人物自動演出而不用敘述，故亦覺奇詭可觀。就其結構而言，「開始」、「中間」、「結束」三階段仍甚為分明，如〈延州婦人〉篇之婦人，開始時以一淫蕩女子身份出現，至中間，忽有人稱其為菩薩，此即造成驚奇與懷疑，後由結束一段加以印證，便覺可信而不突兀。〈馬震〉篇亦然，前段敘述出許多令人迷惑之事，中段開始導出事實，而事實卻為一不可能之事，作者謂「竟不究其理」，留下一堆問號給讀者，大有「信不信由你」之意在；提出疑問而不予解答，此種處理方式亦頗覺新鮮有趣。

3. 〈木工蔡榮〉篇，情節如下：

　　（1）蔡榮自幼信神，每食必分置於地，潛祝土地。

　　（2）榮臥疾，有武吏來教換婦人服，並謂若有人來問，則曰出矣，不知所在。後有將軍來，謂（閻）王後殿傾，須此巧匠，今不在，何人堪替？武吏乃答可以葉幹代替。

　　（3）將軍離去，武吏自稱土地神，以榮每食必相召，故來報恩。榮自此疾癒，而葉幹者暴卒。

本篇只在說明「泛祭見德」，亦無甚深意；但篇中描寫土地神化身為武吏，指示榮母如何欺騙冥府將軍，曲折委婉，敘述頗為主動；而先不透露其身份，亦不言原因，交代榮母諸事，又離於常情，頗能捕捉讀者之好奇心。

4. 〈驢言〉篇，情節如下：

（1）張高育一驢，高死，妻命其子張和騎往近郊營飯僧之具。

（2）出里門，驢不復行，且謂前生欠張高債，今只剩一縑半。彼不負和，故和不當騎之。又謂王胡子負彼二縑，可將彼售王一縑半，另半縑充口食。

（3）將驢售王胡子，連雨數日，驢死，王竟不得騎。

全篇由張和乘驢往營飯僧之具起筆，驢忽作人言，情節即由此處岔開，由人驢之交談，引出一段「前生之債，今生償還」之果報理論，並由結束一段加以印證。故此篇情節之發展雖為單線，然因中間之起伏甚大，且寓含一套善意之道德價值觀，遂覺恢詭可觀之餘，亦且逼人深省。

（二）複雜結構

所餘結構較為複雜之五篇，又可以其結構之特色，區分為二類，即：

（1）雙線交錯型

（2）單線起伏型

所謂「雙線交錯」，指情節之發展，由二條興味線交錯而成，其關係常一主一從，兩相照應。如〈李岳州〉篇載李俊因賄賂冥吏而上榜之經過，兩條線一在陽世發展，即李俊於榜前一日，依例以名聞執政，初五更，將侯祭酒而里門未開，偶因購糕餅餤一冥吏之送進士名者，教以賂冥吏之主司，此後故事轉入陰世，產生另一條副線；李俊賄賂既成，得揩去他人而代以己名，又回到陽世。主線繼續發展，俊詣祭酒，祭酒未冠，聞俊來，怒目延坐，謂己與主司分深，一言姓名，狀頭可致，何以躁甚相疑，頻頻見問？其後俊變服伺祭酒出，逢春官懷其榜，祭酒前問，竟無俊名，祭酒以絕交相脅，春官不得已，乃揩去他人而以李俊代之，所揩去者，與冥吏所揩正相符，及榜出，俊名果在己前所揩處。此時二線相交，故事本應結束，然因李俊登榜後，隨眾參謝，不及依約焚化所許之陰錢三萬緡，迨暮將歸，道逢冥吏，泣示以背曰：為君所誤，得杖矣。俊驚謝之，問當如何，乃教以來日午時送五萬緡，亦可無追勘之危。又，俊未賂冥吏主司前，冥吏謂其成名將在一年之外，若今欲求之，將於本祿耗半，才獲一郡。俊成名心切，不計後果，登仕後，果追劾貶降，不歇於道，才得岳州刺史，又合於冥吏之言。本篇之結構如圖：

線段ＡＢ表示李俊應舉後，榜前一日，將詣祭酒；Ｂ表示遇冥吏之送進士名者，此後雙線發展；Ｃ表示李俊登榜，二線交合；Ｃ至Ｄ表示俊之仕途皆如冥吏所言，

至D點，李俊自岳州刺史而終，合於冥吏之預言，兩線二度交合，故事結束。

另一屬雙線交錯結構者，為〈裴諶〉篇。

裴諶與梁敬伯分別扣緊一條線發展情節，二人原與梁芳入白鹿山學道，無何而梁芳死，敬伯決定下山求功名，享榮華，裴諶仍留在山中修道，此時原來合一之二條情節線錯開，分別發展。敬伯下山後，娶妻陞官，甚為得意，一日奉使淮南，忽逢裴諶，不知諶已成仙，欲濟助之，並勸其下山。諶示以仙境之樂，又招敬伯妻於千里之外，以誇耀其術，此時二線交合。後敬伯離去歸第，與族人解釋其妻被招辱之事，並以猜測裴諶之行為動機作結。本篇之結構亦可以前圖表示，線段ＡＢ表示二人共入山修道，Ｂ點敬伯下山，裴仍在山中；Ｃ點二人相遇後離開；Ｃ至Ｄ敬伯歸第後，談論此事，而以揣測裴諶之心態作結。

此類結構之優點為，情節錯綜，富戲劇性。「李俊」篇若以單線發展，則只需敘述賂冥吏一段，即可使其順利登榜，不必再描寫其於陽世卑屈之狀；今以陰陽二世之貪賕腼顏，互為比勘；而陽世之行事，實為陰世所左右更顯出李俊卑恭奉承之狀之荒謬無謂。李俊出入陰陽二世，賄賂卑屈，才得岳州刺史而終，亦可悲矣。至於〈裴諶〉篇，處處以神仙道術之神秘力量反襯人力之渺小無助，若不採雙線發展，實難奏效。

屬於「單線起伏式」之複雜結構者：

1. 〈韋令公皋〉篇

本篇以韋皋之遭遇為主線，造成多次起伏。

（1）公初無官，張延賞以女妻之。（由伏而起）

（2）張既而厭之，公鬱鬱不得志。（由起而伏）

（3）女巫見之，以為此人極貴，位過丞相遠矣。（由伏而起）

（4）夫人以女巫之言入告，張怒斥之。（由起而伏）

（5）韋偕妻離去，歧帥置幕中，積功至兵部尚書西川節度使，辭相國（張延賞）歲餘，代居其位。（由伏而起）

（6）張聞之，拔劍欲自抉其目，以懲不知人之過。

自（1）至（5），五次起伏，（6）為其餘緒。此五次起伏，皆小說之上升動作，至（5）達於高潮（戲劇頂點）。其圖式：

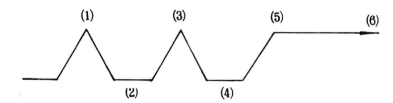

由於情節之起伏，戲劇性大幅提高。韋皋之成就與張延賞之權勢造成巨大衝突，韋在張之陰影下永難成功，必待脫離後始有發展，而韋之成功，又造成張之悔恨。篇中韋妻勉其丈夫離去之一段亦頗精彩，韋皋所以成功，其妻之提醒與鼓勵應居首功。本篇無論就結構或內容言，皆屬上乘之作。

2.〈杜子春〉篇

本篇為《續玄怪錄》中登峰造極之作，亦為唐傳奇之名篇，討論本篇內容主題等之文章甚多，唯其結構運用之妙，則鮮見提及。篇中記載杜子春助道士煉丹之一段遭際，曲折生動，極見精彩，其情節之進展亦為單線，而其中起伏甚大，較之〈韋令公皋〉之平順，又自不同：

（1）子春落拓不事家產，至於飢寒之色可掬。偶遇一老者，給錢三百萬。（由伏而起）

（2）子春既富，蕩心復熾，不久又如往常。（由起而伏）

（3）老者出現，又給一千萬。（由伏而起）

（4）不一二年，貧過舊日。（由起而伏）

（5）老者再給三千萬，子春買良田，存孤寡，報恩復仇，諸事皆辦。（由伏而起）

（6）治生既畢，隨老者入山煉丹，歷經種種試煉，子春端然不動。（起勢不斷）

（7）因愛生於心，功虧一簣，歎恨而歸。（暴然跌落）

其圖式為：

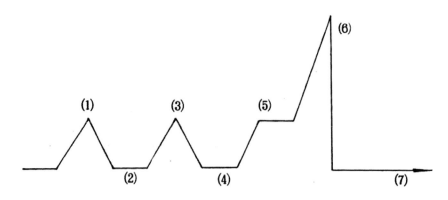

由於前段之起伏較小，讀者尚未覺驚動，至子春入山煉丹，各種試煉紛至沓來，如波濤洶湧一般，讀者情緒極趨高昂；至子春突發噫聲，文勢陡落；由靜而動，而大動，復由大動而突然靜止，譬如小波滾成大浪，大浪濤天，然後嘎然中止，萬般俱寂，戲劇效果極佳。本篇之成功，確非偶然。另詳第四章第二節之討論。

3.〈張老〉篇

本篇雖為單線發展，其結構與前二篇又有不同。全篇以張老之行迹為線索，前半張老娶韋女之一段戲劇性情節，由張老自行演出；至娶完韋女，遠離岳家後之行蹤，則飄忽不定，而以韋兄為之穿針引線，包括：

（1）奉父命訪張老夫婦而至一仙境，得金二十鎰而還。

（2）依張老所許諾，至賣藥王老家取巨款。

（3）再訪張老不遇。

（4）偶遇張老家崑崙奴，奴又出懷金十斤贈之。

篇末韋兄開視崑崙奴所贈乃真金，以其驚歎而歸作結。其前段情節之起伏則為：

（1）灌園叟張老欲娶韋女遭拒絕，強求之，韋欺其業賤，索五百緡，張錢載至，諸韋大驚。（由伏而起）

（2）既娶韋女，治園不輟，為族人所輕。（由起而伏）

（3）韋女微露厭意，張老偕妻隱居。未幾，韋父念其女，以為蓬頭垢面不可識也，命韋兄往視，張老夫婦竟以仙侶姿態出現。（由伏而起）

（4）韋兄懷金返家，依諾取女，再訪不遇，逢崑崙奴，驚歎而歸。（起勢翻轉不斷）

一篇故事而以兩種手法出之，前後照映，表現張老之飄忽神秘，幾達於極致。其圖式為：

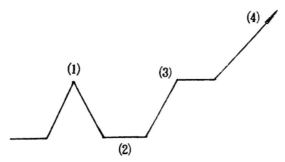

二、編年與反編年混合之格局

1.〈尼妙寂〉篇

本篇敘述尼妙寂藉夢中謎語，得報父、夫之仇之經過。前半以妙寂之身世行事為主，採編年式敘述

（1）妙寂夢父、夫被髮裸形，謂遇盜被殺，並以隱語指示殺人者姓名。

（2）隱語無人能解，乃於人文薈萃之瓦棺寺求問來遊之名士，居數年，無能辨者。

（3）遇李公佐，乃解開其謎。

後半不直接敘述其復仇之過程，而由公佐引起妙寂之自述，即在編年過程中，插入一段逆敘：

（1）普光寺四方輻輳，觀者如市，公佐往遊，有一尼每過必凝視之。

（2）公佐將去，其尼乃自稱昔日瓦棺寺求解隱語者，並敘其男服泛傭，得報血仇之經過。

（3）公佐大異之，遂爲之作傳。

此種安排極爲成功，若全部過程皆由作者依序道出，便覺平淡無味（〈謝小娥傳〉即採此法，詳第四章第一節），作者採用敘事觀點轉移之技巧，前半妙寂得知父、夫遇害，以及求知隱語，採第三人稱全知全能之外部觀點敘述，以客觀出之；後半復仇之驚險過程，則由妙寂自敘，轉爲第一人稱觀點，《長篇小說作法研究》之作者komroff 氏曾云：

> 超乎尋常的驚險事件，如果用第一人稱來訴述，是比較容易被人相信
的。（頁72）

故事一開始即扣緊讀者心弦，至妙寂得知仇人姓名後，作者卻安排轉移重心於李公佐，使讀者緊張之心情略一弛緩，文勢頓挫。後公佐與妙寂相逢，妙寂道出復仇過程，一抑一揚，便覺波起雲湧，精彩萬端。

2.〈楊恭政〉篇

本篇格局與〈尼妙寂〉篇類似，前半客觀敘述楊恭政之身世性情，上仙前之心神狀態，以至於恭政失蹤後，親人鄰人各述所見，及縣官下令不動其衣，閉其戶以棘環屋，冀其或來等事。後半恭政復迴，道其仙遊之過程，轉爲主觀敘述，以第一人稱出之。至篇末又轉回客觀敘述，以其在人世之生活狀態作結。所用之技巧與〈尼妙寂〉篇亦相同，篇中敘述恭政之身世後，本即應接敘其上仙之歷程，作者卻轉移重心於旁處，暫時擱置上仙之事不提，反而絮絮叨叨，敘述眾人多口雜之議論與猜測，以增加其神秘性；並驚動官府，使縣官親主其事，作許多旁面之安排，製造極高度之懸疑力量。其後恭政卻迴，自述其仙遊之過程，便覺逼眞，蓋神秘之氣候已造成故也。

3.〈寶玉妻〉篇

本篇載進士王勝、蓋夷二人，無意間發現寶玉「晝爲布衣，夜會公族」之事實，遂強問之，引出一段寶玉入陰間娶鬼妻之奇異故事，其主要情節爲：

（1）王勝、蓋夷二人借住郡功曹私第，見寶玉所住廂房甚闊，思與同居，但爲寶玉所拒。

（2）夜深將寢，忽聞異香，二人尋之，見堂中垂簾帷，喧然語笑，一女與玉對食，侍婢十餘人。二人啜茗而出。

（3）及明往覘之，寶獨偃於衾中，拭目方起，夷勝召詰之，不對，二人強逼，寶乃逆敘其娶得鬼妻之過程，其經過為：

（4）玉遊太原，陰晦失道，夜投人莊，乃崔司馬之宅也，崔自言為玉親重表丈，陳盛饌待之，既食，問玉家世，知玉無家，乃以女妻之。

（5）婚禮訖，初三更其妻告玉曰，此非人間，相者數子，無非冥官，因有宿緣，合為夫婦，故得相遇，人神路殊，不可久住，可即去。玉不忍去，其妻乃與同行，晝別宵會，並使其篋中有絹百疋，用盡復滿，如此五年。

（6）夷勝開其篋，果有絹百疋，因各贈三十疋，求其秘之，言訖遁去，不知所在焉。

其情節之進行如此，而事件之時間先後則當為：

（4）→（5）→（1）→（2）→（3）→（6）

本篇但記異事，含義並不深，此類故事，亦為六朝小說所常見。然李復言善於運用結構之變化，使舊有故事經過精彩之改寫而別具風貌，王夢鷗先生嘗謂：

> 最早的敘事詩人，即已教人：好的敘述，應從「當中開始」。〔註11〕

此種從「當中開始」之敘述手法，不但為六朝小說所無，即唐傳奇中亦為鮮見，而李復言屢用之，就小說技巧之演進而言，實深具意義。

4.〈鄭虢州騟夫人〉篇——其情節為

（1）弘農女將適盧氏，有女巫來，告女母其婿為中形而無髯者，非今夕來迎身長而髯之盧生。

（2）其家大怒，共逐女巫。

（3）及其夕，盧生見女而驚奔，掌人憤怒，出女示人，貌麗無匹，後鄭騟代盧娶之，成巫之言。

（4）逢盧生，盧告以當夕驚奔之故。

盧生驚奔之故為見該女「兩眼亦且大如盞，牙長數寸出於口兩角，得無驚奔乎？」鄭出其妻以示之，盧大慚而退。

此篇若出自庸手，必直接敘述盧生見一「夜叉」而後驚奔，乃以鄭代之，成巫之言。然李復言善於製造「懸疑」與「驚奇」，言其驚奔而不言原因，此即造成懸疑；接敘出女示人，「其貌之麗，天然罕敵」，疑惑益深；及盧生自道所見如此，乃恍然

〔註11〕《文學概論》，頁196，第十九章。

大悟而又驚奇萬分也。

三、反編年式格局

〈薛偉〉篇

本篇爲《續玄怪錄》中結構最奇特之一篇，其情節之安排，在唐傳奇中亦爲絕無僅有。

所謂「反編年式格局」，如抽絲剝繭一般，爲由結果逐漸推求原因之格局。其優點爲，一開始即能引起注意，又能在到達頂點前，維持讀者之好奇心，而必須到最後結局，方能恍然大悟。故一般偵探小說最喜採用此格局，蓋其引起興趣之效果最佳也。

薛偉昏迷二十日，忽謂家人曰：「與我覻群官，方食鱠否？言吾已蘇矣。甚有奇事，請諸公罷筯來聽也。」

（一個人昏迷二十日醒來，其事已不尋常；醒來後忽問人是否食鱠，更是莫名其妙；又謂「甚有奇事」，不知究竟有何奇事致其如此？）

僕人走視群官，實欲食鱠，遂以告。皆停餐而來。

（奇哉！竟如其言。此其言小驗，故值得往下探討也。）

偉曰：「諸公敕司戶僕張弼求魚乎？」曰：「然。」

（其言又驗，故以下薛偉一連串道出事情之經過）

（1）又問弼曰：「漁人趙幹藏巨鯉，以小者應命。汝於葦間得藏者，攜之而來。

（2）方入縣也，司戶吏坐門東，紅曹吏坐門西，方奕棋。

（3）入及階，鄒雷方博，裴啗桃實。弼言幹之藏巨魚也，裴令鞭之。

（4）既付食工王士良者，喜而殺乎？（遞相問，皆如其言，眾人大大驚奇，遂問其故，不料其答案更是駭人聽聞，偉曰）

「向殺之鯉，我也。」

以上即「由果推因」之果，包括薛偉自稱爲鯉，又能在昏迷二十日之後道出許多在他處發生之事，皆令人感到不可思議。以下見薛偉如何抽絲剝繭，解答眾人之迷惑：

（5）初疾困，爲熱所逼，夢入山，見江潭深淨，跳身便入，極感縱適，且曰：「人浮不如魚快也，安得攝魚而健游乎？」

（6）旁有一魚曰：「正授亦易，何況求攝。」乃宣河伯，化其身爲魚。

（7）忽見趙幹垂釣，其餌芳香，饑甚吞鈎，爲趙幹釣起，偉連呼之，幹不聽，繫於葦間。

（8）張弼來索大魚，幹謂未有大魚，弼於葦間尋得偉而提之，偉呼之，弼終不顧。

（9）入縣門，見縣吏坐者奕棋，皆大呼之，略無應者。

（10）既入階，鄒雷方博，裴啗桃實，皆喜魚大。

（11）弼言幹藏巨魚，裴怒鞭之。偉大叫而泣，三君不顧，而付膾手。

（12）王士良者，方礪刃，喜而投魚於几上，偉又叫曰：「王士良，汝是我之常使膾手也，因何殺我？」士良若不聞者，按偉頸於砧上而斬之。

（13）彼頭適落，此亦醒悟，遂奉召爾。

以上（5）（6）解釋其何以自稱爲鯉；（7）（8）解答（1）問題，（9）解答（2）問題，（10）（11）解答（3）問題，（12）解答（4）問題，而（13）則解釋何以其昏迷二十日醒來，醒來即問眾人是否食鯉。

作者又謂「然趙幹之獲，張弼之提，縣吏之奕，三君之臨階，王士良之將殺，皆見其口動，實無聞焉。」此又解釋何以偉頻頻呼喚，而略無答者。一層解答一層，神妙無比。

肆、評　價

《續錄》既爲錄怪之作，又經多年纂集，李復言飄蓬多年，心情難於安定，故各篇之成就亦難求齊一。單就其結構設計而言，有足以傲視當代之名篇，亦有品質低劣之敗筆，吾人固不能有意忽略其美，亦不必諱言其惡也。

若將《續錄》各篇結構設計之成就分爲上中下三品，則在上品者有：

（1）〈杜子春〉，（2）〈張老〉，（3）〈唐儉〉，（4）〈尼妙寂〉，（5）〈薛偉〉，（6）〈韋令公皋〉，（7）〈李俊〉，（8）〈定婚店〉，（9）〈裴諶〉，（10）〈楊恭政〉。

在中品者有：

（1）「李靖」，（2）〈蘇州客〉，（3）〈辛公平上仙〉，（4）〈張逢〉，（5）〈梁革〉，（6）〈葉令女〉，（7）〈鄭虢州騶夫人〉，（8）〈竇玉妻〉，（9）〈驢言〉，（10）〈木工蔡榮〉，（11）〈張質〉，（12）〈麒麟客〉。

在下品者有：

（1）〈延州婦人〉，（2）〈馬震〉，（3）〈房杜二相國〉，（4）〈盧僕射從史〉，（5）〈琴臺子〉，（6）〈涼國武公李愬〉，（7）〈薛中丞存誠〉，（8）〈李紳〉，（9）〈張庾〉，（10）〈錢方義〉，（11）〈韋氏子〉。

一般而言，結構佳者，表現力強，故其內容亦較豐富；反之，結構毫無設計，或信筆因襲者，其內容大抵亦無甚新意。故即使有最嚴肅之主題，最深刻之內涵，而無良好之結構作爲媒介，亦皆無從表現，徒然說理教訓人而已，既當不得「小說」二字，讀者亦完全提不起閱讀之興趣。

《續錄》之結構設計可觀者約佔三分之二，其中成就不凡者又佔一半，在唐代所有傳奇集中，恐無有出其右者。綜觀其結構設計之特色有：

1. 揚棄平鋪直敘之傳統手法，常以插敘，逆敘製造懸疑或驚奇。（即「反編年」與「混合」格局之運用）
2. 善於製造高潮，常以小波聚成大浪之方式聳動人心；又能把握情節，常在頂點處結束全篇，不使文氣失勢。
3. 能運用雙線發展情節，製造糾葛與衝突，增加興味。
4. 常用敘事觀點轉移之手法，使情節緊湊，而驚險奇遇由主角以第一人稱道出，亦較能取信於讀者。
5. 常在緊要關頭處轉移重心於旁處，使文勢頓挫，再接敘後事，造成跌宕抑揚之效果。
6. 常以一起一伏之方式發展情節，使情節生動而不平板。

《續錄》成於一人之手，而能有以上成就，誠為難能可貴。可惜刻劃人性之篇章太少，談玄怪錄之作佔去大半，又無纏綿悱惻之愛情故事出於其間，使其無法廣受大眾之喜好，為可歎惋也。

第二節　人物刻劃

一、富含人性之英雄人物

《續玄怪錄》中之英雄人物寥寥無幾，名將名相如李愬、韋臯、薛存誠、李紳、房杜等人，若非謫仙降世，則為冥意差遣，就各人在小說中之表現言，不能稱之為英雄，反為命運擺佈下之傀儡。能表現大勇大智，通曉人性而又堅持自我之英雄人物，在《續玄怪錄》中，只有杜子春、李靖與尼妙寂三人而已。

杜子春，「少落拓不事家產，然以志氣闊曠，縱酒閑遊」，於一般人心目中，為一不求長進之少年無賴，一如漢高祖劉邦微時「常有大度，不事家人生產作業」（《史記·高祖本紀》）而見棄於兄嫂然。實則「鸞翮有時鎩，龍性誰能馴」（顏延之〈詠嵇康詩〉），能成就非凡之事業者，必有異於常人之性情，豈是愚夫愚婦，自甘於溝壑者所能知？而又必有異常知人之明者，能識其人，故高祖能遇呂公而妻以女，子春能逢老者，以堅其心，其遇合之歷史意義雖有大小之殊，就造成英雄之歷程言，實並無不同。

子春貧在膏肓，飢寒之色可掬，而道士三次贈以巨金，若遭逢此事者為一平凡人物，當道士初次贈三百萬之時，早已喜出望外，叩頭謝恩，購屋置產，安度餘生；

而子春卻本性不改，蕩心依舊，此可以見出其剛性之本質，非一朝一夕可以移易，然而一旦幡然改悟，便如脫胎換骨，其堅貞與忠誠又非常人可及。以此，當其隨道士入山接受試煉之時，方能以其報恩一念，忍受一切驚怖苦厄，可以忘家忘身，且六慾七情皆不顧。其後雖轉世投胎爲女身，因母子連心而發「噫」聲，致道士之煉丹失敗，但絲毫不損其大勇不懼之英雄形象，發出「噫」聲，正其忍無可忍之眞實人性表現。

第二位英雄爲李靖，李靖在〈虬髯客傳〉中，爲「風塵三俠」之一，於權臣楊素面前，敢抗顏直陳，而得紅拂妓之青睞，星夜奔會，結爲風塵俠侶，其後助唐世建國，功蓋天下，成爲一代名將。〔註12〕但在〈李衛公靖〉篇中，李靖只是一名寓食山村之獵人而已，然「村翁奇其爲人，每豐饋焉，歲久益厚」，此翁固亦有知人之明之長者也。此恩李靖自長記心中。及其誤入龍宮，代龍子行雨，霧駕雲騰，雷激電奔，何等威赫？然李靖此時唯存報恩一念，不管其他，遂連下二十滴雨。天上一滴，地上二尺，連下二十滴雨，該村遂成澤國。本爲報恩，反致災禍，其心中之懊喪可知，可惜作者不於此處著墨，遂又轉入怒奴悅奴，出將入相之寓言，使得一世英雄，轉成命運擺佈下之另一具傀儡，殊爲可惜。

其次爲尼妙寂。所謂英雄，未必指力能拔山，氣能蓋世之勇士言，若有爲某種信念所驅使，運其智慧，出其膽識，能忍辱負重，果敢堅毅，終于完成任務者，稱之爲英雄，其誰曰不宜？妙寂本爲父溺夫寵之嬌貴婦人，詎料天降橫禍，父夫遇盜喪生，妙寂遭此大變，自知復仇之重任在身，故心雖悲痛，而不敢懦弱喪志。爲解夢中之謎，毅然變裝易服，投身於人烟薈萃處，以其嬌尊之軀，「日持箕帚，洒掃閣下，見高冠博帶，吟嘯而來者，必拜而問」，終于有李公佐者爲之解謎。妙寂乃又「男服，易名士寂，泛傭於江湖之間」，以便查訪仇人；既得之，又能不動聲色，伺機而動，一網成擒。復仇後爲報公佐之恩，乃「潔誠奉佛，祈增（公佐之）福海」，謂「梵宇無他，唯虔誠法象，以報效耳！」遂捨身爲尼，以終其生。

含悲忍訴，以全其志，勇也；籌謀劃計，以竟其功，智也；感恩圖報，以存其身，仁也。集此三德於一身，妙寂眞令鬚眉汗顏者也。

二、飄忽神秘之神仙人物

《續玄怪錄》中之神仙人物分四類：一類本爲神仙而被貶謫於人間，經一定年限後須回天上；一類實爲神仙而以平凡人之姿態出現；一類爲經修煉後而成爲神仙；

〔註12〕關於〈虬髯客傳〉之成就，可參見葉慶炳師〈虬髯客傳的寫作技巧〉一文，收入《中國古典文學研究叢刊──小說之部（二）》及《中國文學史論文選集（三）》等多處論文集。

最後一類由於命中註定，故不須修煉亦得成仙。

第一類有：〈李愬〉、〈薛存誠〉、〈李紳〉、〈辛公平上仙〉篇之皇上。

第二類有：〈張老〉、〈王夐〉（〈麒麟客〉）。

第三類有：〈裴諶〉、〈張茂實〉、〈杜子春〉篇之道士。

第四類有：〈楊恭政〉。

無論何類，其共同點為以人世為濁界，為虛幻，為勞苦，欲逃此苦難唯有捨離塵世一途。若就神仙形象之刻繪而言，以第一類神仙之表現較不成功，蓋此類故事所欲表達者，不過「謫仙」之觀念，重在謫仙期滿歸天之事實而不在神仙形象之描繪。但第二類之張老、麒麟客王夐，第三類之裴諶，第四類之楊恭政等，則刻劃頗為生動精彩。

四人中，又以張老之行蹤最為神奇，張老起初以灌園老叟之姿態出現，負穢钁地，治園鬻蔬，何等卑賤？無怪當其求親於韋氏時，屢遭輕侮。及韋氏要求巨額納聘，張老乃首次有驚人之舉，此由韋氏之言可以覺知，韋氏本無意以女妻張老，及張老納錢至，大驚曰：「前言戲之耳，且此翁為園，何以致此？吾度其必無而言之，今不移時而錢到，當如此何？」但已無奈，只得曲全其事。其後張老偕妻隱居，無何，韋父念其女，使韋兄訪之，以為「蓬頭垢面，不可識也」，此即預下伏筆，欲使諸韋之駭異，過於前次也。及韋兄荷金歸，「其家驚訝，問之，或以為神仙，或以為妖妄，不知所謂」，雖得其接濟，猶存懷疑之心。至五六年後金盡，又以張老前言，往王老家中取金而果得之，合家「乃信真神仙也」。其後韋兄再訪，張老已消逝無蹤。又數年，偶遇崑崙奴以懷金贈之，又謂張老在此，及尋之，並無其人，連崑崙奴亦不見，韋兄驚歎而歸。寫張老之神秘，專以烘托之手法，屢用「驚」字表現當事者之訝異，較之正面之敘寫更能把握神仙之氣氛。司馬遷以惝恍之筆寫老子之神秘不可測，極為成功；本篇更以客觀之筆法出之，極寫神仙飄忽之狀，二者實有異曲同工之妙。臺靜農先生認為傳奇文與史傳文關係密切，謂由「史筆」蛻變為創造故事性的傳奇文。〔註13〕此處所用之筆法，或即受史遷之影響亦未可知。

其次為楊恭政。楊恭政與張老不同，張老本為神仙，故舉止神秘，道術高深，而行事皆採取主動；楊恭政則並不自知名在仙籍，只是順命而為，其一切行事，都為被動，故當其還家時，縣宰問其「昔何修習？」曰：「村婦何以知？」又謂「此性也，非學也。」又問：「要去可否？」曰：「本無道術，何以能去？雲鶴來迎即去，不來亦無術可召。」只除卻其暫捨仙籍之理由為：「王父清年高，無人侍養，

―――――――――

〔註13〕見〈論碑傳文與傳奇文〉，《傳記文學》四卷三期。

請迴侍其殘年，王父去世，然後從命，誠不忍得樂而忘王父也。」此刻劃出傳統婦女之賢淑典範，亦為恭政唯一一次對其行事所作之主動要求，此種要求，使其人性十足而仙趣盡失。就七情六慾皆須忘卻之道教神仙而言，恭政或有所缺失，然就其起初以沈靜之村婦形象出現而忽能成仙之心態而言，此種表現，無寧是較為合理而令人信服的。

〈麒麟客〉王敻本為神仙，起初亦以卑賤之傭僕身分出現。其首次顯露手段為變化竹杖成主人張茂實之模樣，而邀其同遊仙居。二人南行一里後，有黃頭執青麒麟一，赤文虎二，敻乘麒麟，茂實與黃頭各乘一虎，越壑凌山，舉意而過，為其第二次顯露手段。既至仙處，不免誇耀華麗，顯示富貴，並向茂實指示迷津，勸其修習仙術。王敻之神仙形象與張老頗為類似，不過刻劃較少，較張老遜色許多。

至於〈裴諶〉，本為凡民，經苦修而得成仙，故不免矜誇其道行，且對舊日半途而廢之道友語懷譏諷。故當二人重逢，其友以為其術未成，欲有所奉給，諶謂：「吾儕野人，心近雲鶴，未可以腐鼠嚇也。夫人世之所須者，吾當給爾，予何以贈我」。至二度重逢，諶即以「衣冠偉然，儀貌奇麗」之姿態出現矣，又顧身畔小黃頭曰：「王評事者，吾山中之友，道情不固，棄吾下山，別近十年，才為廷尉屬，今俗心已就，須俗妓以樂之」，欲顯其術，竟千里召致王評事之妻來為妓，其炫耀之意甚明，故王歸後，亦自度「蓋諶之道成矣，以此相炫也」。總之，本篇生動刻劃出一位得道不久，不免以術炫人之驕傲神仙。

三、人趣洋溢之鬼魅人物

《續玄怪錄》中之鬼可分二類，其一為執掌陰司職務之冥吏冥使，其次為人死所化之鬼魂，在李復言筆下，此二類鬼皆頗富於人性，與一般人想像中恐怖之鬼魅有殊。

第一類鬼包括〈辛公平上仙〉篇中之陰吏王臻以及大將軍，〈李岳州〉篇中之冥吏之送進士名者，〈張質〉篇中地府內之判官，〈房杜二相國〉篇中索食之黑手，〈錢方義〉篇中之厠鬼郭登，〈木工蔡榮〉篇中欲索蔡榮之將軍，〈杜子春〉篇之閻羅王等。其中王臻能與辛公平結為至交；冥吏之送進士名者因李俊贈餧，竟教其賄賂陰司；地府內之判官誤勘同名而又文過飾非；黑手因貪食而洩露天機；郭登因不堪溷厠穢臭，請錢方義為其轉經，俾便陞職；皆人趣洋溢，生動可喜。

第二類鬼包括〈盧僕射從史〉篇之盧從史；〈寶玉妻〉篇之寶玉妻，及其家人；〈韋氏子〉篇中之韋氏父女；〈唐俊〉篇中之縫襪婦，韋璋之子，及其子所淫之裴冀愛姬等。其中盧從史生前驕橫，為鬼後傲慢如舊；縫襪婦「死五年，猶有事舅姑之

心」，二者刻劃最工，今即就此二人略加討論。

李湘欲問禍福，女巫爲召盧從史之鬼魂，湘將坐，盧大怒而去，謂「大錯，公之官未敵吾一裨將，奈何對我自坐」，湘再三辭謝，方肯卻迴，此盧從史之傲也；唐儉道逢一婦，向明縫衣，意緒甚忙，謂其事夫十餘年，未嘗歸侍舅姑，其夫明日來迎，故忙。實則婦亡五年矣，明日來迎者，其夫又死，明日夫兄來取婦屍骨合葬於祖墳也。儉不知其爲鬼，微挑之，拒不答，儉媿謝之，此縫襪婦之淑與貞也。

此外，裴冀之愛姬，爲鬼後淫蕩依舊，除以映襯縫襪婦之貞潔，亦意有所諷。李復言欲借鬼事諷人事，除此篇外，〈李岳州〉、〈張質〉等篇皆然。另〈張庾〉篇中借人庭屋張樂宴飲之青衣數輩，不知爲鬼爲妖，亦描寫得豪爽利落，主人張庾反顯得畏事猥瑣。總之《續錄》一書，大有「人不如鬼」，或「人其實與鬼無異」之意味在，故其所刻劃或描寫之鬼類人物，不特人趣十足，毫不恐怖，部分行醇誼高之鬼類，反而常能令人類爲之羞愧不已。

四、賢淑安命之傳統女性

《續錄》中所描寫之女性亦有二類，一類溫順安命，一類明慧果決。

第一類包括楊恭政；〈定婚店〉篇中韋固之妻；葉令女；〈梁革〉篇之蓮子；張老之妻韋女；縫襪婦等。

第二類包括韋皋之妻、尼妙寂，以及〈蘇州客〉篇中之龍女。

其中楊恭政爲神仙，尼妙寂爲英雄，縫襪婦屬鬼類，俱已見前述。

〈定婚店〉篇中之韋固妻本爲賣菜人女，三歲時韋命人殺之不死，其後爲郡守所收養，竟嫁給韋固，其自述此事時，並不露怨尤，及明白眞相，亦不恨固，反而「相欽愈極」。

〈張老〉篇中之韋女，以父兄之戲言，委身園叟，女亦不恨，乃曰：「此固命乎？」及既嫁，「躬執爨濯，了無怍色」，可謂安命；其後竟因此成仙，則誠爲知命矣！

〈梁革〉篇中之蓮子，先爲于公之青衣，後爲崔公購得，終歸梁革。蓮子無有怨尤，然此亦爲姬妾者之悲哀也。葉令女原許鄭元方，另嫁之日，虎竟爲媒，乃曰：「妾父曾許歸君，一旦以君之絕耗也，將嫁韋氏，天命難改，虎送歸君。」吁！命矣夫，命矣夫！

〈蘇州客〉篇描寫龍王太夫人欲□劉貫詞之饞態，以及龍女急急制止之動作，最爲生動有趣。貫詞爲龍子送書至龍宮，太夫人宴款之，方對食，「忽眼赤直視貫詞」，龍女急曰：「哥哥憑來，宜且禮待」，方止。又進食未幾，「太夫人復瞪視、眼赤、口兩角涎下」，寫其饞態令人莞爾；龍女急掩其口曰：「哥哥深誠託人，不宜如此」，語

氣同前。作者謂太夫人「衣服皆紫，容貌可愛」，龍女「年可十五六，容色絕代，辯惠過人」，此類抽象之形容只能予讀者模糊之概念，配合實際動作之摹寫，則二人之形象乃爲具體而深刻也。

　　《續錄》一書中最令人欽佩之女性自爲尼妙寂，其次〈韋令公皋〉篇中韋皋之妻，識深見達，亦頗令人欽慕。韋皋微時受辱於岳父張延賞，鬱鬱不得志，時入幕府，與賓朋從遊，且抒其憤，張公愈惡，且出輕賤之語，其妻憫之曰：「男兒固有四方意，大丈夫何處不安，今厭賤如此，而知者歡然度日，奇哉！推鼓舞人，豈公之樂？妾辭家事君子，荒隅一間茅屋，亦君之居，炊菽羹藜，簞食瓢飲，亦君之食，何必忍媿強安，爲有血氣者可笑。」此言一出，如胡提灌頂，韋皋發憤出遊，遂成名將。韋妻之賢德遠識，誠不可及，只此一言，其激昂之神色亦躍然紙上，Elizabeth氏歸納對話之功用爲（1）發展情節；（2）表現人物。〔註14〕本篇韋妻之言，完全符合此二大功用，而其表現人物之效果，又遠遠勝過許多籠統抽象字句之堆砌多矣！

五、評　價

　　短篇小說由於篇幅之限制，於人物刻劃上有其先天之欠缺，尤以志怪小說著重在「事」而不在「人」，更難望其於人物之刻劃有傑出之表現。但此一限制，未必能完全破壞其藝術成就，Bliss perry氏在其《小說的研究》一書討論及短篇小說時稱：

　　　　若是牠的佈局能夠有趣味，詼諧，新穎，動人，那就即使人物好像傀儡，而這篇小說仍是可欽佩的藝術作品。〔註15〕

此言正合我國志怪小說之批評標準，吾人無法要求作者在記錄每一件怪事時皆能兼顧人物之塑造，正如不能要求每一篇以人物之成長爲主之小說，皆有一個特殊驚奇之故事爲其背景一般。

　　雖然，《續玄怪錄》之人物刻劃仍有某些可喜之成就。除卻部分純屬錄怪之篇章外，《續錄》中之人物大抵仍能十分「具象化」或「實體化」，Elizabeth氏謂：

　　　　人物必須實體化－換言之，必須有明顯的心理真象……將人物作分類式的「描寫」是不會成功的……因爲這樣的描寫是靜態的，而人物的扮相應當是動態的，它與動作是不可分割的。〔註16〕

李復言即常能以動作或語言表現人物，如尼妙寂之復仇過程，即其人格塑造之過程，其動作既出自一位嬌尊之貴婦，故絕不粗暴，全篇亦絕無狠戾之場面出現，妙寂以

〔註14〕見《寫小說的要訣》，嚴彩琇譯，《中外文學》六卷六期，頁71。
〔註15〕見《小說的研究》，頁286，商務人人文庫。
〔註16〕同註14，頁68。

其智慧與堅忍，步步逼近仇人，獲得一切證據後，方報官一舉成擒；與李公佐〈謝小娥〉傳中，小娥手刃仇首二者大異其趣。故〈謝小娥傳〉可歸入俠義小說，而〈尼妙寂〉則絕不可，實則《續玄怪錄》中許多篇章之性質已逸出一般文學史家之簡單分類，如〈杜子春〉、〈韋令公皋〉、〈定婚店〉及本篇皆可為例，其於人性之刻劃描寫有其獨特之成就，皆非「怪異」（或神怪）小說一名可概括。至於以對話表現人物，如〈盧從史〉、〈李岳州〉、〈韋令公皋〉等皆可為代表，盧從史語意傲慢，韋妻言詞慧達，已如前述，至李岳州之汲於功名，卑詞媚態，皆形於言語，如謂：「苦心筆硯二十餘年，……心破魂斷，以望斯舉」，又謂：「俊懇於名者，……今當呈榜之晨，冒責奉謁」，其心情意態，表露無餘。

佛斯特氏曾將小說人物分為「扁平人物」與「圓形人物」〔註17〕。Komroff 氏則稱為「固定人物」與「變化人物」，固定人物為典型人物，易於辨識，如胖子必定懶惰，盜賊必定兇惡；變化人物較接近真實之人類，通常為故事中之主要人物〔註18〕。Komroff 氏所稱之固定人物約相當於扁平人物，而變化人物則約相當於圓形人物。一篇情節複雜之小說常需要扁平人物與圓形人物出入其間，但就結構簡單之志怪小說而言，往往只有一種人物，且常為扁平人物，如〈蘇州客〉篇之劉貫詞、〈寶玉妻〉篇之寶玉、〈錢方義〉篇之錢方義等皆是，此類人物，性格單一，只為故事所需而出現，隨意另置一人，於故事本身毫無影響。然《續玄怪錄》中亦有圓形人物，如：

杜子春：由放蕩之性格，逐漸轉變為堅毅。

尼妙寂：以連串行動表現其性格之特質與美德。

張老：以不同姿態出現，每次出現，皆能令人耳目一新。

裴諶：一位苦修有成，好誇耀道術之驕傲神仙。

楊恭政：因命運而成仙，因親情而復返，能表現其性格之許多層面，於生命有其獨特之堅持與肯定。

佛斯特氏謂：

　　一個圓形人物，必能在令人信服的方式下給人以新奇之感，……絕不刻板枯燥，他在字裏行間流露出活潑的生命。〔註19〕

《續玄怪錄》有部分篇章確實能塑造出頗為成功之圓形人物。此外，即使為鬼魅異類，亦多生動可喜，除部分純為「志怪」之作品外，其人物刻劃大致能達到「實體

〔註17〕見《小說面面觀》，頁59，第四章，「人物」下。
〔註18〕見《長篇小說作法研究》第三章「人物的創造」，（戊）兩種人物。，頁三六。
〔註19〕同註17，頁68。

化」之程度。

第三節 對白安排

對白之功用有（1）發展情節，（2）表現人物；已如前述。就其「發展情節」之功能言，對白屬於結構之一部分，可幫助完成情節之進展，如某些事實可由人物之口道出，而不必每件事均由作者敘述。就其「表現人物」之功能言，對白能表現人物之身分、個性、及其當時之心情；此外，也能提示人物間之相互關係。

對白既能表現人物，則對白之語言必須配合說話者之身分、個性，以及當時之場合。此外，如能偶而採用方言口語，可使對白更爲生動自然，效果更佳。又若將說話時之動作附帶敘述，則說話者之原義當更能完整表達。

《續玄怪錄》對白安排之表現大體而言已算稱職。例如：

1. 〈楊恭政〉篇

此篇之楊恭政爲一性好沈靜之村婦，故其言語口氣大抵平靜而謙卑，如「妾神識頗不安，惡聞人語，當於靜室寧之，請君與兒女暫居異室。」用「妾」，用「頗」，用「請」，用「暫」；又如「王父清年高，無人侍養，請迴侍其殘年，王父去世，然後從命，誠不忍得樂而忘王父也，唯仙伯哀之。」用「請」，用「從命」，用「誠」，用「唯」，用「哀之」，皆足以顯示其身分與當時之心情。而縣令李鄲聞恭政返回，劈頭即問：「向何所去，今何所來？」其詢問口吻正符合縣令之身分。

2. 〈盧從史〉篇

此篇之盧從史生前驕橫，既成爲鬼，口氣仍極爲不遜，如「大錯，公之官未敵吾軍一裨將，奈何對我而自坐？」「大錯」二字甚爲傳神。通篇從史之口氣皆如此，如「吁，是何言哉」，又「非使君所宜聞也」，簡潔有力，不拖泥帶水，正合從史個性。

3. 〈李岳州〉篇

此篇之李俊汲汲於功名，自知榜上無名後，竟垂泣曰：「苦心筆硯二十餘年，偕計而歷試者，亦僅十年，心破魂斷，以望斯舉，今復無名，豈不終無成乎？」此言略帶誇張，而將其自怨自恨，百般失望之心情表露無疑，又如「俊懇於名者……冒責奉謁」，其卑詞屈態，形於顏色。而祭酒之口氣則極嚴重，亦極不耐煩，如「何躁甚相疑，頻頻見問」，又如「季布所以名重天下者，能立然諾，今君不副然諾，移妄於某，蓋以某官閑也，平生交契，今日絕矣」，以主司不用其言，竟以絕交相脅。篇中李俊詞卑，故自稱皆稱「俊」；祭酒詞峻，故自稱「某」、稱「吾」，二者亦判然分明。

4. 〈韋令公皋〉篇

此篇之張延賞，輕視其婿韋皋，其口氣或鄙薄，或怒罵，皆極生動，如「幕僚無非時彥，延賞尚欽憚之，韋郎無事，不必數到。」此鄙夷之口氣也；又當女巫言韋必貴，夫人入告，張大怒曰：「閨閣之人，無端乃如是，且延賞女已嫁此人，怜其貧而贈薄，請益則加，奈何假託妖巫，以相謝乎。」此積憤已久，藉題發揮之口氣也。至於韋妻勉勵韋皋之詞，識深見遠，亦甚精彩，可參見上一節之討論。

5. 〈鄭虢州騊夫人〉篇

此篇定婚之夕，新郎驚奔，丈人怒而出示其女，指曰：「女豈驚人乎？今若不出，人以為獸形也」，盛怒之下，竟以獸相形。

6. 〈蘇州客〉篇

此篇之對話頗用口語，如貫詞入龍宮，謂「來自吳郡，郎君有書」，郎君，謂主人之子，即後世之「少爺」也，唐世以郎主為主人，故稱少主人為郎君〔註20〕。及入見，太夫人曰：「兒子遠遊，久絕音耗……。」稱其子為「兒子」，後太夫人變顏色，龍女急曰「哥哥憑來，宜且禮待」，又「哥哥深誠託人，不宜如此」謂貫詞曰「孃年高，風疾發動……兄宜且出」，皆極接近口語，故自然而逼真，而太夫人與龍女之口吻，亦絕不相同。

以上舉例說明而已，類此尚多，不及一一錄出。此外，說話者因立場改變，口氣亦隨之改變，如〈辛公平上仙〉篇，辛公平逢冥吏王臻於旅店，店主欲逐臻以便讓床位給公平，公平對店主曰：「客之賢不肖，不在車徒，安知步客非長者。」此對店主教訓之口氣；轉身又云：「請公不起，僕就（他床）矣！」此對長者謙恭之口氣；其後欲召之共食，又高聲曰：「有少酒肉，能相從否？」此試探相邀之口氣。同一人於三種情況下，有三種不同之口氣，足見作者於對白之處理，頗為細心。

至於說話時之表情動作，依事實之需要，亦常有說明，簡單者如「問曰」、「對曰」、「前曰」、「喜曰」、「請曰」、「私曰」、「高聲曰」、「延聲曰」、「呵之曰」、「揖鞭曰」、「垂泣曰」、「遽曰」、「怒曰」、「驚曰」、「指曰」等等，此類簡單之說明，可幫助讀者了解說話時之情形。同一句話，如「老鬼妖妄如此」（〈定婚店〉），若冠一「喜曰」，則讀者可能以為此人因某人而忽得意外之財，喜而詭稱如此；若冠一「怒曰」，則似受害甚深而大為光火；今作者乃作「罵曰」，因韋固聞老人謂其妻為賣菜陳婆女，將信將疑，心又未甘，亦非憤怒，故用「罵曰」，最為妥貼。此外，較詳細者如「揖公平曰」、「歡極主人曰」、「疾視質曰」、「其妻尤甚憫之曰」、「有頃飢益甚，思曰」、

〔註20〕見《敦煌變文字義通釋》，頁14，蔣禮鴻著。

「太夫人答拜且謝曰」、「女急掩其口曰」、「玉起拜曰」、「妻潸然曰」、「驢忽顧和曰」、「呼載而奔告崔曰」、「握其手曰」、「崑崙奴投杖拜曰」，凡此，皆將當時情形作詳細之說明，而不忽略對答時必有之動態。其中又以〈李岳州〉篇之表現最為成功，今先依序抄錄篇中所有對白前之描寫文字，或但有曰字者，一并抄入：

　　（1）「俊顧曰」，（2）「客曰」，（3）「俊曰」，（4）「客獨附俊馬曰」，（5）「曰」，（6）「俊曰」，（7）「俊垂泣曰」，（8）「曰」，（9）「客曰」，（10）「俊曰」，（11）「曰」，（12）「客遽曰」，（13）「客曰」，（14）「客遽卷而行曰」，（15）「怒目延坐，徐出曰」，（16）「俊再拜對曰」，（17）「祭酒揖問曰」，（18）「春官曰」，（19）「祭酒以交春官深，意謂無阻，待俊之怒色甚峻，今乃不成，何面相見，因曰」，（20）「春官遽追之曰」，（21）「春官急曰」，（22）「指其下李溫曰」，（23）「客泣示之背曰」，（24）「俊驚謝之且曰」，（25）「客曰」，（26）「俊曰」。

全篇八百六十餘字，共出現對話二十六次，其中有十四次作者說明說話者之動作神情，讀者取以參驗對話之內容，更可充分了解其眞正含義；而說話者之性情個性，亦可於其中得其大略。

　　綜觀《續玄怪錄》之對白，於唐傳奇中雖無特殊之成就，大體而言，已算稱職矣！

第四節　文字運用

　　文學貴在創新，就文字之使用而言，陳語、雷同，爲一切文學作品所避忌。

　　所謂「陳語」，謂經一用再用之語句，如形容女子美麗稱「如花似玉」、「美若天仙」、「人比花嬌」等，前人初用此語，頗覺新鮮生動，至後人再三沿用，則成爲俗濫之「陳言」，既勾勒不出生動之形象，亦無法產生美感之聯想。

　　所謂「雷同」，謂同一字句重複出現，例如形容某甲用「此心胸懷大志」，同文某乙出現，又稱其「胸懷大志」，便覺複沓可厭。

　　《續玄怪錄》之文字並無此二弊，李復言常能創造新詞彙；於相關情節處，或類似之情境，亦絕不作雷同語。

　　李復言能發明新詞，以豐富文意，如「攀髯之泣」（〈辛公平上仙〉）謂未能攀得龍鬚以隨駕上仙；「若扁舟泛滄海」（〈盧僕射從史〉）乃李湘自喻其以海隅郡守，去郡歸闕，無所依傍之情形；「聽而自顧，即已魚服矣」（〈薛偉〉）謂聞河伯之言後自顧，已化身爲鯉也；「二十春無疾佳人也」（〈梁革〉）形容蓮子身強體健；「妄惑諸侯」（〈梁革〉）此崔公責怪梁革，既謂蓮子爲二十春無疾佳人，何以一年暴死，憤怒之

詞；「飢寒之色可掬」、「貧在膏肓」（〈杜子春〉）前者形容子春落魄之狀，後者老人警告之詞，「吾乃夢醒者，不復低迷」、「吾儕野人，心近雲鶴，未可以腐鼠嚇也」、「以智自燒，以明自賊」（〈裴諶〉）皆裴諶微帶嘲諷或憤激之語；「恐若黃初平貽憂於兄弟」（〈李紳〉）語出《神仙傳》〔註21〕群仙欲李紳從之，紳以未立家，故謂恐如黃初平為道士將至石室中四十餘年，不復念家，其兄尋索，乃得相見也。

　　以上詞彙，或脫胎於舊典（如「攀髯之泣」本於《史記・封禪書》，「黃初平貽憂」本於《神仙傳》），或為舊詞之重新組合，皆是復言之新創。實則諸詞皆亦或有平常詞彙可替代，如「魚服」即「化身為魚」，「二十春無疾佳人」即「健康無疾之佳人」；至如「貧在膏肓」一詞，生動傳神，則任何詞彙皆難以說明取代矣。

　　《續玄怪錄》之不作雷同語，表現於下列事實：

　　對女子容貌性情之形容，如「新婦性沈靜，不好戲笑」（楊恭政），「其貌之麗，天然罕敵」（鄭駒夫人），「年四十餘，衣服皆紫，容貌可愛」（〈蘇州客〉篇之龍王太夫人），「年可十五六，容色絕代，辯惠過人」（龍女），「有一女年可十八九，妖麗無比」（竇玉妻），「年可十六七，容色華麗」（韋固妻），「有青衣美色而艷者」（蓮子），「年可五十餘，青裙素襦，神氣清雅」（「李靖」篇中之龍王夫人），「有一尼眉目朗秀」（尼妙寂），「白晰頗有姿貌」（延州婦人）。對十名女子之描述，無一句雷同，且與其身分相當，如竇玉妻為鬼魅，故曰妖麗；蓮子為姬妾，故曰美色而艷；妙寂為尼，故但形容其眉目；至於龍王之夫人，二處形容，同中有異，皆以前一句狀其服色，後一句言其神貌，〈蘇州客〉篇夫人年四十餘，故容貌尚可愛，至〈李衛公靖〉篇年五十餘，故但言其神氣清雅而已。

　　對神仙狀貌之形容，如「儀狀偉然，容色芳嫩」（張老），「衣冠偉然，儀貌奇麗」（裴諶），「衣堂冠冕，儀貌堂堂」（王夐）。因張老先以灌園叟之身分出現，故極言其容色；裴諶為炫耀道友，故衣冠偉麗；王先亦為傭僕，故亦極言其衣冠儀貌。自常人眼中觀之，一切神仙蓋皆大同，唯為配合情節，固亦不無小異。

　　對仙境之形容，如「其窗戶階闥，屏幃床榻，茵褥之盛，固非人世之所有；歌鸞舞鳳，及諸聲樂，皆所未聞」（〈麒麟客〉），「朱戶甲第，樓閣參差，花木繁榮，煙雲鮮媚，鸞鶴孔雀，徊翔其間，歌管寥亮耳目」，又「異香氳氳，徧滿崖谷」。又「其堂沉香為梁，玳瑁帖門，碧玉窗，珍珠箔階砌，皆冷滑碧色，不辨其物」（〈張老〉），「窗戶棟梁，飾以異寶，屏帳皆畫雲鶴……器物異珍，皆非人世所有，香醪嘉饌，目所未窺」（〈裴諶〉），「樓殿參差，藹若天外，簫管之聲，寥亮雲中」（〈李紳〉），可

〔註21〕見《神仙傳》卷二：黃初平者，丹谿人也，年十五，有道士將至金華山石室中，四十餘年，不復念家，其兄初起行山尋索，遂得相見。

謂各具特色，詳略互參，而又皆能就其色彩、聲音作生動之描摩，頗能造成其煙霞縹渺，詭奇華麗之仙境氣氛。

以上爲《續錄》描寫人地事物之文字表現；此外，其敘寫人之情緒動作，亦能層次分明，刻劃入微。如〈杜子春〉篇，子春首次受贈巨金之心情爲「子春既富，蕩心復熾，自以爲終身不復羈旅也」，及金盡老人至「子春慚不應」；至老人又贈，「未受之初，憤發以爲從此謀身治生，石季倫猗頓小豎耳。錢既入手，心又翻然，縱適之情，又卻如故」。不到一、二年，貧過舊日，又遇老人，「子春不勝其愧，掩面而走」。初受贈，習性依舊，再受贈，略有發憤意；而受恩愈大，其愧愈深，由「慚不應」至於「掩面而走」，言簡意深，生動無比。又如〈張老〉篇，屢以韋氏之驚訝，表現張老之神秘，張老納錢聘韋女時「諸韋大驚」，韋兄訪張老至一仙境時「驚駭莫測」，韋荷金歸「其家驚訝」，篇末崑崙奴贈金，韋「驚嘆而歸」，「驚」字四度出現，而所組成之詞彙無一句雷同。

第四章　比較研究

第一節　〈尼妙寂〉與〈謝小娥傳〉之比較

〈謝小娥傳〉之作者爲李公佐〔註 1〕，而在故事情節中，李公佐又爲一關鍵人物。作者以親與其事而撰寫此文，自應以第一人稱訴說奇遇之姿態出現，此種姿態下，於主角謝小娥之身世及遇難復仇之經過，可安排由小娥親口道出，乃爲合於情理。〈謝小娥傳〉於此處爲一大敗筆，蓋作者既親與其事，有第一人稱筆法，乃又採取全知全能之第三人稱敘述觀點，全篇故事，起始於小娥之出身，復仇經過，終於剪髮爲尼，皆由作者先敘述一遍，致使中間一段作者出現解答小娥夢中之謎時，小娥必須重述其蒙難之經過，復仇後再逢公佐，又須歸結其復仇時，經營始終艱苦之狀，文意複沓累贅，且失去懸疑期待之戲劇效果。

〈謝小娥傳〉之主要情節爲：

（1）小娥隨父、夫經商江湖遇盜，父夫並遭害，小娥投水得活。夢二人告以十二字隱語，暗示強盜姓名，囑爲復仇。

（2）隱語無人能解，幸遇作者李公佐爲解之。

（3）小娥既知強盜姓名，遂喬裝男子，泛傭江湖，果探得盜者巢穴，委身爲奴，伺機手刃仇人，盡捕餘盜。

（4）太守嘉其志行，得免死，鄉里豪族爭聘。小娥誓心不嫁，爲尼以終。

〈尼妙寂〉篇除妙寂並未隨父夫行商，而在家中夢及二人披髮來告外，其餘情節皆同。然其基本架構雖無大異，搭架之技巧則〈尼妙寂〉勝過〈謝小娥傳〉多矣。

1. 〈尼妙寂〉篇之結構分析已見前章，其前半關於妙寂身世與遇難經過，皆以

〔註 1〕王夢鷗先生曾懷疑〈謝小娥傳〉之作者並非李公佐，參見第一章註 27。

全知全能之第三人稱觀點敘述，故客觀詳盡，更無〈謝小娥傳〉一事複述之毛病。及妙寂得知仇人姓名，筆鋒一轉，以李公佐爲導引，採逆敘之手法，由妙寂自述其復仇經過，轉爲第一人稱之敘述，凡驚奇之遭遇以第一人稱敘述最爲生動逼眞，前已言之，復言此種觀點轉移之手法，用於〈楊恭政〉、〈薛偉〉等篇，極爲巧妙。〈謝小娥傳〉則全篇由李公佐敘述，作者兼劇中人，忽而能知全事，有時又一無所知，反賴小娥之複述，極見蕪累。

2. 〈謝小娥傳〉中，小娥既隨父夫行商遇盜，何以其夫爲俠士竟不能脫險，小娥爲弱女反能幸免？且小娥既親見其事，何以不識其人，而羣盜亦不認識小娥，而親信之？篇中全未作交代。〈尼妙寂〉篇中，妙寂未隨行，遇盜之事乃由夢中得之，一夢之間，既驚聞禍難，又得父夫求爲報仇之隱語，故覺情節之進展，緊湊而明快。

3. 就人物之心理描繪而言，〈尼妙寂〉篇亦較勝。如妙寂既復仇，削髮爲尼，遇公佐，未敢貿然相認，謂「有一尼，眉目朗秀，若舊識者，每過必凝公佐，若有意而未言者」。〈謝小娥傳〉則只有一言，即「中有一尼問師曰」，極爲突兀。

4. 就故事之戲劇性發展言，〈尼妙寂〉篇之安排亦較成功，如妙寂夢中獲隱語後「杳不可知」──「訪於鄰叟及鄉間之有知者，皆不可解」──「於瓦棺寺，遇人則問，無能辨者」──始逼出李公佐。

〈謝小娥傳〉則但云「廣求智者辨之，歷年不能得」，即出現李公佐。前者曲折有致，後者毫無鋪陳，戲劇效果絕殊。

5. 在相關情節之交代解說方面，〈尼妙寂〉篇亦較勝。如〈謝小娥傳〉中，小娥之父夫既盼其代爲復仇，何以不直接道出盜者之姓名，而必故弄玄虛，以隱語迷惑小娥數年？篇中全無交代。〈尼妙寂〉篇則謂「幽冥之意，不欲顯言，故吾隱語報汝」，以小說觀點言，情節有所交代自較故弄玄虛爲勝。其次，小娥化裝爲男子，在強盜家數年，何以必在最後下手？篇中並無必然性之交代。〈尼妙寂〉篇則有說明，因二盜不居一處，若獲得一盜，另盜必漏網以致後患無窮，故遲遲未動手，以待最佳之時機。最重要者，大仇既報，「里中豪族爭求聘」，何以「誓心不嫁」？〈謝小娥傳〉只以「誓心不嫁」四字輕輕帶過，〈尼妙寂〉篇則有二次說明，先爲妙寂感激公佐爲解隱語「掩涕拜謝曰：賊名既彰，雪冤有路。苟或釋惑，誓報深恩。婦人無他，唯潔誠奉佛，祈增福海」，此言已將其日後出家之動機明白說明；其後重逢公佐，又謂「碎此微軀，豈酬明哲？梵宇無他，唯虔誠法象以報效耳」，再度說明其何以不嫁而出家。王夢鷗先生云：

> 長齋繡佛，以報恩人，這等於捨棄自己現世的幸福爲其恩人祈求福
> 祉。……她生長於那樣的時代，憑著當時的信仰，願以畢生的清苦來答謝

別人的恩情，這樣沈毅的意志，較之流俗以奉箕帚自獻的情節要深刻得
多，而感人的力量也偉大得多。
故王夢鷗先生對此二篇所作之評判爲：
　　無論在史實或小說的觀點，〈尼妙寂〉篇都要勝過〈謝小娥〉篇。〔註2〕
此外謝小娥尋找復仇之對象，爲巧遇盜首申蘭，而妙寂則「數年、聞蘄黃之間有申
村，因往焉。流轉周星，乃聞其村西北隅有名蘭者，默往求傭，輒賤其價，蘭喜召
之」。李元貞氏謂：
　　　　小娥尋找仇人若竟是偶然巧遇，而不是有心細尋，就削減了小娥復仇
　　的艱辛努力的感人性，亦使情節缺少緊張而鬆散。〔註3〕
由以上之比較，知〈尼妙寂〉篇處處勝過〈謝小娥傳〉。但李元貞氏仍舉出〈謝小娥
傳〉有二處之處理較〈尼妙寂〉爲佳，即：
　　1. 李著中的小娥，八歲喪母，父夫冤死即成孤兒，小娥的復仇乃至從乞食開始，
而妙寂卻有母健在，獨自爲父夫復仇，雖然辛苦卻不如小娥處境的艱困感人和必然
性。李公佐頗能抓住這個孤苦的重心，更特別交代連父夫的兄弟童僕悉皆沈江，而
〈尼妙寂〉這篇卻毫無交代。
　　2. 李著中小娥復仇時親自抽佩刀斷蘭首，比妙寂「奔告於州，乘醉而獲」具有
驚心動魄，緊張刺激的效果。
　　按李氏提出之第一點並非實情，〈謝小娥傳〉中明謂「小娥父畜巨產」，豈無房
地？其盜但能「盡掠金帛」而已，豈能使小娥至於「乞食」？且其父夫行商，豈有
弟兄甥姪，童僕姬妾皆携帶而行之理？李公佐爲使小娥陷於孤苦，其處理未免離於
常情。不合常理之處置，只能使讀者陷於迷惑，又如何能對小娥之處境產生同情？
至於第二點，〈謝小娥傳〉與〈尼妙寂〉二篇之性質本不相同，前者爲俠義小說，故
小娥之夫爲俠士，小娥之個性亦頗男性化，故其手刃仇首，自亦正常；但後者描寫
尼妙寂爲一富家之嬌貴女子，其忍辱泛傭已爲難能，何況持刀殺人？〈尼妙寂〉篇
中絕無粗惡，兇暴之場面，妙寂乃以其毅力與智慧報得大仇，絕不至因逞一時快意
而持刀殺死仇人。二篇之處理各異，並不能於此處分優劣。
　　〈謝小娥傳〉廣爲流傳，自亦有其值得稱道處，然以之與〈尼妙寂〉篇相較，
無論佈局之處理，人物之刻劃，細節之安排及戲劇性效果之創造，實皆略遜一籌，
而〈尼妙寂〉篇卻淹沒千載而無有識者，悲夫！

〔註2〕見〈謝小娥傳故事正確性之探討〉，《唐人小說研究》四集，頁 195～197。本文第（5）
　　　點前半部分即採取其說。
〔註3〕見〈李復言小說中的點睛技巧〉，「中國古典文學研究叢刊小說之部（二）」，頁 122。

第二節 〈杜子春〉與〈烈士池〉、〈蕭洞玄〉、〈韋自東〉之比較

〈杜子春〉、〈蕭洞玄〉、〈韋自東〉三篇皆有本於《大唐西域記》卷七之〈烈士池〉故事，前已言之。

〈烈士池〉之主要情節為：

> 隱士尋求烈士──→遇烈士而重賂之──→烈士求報──→隱士要求一夕
> 不發聲──→烈士發聲，煉丹失敗──→補述發聲之原因（受苦──→被殺──→
> 投胎為男人──→其妻生子──→妻欲殺子──→烈士發聲止之）

故事以隱士為主導，先敘其訪求烈士之緣由（煉丹），次及訪求之經過，再及於煉丹失敗之過程，故著重點在隱士，而非烈士。故事之重心既失，便嫌敘述零散，贅筆甚多，結構也傾側而不穩。

與〈烈士池〉最為接近者為「河東記」之〈蕭洞玄〉篇。本篇亦以道士為主導，然道士與所尋得之勇士（姓終名無為），由賓主關係，轉為平行，即二人結為莫逆，共同修習仙術，而非如〈烈士池〉之報恩。及修行至一境界時，乃由道士行道，而勇士端坐無言以煉丹。後煉丹失敗，二人相與慟哭，即更煉心修行，全篇表現出樂觀積極之氣氛，而無悲劇性。其情節為：

> 道士尋找同心者──→遇勇士終無為，結為莫逆──→共同修行三年──→
> 煉丹須無為不發聲──→無為受苦──→投胎為男人──→妻欲殺子，發聲止之
> ＝煉丹失敗──→二人慟哭，預備再煉。

篇中直接敘述終無為因發聲而使煉丹失敗之經過，而不採取〈烈士池〉補敘之手法。此二種手法，可造成二種不同之效果：〈烈士池〉先言烈士發聲，讀者訝其何以發聲，此即造成懸疑；〈蕭洞玄〉先不言發聲，直接導入夢境，讀者知其為夢也，故夢中諸苦難皆不足以悚動其心。及無為再世為人父，因喪子之痛而發聲，此聲一發，煉丹即敗，同時完成，讀者惋惜之聲未作，嘆恨之情已起，此即造成所謂「戲劇頂點」（即高潮），頗能感人。

至於〈韋自東〉，與二者頗異其趣。本篇藉〈烈士池〉故事為其架構之一部分，以表現其「匹夫之勇毫無價值」之主題，如自東欲逐夜叉，同行之段將軍謂其「暴虎憑河，死而無悔」，及自東竟殺夜叉，段大駭曰「真周處之儔矣」。此時道士方出，請求自東守護丹爐，以為其勇可依恃也，然竟為假冒道士之師者所欺，使煉丹失敗。其主要情節為：

> 自東殺二夜叉──→道士請自東護洞──→自東擊退諸怪物異類──→為

　　假冒道士之師者欺混入洞＝煉丹失敗。

本篇改由守洞之韋自東爲主導，道士後出，故可大力描寫自東好勇鬥狠之性格，使道士請其護洞，及護洞失敗之理由可信。篇中描寫追斬夜叉一段，極見精彩。

　　〈杜子春〉篇兼有三家之長：

　　1. 以杜子春爲主導，極力刻繪其性格，並由道士親自加以考驗，而不肯輕易將重任託付，使道士煉丹之神秘與嚴重性增強，而子春發聲之原因可信。此優點略近於〈韋自東〉。

　　2. 以子春受試煉之幻境直接引入情節，使子春發聲與煉丹失敗之結果同時完成，造成「戲劇頂點」之高潮。此優點略近於〈蕭洞玄〉。

　　3. 以子春一世受苦，一世投胎之方式試煉，以親子之情造成人性與意念之衝突。此直接承襲自〈烈士池〉。

以上爲三篇所有者，至於下列優點，則爲三篇所無：

　　1. 〈烈士池〉篇，道士屢以金錢重賂烈士，以感激其心，只用敘述而不用描寫；〈杜子春〉篇則一贈、再贈、三贈，受恩愈大，子春愧悔愈深（由「慚不應」至「掩面而走」），以描寫取代敘述，故事所以感人，而子春報恩之心意亦較爲堅定。

　　2. 〈烈士池〉、〈蕭洞玄〉，皆使受試煉者再世爲男，而其妻欲撲殺其子，然就原始人性而言，母子之愛應較父子之愛爲深切，以母欲殺子而乃父止之，實不若父殺其子而母親發聲阻止爲合理。〈杜子春〉篇即能以一世爲男，再世爲女，作爲雙重之試煉。母子連心，其因愛心而發聲，固較可原諒也。

　　3. 〈烈士池〉謂烈士「忽發聲叫」，乃爲抽象之敘述，〈蕭洞玄〉謂無爲「失聲驚駭」仍爲客觀之說明，至〈杜子春〉則以力敵千鈞之一「噫」字，包含無限惋惜與傷痛，一以母愛天性，不能自止，又以天性難違，致報恩無成，此二種巨大之衝突力量，逼出一聲萬分無奈之嘆恨。故事發展至此，讀者亦可以掩卷深思，仰天長歎矣！

　　至於道士之戒子春「愼勿語」，有人附會爲「愼勿慾」〔註4〕；主角杜子春，有人懷疑爲「杜子蠢」〔註5〕。皆筆者所不敢苟同者，故不論。

第三節　〈張逢〉與〈南陽士人〉、〈李徵〉之比較

　　此三篇化虎故事中，〈張逢〉與〈南陽士人〉之結構大致本於前引《齊諧記》之

〔註4〕見楊皖英〈從杜子春看命定性格〉一文，《書評書目》三八期。
〔註5〕見龔鵬程氏〈唐傳奇的性情與結構〉一文之註31。

〈師道宣〉條，其主要情節爲：

化虎──食人──復形──自言其事──所食人之子復仇。

〈李徵〉條則另出機杼，其結構爲：

李徵失意發狂而失蹤──徵至友袁傪遇虎，虎作人言自稱李徵──徵

道出化虎始末，並託袁照顧妻子，刊其遺文──徵子訪袁，袁具疏其事。

三篇之結構或有異同，然各篇於行文中對命運所發出之呻吟或吶喊則近似，化虎也，食人也，復仇也，皆不過上天之局戲，乃嘲弄人世之寓言而已。而三篇中感人最深者，又屬機杼另出之〈李徵〉條。

〈李徵〉篇先以一大段文字刻繪李徵之性格，敘述其遭遇：謂其少博學，善屬文，弱冠已號稱名士，登進士第後，不獲遷陟，因「性疏逸，恃才僻傲，不能屈跡卑僚，嘗鬱鬱不樂」，謝秩後，退歸閉門，不與人通。故知李徵懷才不遇，滿腹經綸無以施展，心中不能平衡，其所以化虎之遠因在此。

後迫於衣食，具裝東遊於吳楚間，獲饋遺甚多。於西歸道途中，忽被疾發狂，而後失蹤。關於李徵化虎前行蹤之敘述至此結束，並未言其化虎；然其化虎之近因即在此。蓋因迫於衣食而東遊，所以獲饋愈多者，其積怨亦愈深。方其遊於公卿之門時，「宴遊極懽」，此所謂強顏作樂也；及至西歸，揭去歡笑之假面，積怨暴洩，一發不可收拾，乃有狂疾上身。李豐楙先生謂「至於人化爲虎，大多強調其發狂變性」〔註6〕，妙者作者只言其被狂疾失蹤，而不言其化虎，必於下文袁傪遇虎時，由虎口道出此事，此所謂「故弄玄虛」，亦即小說技巧中之所謂「懸疑」與「驚奇」效果之造成也。

袁傪遇虎，虎所發之第一句人言爲「異乎哉！幾傷我故人也」，傪聞其聲似徵，問爲誰，「虎呻吟數聲，若嗟泣之狀」，乃述其化虎之經過，末云：「嗟夫！我與君同年登第，交契素厚。今日（子）執天憲，耀親友，而我匿身林藪，永謝人寰，躍而吁天，俛而泣地，身毀不用，是果命也！」語意含悲，是徵既化虎，其怨恨不能自解，遂「暴而食人」，其內心之矛盾與痛苦，何等哀深？無已，唯有歸諸於命，命既如此，更復何言？其後又交代刊行遺稿，託付袁照拂妻子；身爲虎也，而心在人寰，神形交割，永難平癒，此所以錢易謂「唯李徵化虎，身爲之，吁可悲也！」良是哉！

本篇之成功不僅在結構佳，敘述生動，更在於命運之悲劇嘲弄，始終籠罩全局，全文在極度低調之氣氛下完成。既爲才士矣，而志不能申；既懷怨憤矣，而身竟爲虎，此篇可謂將此一題材之悲劇特性發揮至於極致。

〔註6〕見〈六朝精怪傳說與道教法術思想〉一文，靜宜文理學院編《中國古典小說研究專集》（3），頁23。

至於〈張逢〉與〈南陽士人〉，亦皆不失為唐傳奇中之一流佳作，唯文字較簡短，發揮不夠，遂使故事缺乏深刻合意，較〈李徵〉篇遜色許多。

〈張逢〉篇以敘述張逢化虎食人之經過，作為命運主宰人事之證明，故重在「事」而不在「人」，此為其與〈李徵〉篇之最大不同處。然並不能於此處分出二篇之優劣，Bliss perry 氏所謂「沒有特別的人物描寫，祇是那個情景本身也就夠了」〔註7〕，此乃短篇小說之特色之一，由於篇幅短小，使其無法兼顧各層，若能單就一方面發揮，仍可能有可觀之成就。

篇中張逢化虎可謂純粹「偶然事件」，全身既無不適，心情亦無不平，忽然轉念「意足而起，其身已成虎也」。既已化虎，而又「犬彘駒犢之輩，悉無可取，意中恍忽，自謂當得福州鄭錄事」，故知其所以化虎，乃為某種力量所指使。其後，又有候吏於問答間描述鄭錄事之裝著，「其時逢方伺之，而彼詳問，若為逢而問者」，此命運之力量使然，以便幫助張逢食鄭錄事之事件完成。及張逢食畢鄭錄事，「行於山林，單然無侶，乃忽思曰：本為人也，何樂為虎？」遂又回復人形，蓋任務已經完成，無繼續為虎之必要也。故事至此告一段落，事件之前因後果只有張逢一人知曉，張逢若不自言，則世上若不曾發生此事。但命運之主宰者卻不肯干休，數年後，張逢於一偶然聚會中，「各言己之奇事」時，道出此事，詎料鄭錄事之子竟在坐。此雖似巧合，實則由前文推展至此，知其乃為必然也。其子欲殺逢，為眾人所隔，逢乃改姓名以避之，遂得遁去。此安排實作者之慈心使然，謂「聞父之仇，不可以不報，然此仇非故煞（殺），必使煞逢，遐（鄭子）亦當坐」。安排固甚妥當，卻大大削減命運之主宰力量，蓋張逢之食人既為事實，無論為命運使然，或本意如此，皆已破壞人類社會之文明律則，必須接受懲罰，如此，命運之力量乃能貫穿全篇。然而作者李復言始終無法忘情於人性，一如楊恭政之回歸人間奉侍王父，李紳之未立家不獲辭，杜子春之為母愛破壞煉丹，此處之安排，即以人力違抗天命而竟能成功，讀者雖為張逢感到釋然，而全篇之氣氛卻被破壞。

〈南陽士人〉於此處則不如此仁慈，士人道其事後，坐中所食人之子即殺之，張漢良先生謂：

> 雖然主角的違犯禁忌，不是自願的，而是像伊迪帕斯王被命運作弄，
> 但必須被懲罰，以重建人的社會秩序，因此主角難逃一死。〔註8〕

〈南陽士人〉篇之命運力量較之〈張逢〉猶強。〈張逢〉篇中命運之主宰者隱於幕後，〈南陽士人〉則明白出現，且命人送文牒與士人，謂「君合成虎，今有文牒」。成虎

〔註7〕《小說的研究》，頁288。

〔註8〕見〈唐傳奇南陽士人的結構分析〉，《中外文學》七卷六期。

後，食蝌蚪，食兔，食鼇，「遂轉為害物之心」，忽見一採桑婦人，乃又食之，而覺甘美，此其食人之始。後有神人出現，謂「汝曹為天神所使作此身。……汝明日，合食一王評事，後當卻為人」，經某種力量之指引，果得食之而復為人。故本篇與〈張逢〉性質類似，而表現之手法則異其趣，就小說觀點言，顯說不如隱示，〈張逢〉篇之處理實為較勝，惟篇末之處理稍有不妥，為可惋惜也。

第四節　〈定婚店〉與〈灌園嬰女〉之比較

〈定婚店〉之作意，作者自言為「陰騭之定，不可變也」，全文即在申證此一事實，故安排一名思早娶而求婚多年無成之士族子弟，暗示其妻將為一賣菜人之女，使其由懷疑並抗拒命運之力量而趨於肯認。就故事之主要間架而言，〈灌園嬰女〉篇與其並無不同，二篇之不同，乃在細節上之處理有別。比較二篇之內容可以看出，一篇為記載傳聞之遊戲筆墨，另一篇則為刻苦經營之絕妙篇章。

〈定婚店〉篇之主要人物除多歧求婚終無成之韋固，及其幼時險遭己害之妻子外，又安排一為之穿針引線之月下老人，此一老人，李元貞氏稱其「極富人情，又含諷刺，而有自信」〔註9〕。所謂極富人情，蓋謂其不忍見韋固為婚姻奔走，乃明告其妻將為某人，謂「君之腳，已繫於彼矣，他求何益？」赤繩繫足之典故，戴孚之《廣異記》已加以運用（見第二章「題材探索」部分），李復言順手拈來，寫成流傳至今之美麗故事，洵為神來之筆。至於「又含諷刺」，殆指韋固謂老人既為幽冥之人，何以到此，老人謂「今道途之行，人鬼各半，自不辨爾。」此言於詼諧中固含諷刺。又謂「而有自信」，老人既掌天下之婚牘，對所執掌之事豈能不有自信，故其語氣皆極肯定，如「君之婦，適三歲矣，年十七，當入君門」，又如固問「煞（殺）之可乎？」老人曰：「此人命當食天祿，因子而食邑，庸可煞乎？」老人之言，至此為止，遂隱去不復出現，而韋固與老人之對話，竟佔去大半篇幅，此大半篇幅只說明一件事，即「婚姻命定」。此時，讀者或信，或不信，作者無意於此時說服，只留下一個疑問，即此名三歲之女嬰，究竟能否成為韋固之妻？

〈灌園嬰女〉篇於此一大段全無處理，只謂有一秀才切於婚娶而未諧，乃詣善易者以決之。韋固之遇老人為偶然，秀才則專意詣卜者以決之，此無異將命運大權，委決於卜人之手，前者具神秘性，後者則流於迷信之觀念。

韋固既生於士大夫之家，豈甘心於娶一賣菜人之女，乃磨一刀子，命其奴殺之。

〔註9〕見〈李復言小說中的點睛技巧〉一文。

其奴於眾人中刺之，才中眉間而生死不明。此時讀者已知韋固不願於日後娶該名女嬰，而命人殺之，其疑問轉爲，該名女嬰以後之命運究竟如何？

〈灌園嬰女〉篇之處理爲「一日，伺其女嬰父母出外，遂就其家誘引女嬰使前，即以細針內於頂中而去。……謂其女嬰之死矣。是時，女嬰雖遇其酷，竟至無恙。」此安排之缺點爲：

1. 秀才爲術士一言，遂親自動手殺害一名女嬰，其心之忍，誠不可赦，而其後竟又有完滿之結局，倍覺扞格難通。〈定婚店〉篇中之韋固，爲由神秘不可測之月下老人指示，而心有不甘，命奴殺之，雖亦不仁，尚不至大兇大惡，還可原諒。

2. 逕言「女嬰雖遇其酷，竟至無恙」，便不能造成疑問，不如〈定婚店〉篇云「才中眉間」，既留下疑問，又爲日後該女眉間所帖之花子，埋下伏筆。

爾後，固屢求婚，終無所遂。又十四年，相州刺史以爲能，因妻以其女，固稱愜之極，然其眉間，常帖一花子。經歲餘，固憶及舊事，逼問之，其妻乃道出事實。謂己爲郡守之猶子（姪子）而非其女，至於眉間花子，乃因三歲時「爲狂賊所刺」，刀痕尚在，故以花子覆之也。此時一切疑惑皆得解決，韋固已娶得該名女嬰，女嬰當然未死，而由爲郡守之叔父收養，門當戶對。故二人其後「相欽愈極」，故事圓滿收場。其中「爲狂賊所刺」一語，戲劇效果極佳，不知該狂賊乃其夫所指使者也。

「灌園嬰女」篇不接敘秀才之行蹤，而先言女嬰之遭遇，謂至五六歲，父母俱喪，本縣廉使育爲己女，廉使移鎮他州，女亦成長。而秀才亦已登科任官，謁廉使，廉使「慕其爲人」，乃以幼女妻之。其後，每因天氣陰晦，其妻輒患頭痛，爲訪名醫，醫者以藥封腦上，出一針，疾遂癒。秀才訝之，潛訪廉使之親舊，知其妻果爲圃者之女，乃信卜者之不誣也。

李復言處理小說之習慣，常在緊要關頭撇下主要事件不談，而以次要事件逐漸引出事實之眞相，如〈尼妙寂〉、〈楊恭政〉等篇皆然。此種處理之好處爲，能造成文氣之跌宕，不使情節顯得平板，又能造成懸疑，以引起讀者之好奇。此種手法，極合於現代小說之要求，佛斯特謂：

> 美感的出現常是，也必須是出其不意的，奇詭的情節最能配合她的風貌。……歌舞之妹以美爲務了無奇意，出水踏波的維納斯才能給人以驚艷之感。〔註10〕

李復言在〈定婚店〉篇之結構處理亦採此法，故述至韋固命奴殺女嬰才中眉間後即不提該女嬰，必至篇末，由眉間之花子，逐漸引出眞相，而由該女自行道出事

〔註10〕《小說面面觀》第五章，頁78。

實，情節婉轉，搖曳生姿。〈灌園嬰女〉則不採此法，而繼續一一詳細交代情節，唯恐讀者無法了解事實，故詳為說明，完全低估讀者之能力，亦使故事之戲劇性大為削減。

不過〈灌園嬰女〉篇亦有可值一提之處，前文敘述秀才刺殺女嬰之狠忍，後半竟以廉使之「慕其為人」而以幼女妻之，與韋妻眉間帖花子之理由為「為狂賊所刺」，具有相同之特殊效果。此類細節，使讀者有啼笑皆非之感，而在莞爾之餘，卻能引發吾人對生命與道德觀之某種深省，孰為「狂賊」？孰之為人可慕？生命何其渺小也，知人何其難也，人類何其無知也？然此種省悟，或非寫作者之本心，乃又小說之餘事矣。

第五章　結　論

　　《續玄怪錄》一書，無論就其主題之表現，或寫作技巧之運用言，均有相當可觀之成就，但卻一直未能獲得應有之重視與肯定，歸納其原因，不外：

　　1. 以《續玄怪錄》爲集名。《玄怪錄》之成就本不算高，何況其流波餘韻。而「玄怪」二字，又極易使人誤以六朝殘叢小語之志怪類故事視之，產生先入爲主之觀念，而無法給予公正客觀之評價。

　　2. 作者李復言名不見經傳，讀者或因人廢言。如以同一題材寫成之〈尼妙寂〉與〈謝小娥傳〉，前者之成就實較高，但以〈謝小娥傳〉之作者爲有名之李公佐，遂盛傳於後世，影響深遠，而〈尼妙寂〉卻沒沒無聞。

　　3. 其取材稍離於現實，故雖可表現當時之思想觀念，卻無法反映社會風貌；由於時代色彩較爲淡薄，使其無法與當時應運而生之「愛情」與「俠義」類故事一較長短。

　　儘管如此，《續玄怪錄》仍有不少影響後世之作品，如〈杜子春〉篇，馮夢龍《醒世恒言》有〈杜子春三入長安〉，清胡介趾《廣陵仙傳奇》，則用〈杜子春三入長安〉故事，增飾成篇；又黃文暘《曲海總目提要》載〈揚州夢〉一篇，云「與《太平廣記》杜子春事，及《醒世恒言》中〈杜子春三入長安〉，皆合。」此外《綠野仙蹤》中，燒丹一節，亦據此而成。又如〈薛偉〉篇，《醒世恒言》有〈薛錄事魚服證仙〉一篇。〈張逢〉篇，《醉翁談錄》有〈人虎傳〉（已佚）。〈鄭虢州騊夫人〉篇，《拍案驚奇》卷五取爲「得勝頭迴」，紀曉嵐《閱微草堂筆記》卷十三亦引用。至於〈定婚店〉篇中月下老人牽紅線之典實，世俗盛傳，至今不歇。

　　近代學者首先肯定《續玄怪錄》之價值者，爲陳寅恪先生之〈順宗實錄與續玄怪錄〉一文，陳氏取《續玄怪錄》與《順宗實錄》等量齊觀，謂其中〈辛公平上仙〉篇「假道家兵解之詞，以紀憲宗被弒之實，誠可謂『微而顯，志而晦，婉而成章』

（此語見杜頂《春秋左氏經傳集解序》）。陳氏雖僅肯定其作爲史料之價值，然以其批評之語觀之，於《續玄怪錄》之寫作筆法亦大有褒譽也。

其後，王夢鷗先生亦嘗稱讚《續玄怪錄》將單純之志怪變爲有主題之傳奇（見〈略談續幽怪錄的編纂〉一文），如〈張逢〉篇乃〈師道宣〉故事之改寫，王先生謂，「〈張逢〉故事卻寫得有聲有色，這或者就是他的『作意』所在」，又「杜子春的故事，在續錄中雖亦寫得有聲有色，……可信其情形與〈張逢〉篇無異」。可惜後來王夢鷗先生認爲李復言思想庸俗，敘事質直（見《唐人小說研究》四集頁 24），遂又推翻前說，完全否定《續玄怪錄》一書之價值。

給予《續玄怪錄》最高之讚譽，能肯定李復言在唐人小說家之地位，以爲列於第一流小說家而毫無愧色者，則爲撰寫〈李復言小說中的點睛技巧〉一文之李元貞氏，李氏謂：

> 許多人讀舊小說，常用「佛道」思想，「神仙」思想，「宿命」觀念，去簡單化概念化小說家在作品中努力呈現的複雜的人生問題。對於小說家細節的精心安排，更是不論，以爲只是瑣碎的技巧，無關宏旨；當然不可能透澈地體悟到作品中所蓄含的深刻意義。李復言的小說，一向就被如此埋沒了。在唐人傳奇的作者群中，他應該被列爲第一流的小說家而毫無愧色的。

葉慶炳師嘗謂牛氏之《玄怪錄》爲文人小說，而李復言之《續玄怪錄》則爲小說家之小說。文人小說不免炫耀筆力，誇張辭藻；小說家之小說，則能在主題之表現與情節結構之處理上致其心力。《續玄怪錄》一書之最大特色，即在其主題思想表現之深刻、結構設計之巧妙，及細節處理上之用心，此由本論文三、四兩章之討論可以證明，其書在我國小說寫作技巧之演進史上，實深具意義。

參考書目

（一）

1. 《續幽怪錄附拾遺》，琳琅秘室景士禮居宋刊本。
2. 《續幽怪錄附札記》，隋庵叢書本。
3. 《續幽怪錄》，涵芬樓續古逸叢書本。
4. 《續幽怪錄》，商務四部叢刊續編景宋本。
5. 《續幽怪錄》，中圖舊鈔四卷一冊本。
6. 《續幽怪錄》，中圖舊鈔四卷二冊本。
7. 《續玄怪錄》，商務舊小説本。

（二）

1. 《太平廣記》，李昉，新興書局。
2. 《太平御覽》，李昉，商務印書局。
3. 《海錄碎事》，葉廷珪，新興書局。
4. 《類説》，曾慥，藝文印書館。
5. 《姬侍類偶》，周守忠，中圖舊鈔本。
6. 《紺珠集》，×，商務景印本。
7. 《説郛》，陶宗儀，中圖。
8. 《重編説郛》，陶宗儀，中圖清順治刊本。
9. 《五朝小説》，中圖明末刊本。
10. 《龍威秘書》，馬俊良輯，藝文百部叢書本。
11. 《古小説勾沈》，周樹人，盤庚出版社。

（三）

1. 《崇文總目輯釋》，錢侗輯，廣文書局。
2. 《郡齋讀書志》（袁州本），晁公武，商務印書館。
3. 《郡齋讀書志》（衢州本），晁公武，廣文書局。
4. 《直齋書錄解題》，陳振孫，商務印書館。

5. 《遂初堂書目》，尤袤，廣文書局。

6. 《通志》，鄭樵，商務印書館。

7. 《文獻通考》，馬端臨，商務印書館。

8. 《世善堂書目》，陳第，廣文書局。

9. 《絳雲樓書目》，錢謙益，廣文書局。

10. 《述古堂書目》，錢曾，廣文書局。

11. 《藝風藏書記》，繆荃孫，廣文書局。

12. 《藏園群書題記》，傅增湘，廣文書局。

13. 《蕘圃藏書題識》，黃丕烈，廣文書局。

14. 《鐵琴銅劍樓藏書目錄》，黃丕烈，廣文書局。

15. 《四庫全書總目提要》，紀昀，漢京文化事業。

16. 《四庫全書總目提要補正》，胡玉縉，漢京文化事業。

17. 《中國板刻圖錄》，北京圖書館。

18. 《唐代小說敘錄》，王國良，嘉新水泥。

19. 《古小說簡目》，程毅中，龍田出版社。

20. 《圖書板本學要略》，屈萬里、昌彼得合著，華岡出版部。

（四）

1. 《史記》，司馬遷，商務印書館。

2. 《漢書》，班固，商務印書館。

3. 《後漢書》，范曄，商務印書館。

4. 《晉書》，唐太宗等，商務印書館。

5. 《舊唐書》，劉昫等，商務印書館。

6. 《新唐書》，歐陽修、宋祁，商務印書館。

7. 《宋史》，托克托，商務印書館。

8. 《資治通鑑》，司馬光，世界書局。

9. 《隋唐五代史》，呂思勉，里仁。

10. 《中國小說史略》，周樹人，不注出版處所。

11. 《中國小說史》，孟瑤，傳記文學。

12. 《中國小說史》，范煙橋，河洛。

13. 《中國小說史》，郭箴一，商務印書館。

14. 《中國小說史初稿》，秦孟瀟，河洛。

15. 《中國小說發達史》，譚正璧，啓業書局。

16. 《中國佛教史》，蔣維喬，鼎文書局。

17. 《中國佛教史》，宇井伯壽，協志工業。
18. 《中國思想史》，錢穆，學生書局。
19. 《中國哲學史》，馮友蘭，不注出版處所。
20. 《中國風俗史》，張亮采，商務印書館。
21. 《中國道教史》，傳勤家，商務印書館。
22. 《唐代政治史論集》，王壽南，商務印書館。
23. 《唐代政治史述論稿》，陳寅恪，里仁書局。
24. 《中國文學史》，鄭西諦，盤庚出版社。

（五）

1. 《莊子集釋》，郭慶藩，河洛。
2. 《韓非子》，廣文書局。
3. 《淮南子》，廣文書局。
4. 《山海經》，里仁書局。
5. 《抱朴子》，葛洪，藝文印書館。
6. 《博物志》，張華，中華書局。
7. 《搜神記》，干寶，鼎文書局。
8. 《搜神後記》，陶潛，木鐸出版社。
9. 《酉陽雜俎》，段成式，源流出版社。
10. 《唐摭言》，王定保，商務印書館。
11. 《大唐西域記》，玄奘，商務印書館。
12. 《南部新書》，錢易，粵雅堂叢書本。
13. 《雲麓漫鈔》，趙彥衛，筆記小說大觀本。
14. 《雲溪友議》，范攄，筆記小說大觀本。
15. 《夢溪筆談》，沈括，商務印書館。
16. 《容齋隨筆》，洪邁，商務印書館。
17. 《十駕齋養新錄》，錢大昕，商務印書館。
18. 《少室山房筆叢》，胡應麟，世界書局。
19. 《日知錄》，顧炎武，明倫書局。
20. 《聊齋誌異》，蒲松齡，里仁書局。
21. 《管錐篇》，錢鍾書，不注出版處所。

（六）

1. 《楚辭補註》，洪興祖，廣文書局。

2. 《柳河東集》，柳宗元，河洛圖書公司。

3. 《韓昌黎集》，韓愈，河洛圖書公司。

4. 《白氏長慶集》，白居易，中華書局。

5. 《元氏長慶集》，元稹，中文書局。

6. 《全唐文》，清仁宗，文海書局。

7. 《唐詩記事》，計有功，木鐸出版社。

8. 《藝風堂文漫存》，繆荃孫，文史哲。

9. 《唐人小說》，汪辟疆，河洛。

10. 《傳奇小說選》，胡倫清，正中書局。

11. 《唐宋傳奇集》，周樹人，上海北新書局。

（七）

1. 《小說面面觀》，佛斯特，志文出版社。

2. 《短篇小說作法研究》，威廉，商務印書館。

3. 《長篇小說作法研究》，Manuel Komroff，幼獅文化事業。

4. 《小說的研究》，Bliss Perry，商務印書館。

5. 《小說藝術》，胡菊人，香港百葉書舍。

6. 《文學概論》，王夢鷗，藝文印書館。

7. 《唐人小說研究1～4》，王夢鷗，藝文印書館。

8. 《唐代小說研究》，劉開榮，商務印書館。

9. 《唐代傳奇研究》，祝秀俠，中國文化叢書出版委員會。

10. 《唐代傳奇及其影響》，丁範鎮，師大碩士論文。

11. 《唐傳奇研究》，洪文珍，東大碩士論文。

12. 《元白詩箋證稿》，陳寅恪，里仁書局。

13. 《寒原道論》，孫克寬，聯經出版公司。

14. 《佛教概論》，蔣維喬，新文豐出版公司。

15. 《古典小說散論》，樂蘅軍，純文學出版社。

16. 《金明館叢稿二編》，陳寅恪，里仁書局。

17. 《宋四大書考》，郭伯恭，商務印書館。

18. 《佛教與中國文學》，張漫濤編，大乘文化出版社。

19. 《敦煌變文字義通釋》，蔣禮鴻，木鐸出版社。

20. 《論人》，卡西勒，東海大學。

21. 《詩學箋註》，姚一葦註，中華書局。

22. 《中國文化之精神價值》，唐君毅，正中書局。

（八）

1. 〈續玄怪錄及其作者考〉，王夢鷗，《幼獅學誌》六～四。
2. 〈略談續幽怪錄的作者〉，王夢鷗，《中央圖書館館刊》一～三。
3. 〈論雲麓漫鈔所述傳奇文與行卷之關係〉，馮承基，《大陸雜誌》三五～八。
4. 〈論碑傳文與傳奇文〉，臺靜農，《傳記文學》四～三。
5. 〈虬髯客傳的寫作技巧〉，葉慶炳，《文學雜誌》七～三。
6. 〈唐代小說題材之演變與作家之派別〉，尉天聰，《中華文化復興月刊》四～五。
7. 〈牛僧孺與玄怪錄〉，林文寶，《現代文學》四四。
8. 〈李復言小說中的點睛技巧〉，李元貞，《現代文學》四四。
9. 〈淺談杜子春〉，山溪，《今日中國》三六。
10. 〈牛僧孺與玄怪錄〉，國梁，《今日中國》四四。
11. 〈續幽怪錄之板本源流〉，紀實，《今日中國》四五。
12. 〈唐傳奇中愛情故事之剖析〉，馮明惠，《幼獅月刊》三九～五六。
13. 〈唐代之傳奇小說〉，劉漫輕，《中華文化復興月刊》七～六。
14. 〈《枕中記傳》與杜子春〉，王拓，《幼獅月刊》四〇～二。
15. 〈從杜子春看命定性格〉，楊皖英，《書評書目》三八。
16. 〈唐傳奇南陽士人的結構分析〉，張漢良，《中外文學》七～六。
17. 〈魏晉南北朝志怪小說簡論〉，劉叶秋，《古典小說論叢》。
18. 〈寫小說的要訣〉，嚴彩琇譯，《中外文學》六～六。
19. 〈杜子春讀後〉，岳岳，《文藝月刊》一五六。
20. 〈六朝仙境傳說與道教之關係〉，李豐楙，《中外文學》八～八。
21. 〈中國諷刺小說的特質與類型〉，張宏庸，《中外文學》五～七。
22. 〈論唐代士風與文學〉，臺靜農，《文史哲學報》十四。
23. 〈韓愈與唐代小說〉，陳寅恪，《國文月刊》五七。
24. 〈唐代文學史兩個問題的探討〉，羅聯添，《書目季刊》十一～三。
25. 〈佛教故實與中國小說〉，臺靜農，《東方文化》十三～一。
26. 〈中國魏晉以後的仙鄉故事〉，小川環樹，《幼獅月刊》四十～五。
27. 〈唐人小說中的愛情與友情〉，劉紹銘，《幼獅月刊》三九～三。
28. 〈六朝精怪傳說與道教法術思想〉，李豐楙，《中國古典小說研究專集》三。
29. 〈唐人小說概述〉，王夢鷗，《中國古典小說研究專集》三。
30. 〈唐代的投卷〉，梅爾，《中國古典小說研究專集》二。
31. 〈唐傳奇的性情與結構〉，龔鵬程，《古典文學》三。
32. 〈讀陳寅恪先生論韓愈〉，黃雲眉，《文史哲》八。

附錄：〈明刻本《幽怪錄》對《續玄怪錄》研究的價值〉

（本文原載中興大學《文史學報》第 20 期）

第一節　前　言

　　由於許多重要版本庋藏在大陸，早期在臺灣研究古典小說較大的問題之一，在於資料的取得困難。此一現象，在政府開放政策實施之後有了極大的改善，由於進出大陸容易，大陸的出版品也大量在島內發行，新資料不斷被刊印出來，古典小說的研究環境，實非昔日所敢想望。

　　在就讀研究所時，筆者曾經窮一年之力，探討唐人李復言所撰《續玄怪錄》一書的版本，以及它和牛僧孺《玄怪錄》卷帙相亂的情形。版本方面，《續玄怪錄》現存最早宋刊的四卷本藏在大陸的北平圖書館，但由於此一版本曾經收入多種叢書，例如胡珽的《琳瑯秘室叢書》、徐乃昌的《隋庵叢書》，取得都不困難，而臺灣商務印書館四部叢刊續編所收，則是根據上海涵芬樓景印瞿鏞鐵琴銅劍樓藏本，也就是目前藏在北平圖館的四卷本，取此本和北平圖書館一九六〇年所編《中國版刻圖錄》所收四卷本的同一頁比較，除版面略縮小外，可以說完全相同；另一種重要的本子為明書林松溪陳應翔所刻四卷本《幽怪錄》所附的《續錄》一卷，這一本原為繆荃孫藝風堂所藏，目前也藏在北平圖書館，為海內孤本，不容易見到，僅能從繆荃孫《藝風堂藏書記》、傅增湘《藏園群書續記》、程毅中《古小說簡目》等書目的著錄得其梗概。

　　《續玄怪錄》和《玄怪錄》卷次錯亂的情形相當嚴重，王夢鷗先生曾在〈玄怪錄及其後繼作品辨略〉一文中詳加考證〔註 1〕，結果將四卷本《續幽怪錄》和《廣

〔註 1〕見藝文印書館印行，《唐人小說研究》四集上篇。

記》中原屬李復言名下的十篇，劃歸牛僧孺。然而，當筆者在撰寫拙作《續玄怪錄研究》一書時，對夢鷗先生的考證結果卻不能完全信服，因此大膽地提出許多反對的理由，來支持自己的看法；可是，無論如何自圓其說，所提出的證據畢竟多數是間接的，力量薄弱，恐怕難以平服眾口。

在經過這麼多年之後，終於有機會看到《玄怪錄》和《續玄怪錄》的明刻本〔註2〕，仔細閱讀一遍，不禁喜從中來，因為不少懸而未決的問題，現在終於有答案了，如果當初就能看到這個本子，不知可以省下多少心力和筆墨，所撰寫的論文也不會留下如此多的缺漏，現在亡羊補牢，也許還不算晚吧！

《玄怪錄》、《續玄怪錄》二書因避宋諱而有多種異稱，玄字或作幽或作元，皆非原名，本文在泛論二書時，概用原名，但提及宋本《續幽怪錄》和明本《幽怪錄》時，則保留原刻的書名，以為分辨。

第二節　明刻本《幽怪錄》和《續幽怪錄》概述

繆荃孫《藝風堂藏書記》卷八載：

> 《幽怪錄》四卷，《續錄》一卷，唐隴西牛僧孺編，續李復言編，次行題書林松溪陳應翔刊，似元時刻。

傅增湘《藏園群書續記》卷三所言更詳，謂：

> 余於藝風堂遺書中，獲一舊刻本，九行二十一字，題書林松溪陳應翔刊，似元明坊本，凡牛錄四卷，李錄一卷。今以鈔本核之，則《續錄》一卷正鈔本之第一、二卷，其三、四卷則陳刻遺矣。

傅氏所謂「鈔本」，為其在同書所著錄的明寫本《續玄怪錄》四卷，此一寫本目前不知流落何處，台北中央圖書館藏有《續幽怪錄》四卷本的手鈔本兩本，題「舊鈔本」而不註明時代，當為清代末葉傳鈔宋本而成，故前代書目均未著錄，傅氏所著錄的明寫本題《續玄怪錄》也和這兩本不同。傅氏又說《續錄》一卷正鈔本之第一、二卷，程毅中《古小說簡目》著錄《幽怪錄》四卷，附《續錄》一卷，也說：

> 明刻附一卷本，即四卷本之前二卷，次序全同，蓋又佚其半矣。

現在，程毅中先生點校陳刻四卷本《幽怪錄》，和宋刊四卷本《續幽怪錄》，刊印出來。程氏發現陳刻四卷本《幽怪錄》已經混入《續幽怪錄》的作品，最明顯的如卷二的〈尼妙寂〉篇，篇末有作者的自述，可以肯定是李復言的作品。類似情

〔註 2〕程毅中先生點校明刊本《幽怪錄》和宋本《續幽怪錄》，在臺灣由文史哲出版社印行。

形的還有〈張老〉篇，然而《廣記》收錄時，雖然引作《續玄怪錄》，卻將篇末的自述刪去了，這對於小說的完整性雖然無損，但後人考證篇章時，卻失去了重要的依據。

至於陳刻所附的《續錄》一卷，由於和宋刊四卷本前二卷僅有少數字句上的異同，在《續幽怪錄》篇章和作者考證上的價值，反而不如《幽怪錄》的部分來得重要。

第三節　明刻本《幽怪錄》有助於《續玄怪錄》作者的考證

一、《續幽怪錄》的作者不是李諒

陳刻本《幽怪錄》混入了《續玄怪錄》的作品，除上述的〈尼妙寂〉篇和〈張老〉篇外，有明顯證據的還有〈王國良〉篇。〈尼妙寂〉篇在收錄於《廣記》時，已經注出《續玄怪錄》，文後作者的自記也沒有刪去，這一段文字已成爲了解《續玄怪錄》作者李復言的重要文獻之一；至於〈張老〉篇，《廣記》雖然也注出《續玄怪錄》，但比陳刻本少了篇末貞元進士以下的三十個字，而這三十字對《續玄怪錄》作者的考證實爲極重要的關鍵；〈王國良〉篇《廣記》未收，由於篇中明言爲李復言所記，顯然出自《續玄怪錄》無疑，篇中所提及李復言的行止，當然也是了解《續玄怪錄》作者的重要資料。

王夢鷗先生和大陸學者卞孝萱先生都曾經撰文提出《續玄怪錄》作者就是李諒的說法，王夢鷗先生考證李諒的生平後，認爲其生活思想與《續錄》內容一一比勘，若合符節〔註3〕，卞先生則更肯定的說：「李諒和李復言肯定是一個人。」〔註4〕不過後來夢鷗先生改訂其說，謂：

> 然此一李復言，名諒：既不以字行，當不致獨以姓字與《續錄》相結也。抑且其人雖能詩（《唐詩記事》有專條），然尤富吏才，兩《唐書》縱未爲之立傳，但其仕途亨通，似亦無暇及此，況《續錄》篇中尚蘊藏若干窮書生之怨歎，亦非李諒字復言者所宜有。曩日曾持此說，今自改訂，附誌於此。〔註5〕

至於卞先生所持的理由則有：

〔註3〕見《幼獅學誌》六卷四期。
〔註4〕見卞孝萱先生所撰《續玄怪錄作者及其寫作年代探索》一文，發表於1961江蘇省出版的《江海學刊》。
〔註5〕見註1所引書，頁48。

（一）李諒曾與元、白唱和，元、白都是提倡寫小說的人，李諒與之交遊，自然要受其影響。

（二）唐代小說作者的署名，可以用字或號，例如《遊仙窟》作者署「張文成」（名鷟）、《博異志》作者署「谷神子」（姓鄭名還古）等等。

（三）《續玄怪錄》乃續牛僧孺書，僧孺早年曾爲王叔文集團所賞識，李諒早年也屬於這一集團。

（四）比較《續玄怪錄》中李復言自我介紹的行蹤，與李諒的事跡，正相吻合。這四條理由中，前三條只是推論，雖合情理，卻不能做爲證據；至於第四條，卞先生認爲是「最有力的證明」，卞先生認爲李復言自記行蹤與李諒事跡吻合的有兩處：

第一，根據白居易〈李諒授泗州刺史制〉，李諒「自澄城長，訖尙書郎，中間又再爲州牧，三宰劇縣。」時間是在元和元年到十五年之間，而根據《續玄怪錄》〈張質〉篇，作者元和六年爲彭城縣令。

第二，根據《舊唐書》〈文宗本紀〉李諒在元和四年出爲桂管觀察使，而根據《續玄怪錄》〈尼妙寂〉篇，作者在太和庚戌歲（即太和四年）遊巴南。

事實上，卞先生所謂的事跡吻合仍只是推測。首先，只能證明李諒在元和六年任縣令，但無法證明是否爲彭城縣令；其次，更無法證明李諒赴任桂管（即今廣西桂林）觀察使時曾遊巴南（在四川）。因此，這兩條證據實無法做爲「最有力的證明」。

筆者在撰寫《續玄怪錄研究》一書時，對於李諒即爲《續玄怪錄》作者李復言的說法，曾提出四個疑點，今略述如下：

（一）根據《續玄怪錄》〈錢方義〉篇（四卷本卷三），作者在太和二年曾「求岐州之薦」，而根據《舊唐書》〈文宗本紀〉李諒在太和元年至七年，先以大理寺卿召還，三年爲京兆尹，七年三月去世，則在太和二年豈有還在「求岐州之薦」的可能？

（二）又〈麒麟客〉篇（四卷本卷一）之故事發生在大中年間（《廣記》作大中初），李諒卒於太和七年（833），豈能撰寫大中初年（847）發生的故事？

（三）〈李紳〉篇（《廣記》卷四八）開首云：「故淮海節度使李紳」，李紳卒於會昌六年（846），李諒之卒年在前，豈得稱李紳爲「故淮海節度使」？

（四）《續玄怪錄》爲續牛僧孺書，作者的年輩應在牛僧孺之後爲合理，考牛僧孺的生卒年爲西元七八〇～八四八（杜牧〈牛公墓誌〉稱牛僧孺大中二年卒，享年六十九），登進士年爲貞元二十一年（依《舊唐書》〈李宗閔傳〉）；李諒的生卒年爲西元七七五～八三三年，登進士年爲貞元十六年（據《白集》卷二十八〈同王十七

庶子、李六員外、鄭二侍御同年四人遊龍門，有感而作〉，李六員外即李諒，既與白居易爲同年，即爲貞元十六年進士），其後仕途頗爲順利。以二人的生卒年和仕宦情形比較，李諒似無撰寫續牛僧孺書的可能。

以上所提的疑點若不能澄清，則李諒撰寫《續玄怪錄》的可能性實在是微乎其微。筆者當時即已表明不採信此一說法，現在，新資料出現，又爲《續玄怪錄》的作者並非李諒的說去提供了新的證據，請見以下的說明。

〈張老〉篇收在《廣記》卷十六，註明出自《續玄怪錄》，南宋書棚四卷本未收，王夢鷗先生曾懷疑它是牛氏的作品〔註6〕。陳刻本《幽怪錄》也收了這一篇，和《廣記》所收比較，多了下面幾句話：「貞元進士李公者，知鹽鐵院，聞從事韓準太和初與甥姪語怪，命余纂而錄之。」這幾句話提供了幾個十分重要的線索：

第一，所謂貞元進士李公，無法確定指的是誰，有可能是李諒。李諒爲貞元十六年進士，貞元二十一年曾擔任度支鹽鐵巡官，後來一直在外任地方官，太和初從大理寺卿召還，三年爲京兆尹，這期間是否曾知鹽鐵院不得而知，故無法證明，僅能如此推測。但真正重要的關鍵在於「命余纂而錄之」中的「余」字究竟是誰，若是牛僧孺，則此篇自屬牛書，若非牛氏則應屬李書，而可證明李書之作者並非李諒。

第二，根據《舊唐書》，牛僧孺長慶三年爲中書侍郎同中書門下平章事，敬宗寶曆元年罷相，出爲武宣節度使；太和三年，李宗閔輔政，屢薦僧孺有才，不宜居外，四年正月召還，守兵部尚書平章事。由以上資料可知牛氏在太和初不在京城，而在此前後，牛氏兩度入朝，又因黨爭而兩度罷相，以此時之地位，此時之心情，當不可能受某「貞元進士李公」之命而撰寫小說。

第三，〈張老〉篇之作者既非牛氏，則必爲李復言。而李諒太和初從大理寺卿召還，三年爲京兆尹，太和四年由京兆尹出爲桂管觀察使，太和七年去世，亦不可能有「貞元進士李公」可命其纂錄語怪之言。是知撰寫《續玄怪錄》之李復言，必不可能爲李諒。

陳刻本《幽怪錄》又收有〈王國良〉篇，篇首云：「莊宅使巡官王國良，下吏之兇暴者也，憑恃宦官，常以凌辱人爲事。李復言再從妹夫武全益，罷獻陵臺令，假城中之宅在其所管。武氏貧，往往納傭違約束，即言詞慘穢，不可和解。……元和十二年冬，復言館於武氏……。」據王夢鷗先生和卞孝萱先生的考證，李諒在元和十年前後，召任尙書郎中，後又出爲壽州刺史，元和末，以御史中丞召還。依此，則元和十二年冬館於罷官假宅而居的再從妹夫家的李復言，與李諒絕不能爲同一人。

二、李復言的生平勾勒

筆者在《續玄怪錄研究》一書中，曾根據《續玄怪錄》部分篇章的篇末自記，以及其他相關資料，勾勒作者李復言的生平大略。這些資料包括：《續玄怪錄》之

（一）〈辛公平上仙〉篇

篇末云：「元和初，李生疇昔宰彭城，而公平之子參徐州軍事，得以詳聞。」

（二）〈張質〉篇

篇末云：「元和六年，質尉彭城，李生者爲之宰。」

（三）〈錢方義〉篇

篇末云：「復言頃亦聞之，未詳其實，大和二年秋，與方義從兄，及河南兄，不旬，求岐州之薦，道途授館，日夕同之。」

（四）〈尼妙寂〉篇

篇末云：「太和庚戌歲，隴西李復言遊巴南，與進士沈田會於逢州。」

（五）〈木工蔡榮〉篇

篇末云：「有李復（言）者，從母夫楊林爲中牟團，乃於三異鄉遍聞其說。」

（六）〈驢言〉篇

篇末云：「和東鄉有右金吾郎將張達，其妻李之出也，余嘗造焉。」

又《南部新書》謂：「李景讓典貢年，有李復言者，納省卷……復言因此罷舉。」李景讓文宗開成四年爲禮部侍郎，次年（839）典貢舉。〔註7〕

另〈李紳〉、〈麒麟客〉二篇，故事發生或撰寫時間在牛僧孺死後，當爲李書所有，時間在宣宗大中初年（847）。

今從陳刻本《幽怪錄》又獲得以下資料：

（一）〈張老〉篇

篇末云：「貞元進士李公者，知鹽鐵院，聞從事韓準太和初與甥姪語怪，命余纂而錄之。」

（二）〈王國良〉篇

篇中謂：「李復言再從妹夫武全益，罷獻陵臺令……元和十二年冬，復言館於武氏。」

今依據上述資料，勾勒李復言的生平大略如下：

1. 元和初年至六年（806～811），由〈辛公平上仙〉、〈張質〉兩篇的自記互相

〔註7〕見《舊唐書》《忠義傳》下，列傳卷一三七。

應證，知復言爲彭城縣宰。

2. 元和十二年（817），據〈王國良〉篇，復言館於再從妹夫武全益家，此時當在京城。又〈驢言〉篇故事發生在同一年，地點也在長安，主角張和右鄰張達與李復言似有親戚關係。

3. 太和初（827），復言似仍在長安，某貞元進士李公（極可能爲李諒）知鹽鐵院，命復言纂錄怪談，復言因撰〈張老〉篇。

4. 太和二年（828），據〈錢方義〉篇，復言「與方義從兄，及河南兄，不旬，求岐州之薦。」岐州在陝西省，故夢鷗先生謂：「作者似有關中之行」。〔註8〕

5. 太和四年（830），復言遊巴南，與進士沈田會於蓬州。（〈尼妙寂〉篇）

6. 開成五年（840），應舉，納省卷被斥，因此罷舉。（《南部新書》）

7. 大中初（847），仍在世。（〈李紳〉、〈麒麟客〉篇）

王夢鷗先生曾說：

> 茲檢閱其人所撰諸文，於元和以下怪事，或在篇末附以故事來歷，則似其時已事舉子業，奔走名場，如〈尼妙寂〉篇言，曾赴岐州之薦，蓋每薦而迭不售，於太和中乃至巴南，而蓬州。迨至開成末，又爲李景讓所斥，或即不復存科名想矣。王定保《摭言》，錄唐世文人或三十舉方獲一第，或三十舉而竟無成者，不一其人，李復言當亦屢舉不第者。倘以三十舉逆數之，自開成末（840）上溯可至元和五年（810），然則其人亦生於貞元之世。〔註9〕

若依夢鷗先生的推測，而將李復言的生年定在貞元初年（785），那麼李復言元和初爲彭城宰時，約二十二歲；到二十七歲，仍宰彭城；三十二歲，不知何故罷官，在長安館於再從妹夫家，並與某貞元進士李公有過往來；四十三歲，求岐州之薦；四十五歲，遊巴南；五十五歲，應舉爲李景讓所斥；六十二歲以後，還撰寫〈李紳〉、〈麒麟客〉等篇，卒年自應晚於此時，只是確切年代已經無從考察了。

第四節　明刻本《幽怪錄》有助於《續玄怪錄》篇章的考證

現存《續玄怪錄》篇數，除南宋書棚四卷本所錄的二十三篇外，清胡珽從《廣記》輯得十二篇，徐乃昌又從《姬侍類偶》輯得〈寵奴侍坐〉一篇，又《廣記》卷一○一有〈延州婦人〉篇，爲二氏所遺，故總計應有三十七篇。

〔註8〕同註3，頁17。
〔註9〕同註6，頁47。

　　《新唐志》、鄭樵《通志》、陳振孫《直齋書錄解題》、《宋志》所錄的《續錄》都是五卷本，《崇文總目》、晁公武《郡齋讀書志》、明陳第《世善堂書目》所錄的都是十卷本。無論五卷或十卷，都比南宋書棚本的卷數爲多，可見四卷本不是原本；至於《廣記》所注的出處，也未必完全可靠〔註10〕。因此，這三十七篇是否都出於李復言之手，又是否尚有其他遺漏的篇章，都是值得探討的問題。

　　王夢鷗先生曾就《玄怪錄》、《續玄怪錄》二書的篇章詳加考證〔註11〕，結果，將四卷本《續幽怪錄》和《廣記》中原屬李復言名下的十篇，劃歸牛僧孺，所持的原則是：

　　（一）撰者於篇中皆有附言可證，因而得知其宜何屬；自餘，撰者未作附言，則僅可從其思想傾向，篇中旨趣，故事年代以及特異之筆法而推知之。

　　（二）牛僧孺接近道術，崇尚虛無，可以其生平行事，師友淵源按見大凡；又其爲此等書，當出於早年著述，方其未第之時欲炫文才，不免多作趣談以充行卷；既第之後，濩落卑僚，不免多所感觸，故往往托辭前古，肆意筆端，縱使談諧說鬼，其中多寓諷刺，其旨趣未必以鬼怪神仙爲實有，不過借此以自澆胸中塊壘而已。

　　（三）至於李復言書，雖亦不乏供爲行卷之文，然而思想凡近，信鬼信佛又樂道神仙，舉凡怪異，不僅深信不疑，且欲借以諷勸世人多修陰騭，託意如此，遂亦索然寡味矣。〔註12〕

　　（四）然牛氏好道術，至老不衰……以此中心思想性格，判別牛氏撰述旨趣，必也好談神仙道術而輕視浮圖；再從道士言旨引申於世俗觀念中，則關於定命再生鬼怪之說，亦其所擅。

　　（五）李書敘事質直，頗乏風趣，此又爲牛李二書不同特色之一。

　　（六）至於每篇之中，運辭造語，因牛氏曾預於韓愈之門，悉以散句經營篇章，極少六朝人駢麗餘習，縱用詩句參錯其中以資笑謔……其詩多用古體。〔註13〕

　　這些原則對牛、李二書的分辨，頗具參考價值，但部分說法仍有偏頗之處，筆者在撰寫《續玄怪錄研究》一書時，即未能完全認同，例如：

　　1. 夢鷗先生認爲李復言思想凡近，其根據何在？李復言的生平既不可知，必就《續玄怪錄》原書的內容考察；原書各篇究竟屬誰尚不可知，即據此未知屬誰的篇章考斷作者的思想，其後，又持此結論考定原書的篇章，如此循環論證，實在很難

〔註10〕見郭伯恭《宋四大書考》（商務印書館印行）一書對《太平廣記》的討論。
〔註11〕同註1。
〔註12〕以上三條同註1所引書，頁46。
〔註13〕以上三條同註1所引書，頁22～24。

教人信服。

2. 先生又稱李書「敘事質直，頗乏風趣」，同樣令人有前提不明而先下結論的懷疑。事實上，夢鷗先生曾深入探討《續錄》中的〈尼妙寂〉篇，無論在筆法或在思想上，都給予極高的評價；又如〈薛偉〉篇，先生判為李作，且認為「此文描述甚工」〔註14〕；另如〈張逢〉篇，為《齊諧記》一書中〈師道宣〉故事的改寫，夢鷗先生曾說：「〈張逢〉故事卻寫得有聲有色，這或者就是他的『作意』所在。」〔註15〕，這些地方，都顯現了極大的矛盾。再就有明顯證據屬於李書的〈辛公平上仙〉篇而言，陳寅恪先生曾讚美說：「復言假道家兵解之詞，以紀憲宗被弒之實，誠可謂『微而顯，志而晦，婉而成章』者矣。」〔註16〕如果說李復言的作品「敘事質直，頗乏風趣」，又如何當得「婉而成章」這樣的讚詞呢？

因此，筆者認為，在推斷《玄怪錄》和《續玄怪錄》所屬的篇章之前，不應先存有「李不如牛」這種先入為主的觀念，必須根據客觀的資料，整理歸納，並與牛氏的生平思想，兩相配合，才能得到比較接近事實的結果。

以下，我們先討論在四卷本《續錄》或《廣記》中，原在李復言名下而被夢鷗先生劃歸牛書的十篇究應誰屬，再檢討除前文所提到的三十七篇外，是否尚有其他的遺漏。

（一）〈張質〉篇

此篇所記夢鷗先生以為頗合牛僧孺後來整頓刑獄之事，故推斷為牛氏所撰。因為據作者在篇末的附記，此文撰於元和六年後，其時牛氏服闋復任監察御史，而李復言年輩在後，且亦無意於此也。〔註17〕

但將本篇作者的自記：「元和六年，質尉彭城，李生者為之宰，訝其神蕩，說奇以導之，質因具言也。」和〈辛公平上仙〉篇篇末所載：「元和初，李生疇昔宰彭城，而公平之子參徐州軍事，得以詳聞。」兩相對照，明顯可以認定，這個李生就是作者李復言，卞孝萱先生和程毅中先生都持這種看法〔註18〕。唐人撰寫小說本有在篇末說明寫作動機或發表議論的習慣，以這兩段文字為根據，足以確認這兩篇的作者即是元和初任職彭城宰的李復言，至於夢鷗先生的推斷根據，實在是比較薄弱的。

〔註14〕同註1所引書，頁32。
〔註15〕見〈略談續幽怪錄的編纂〉，《中央圖書館館刊》一卷三期。
〔註16〕見〈順宗實錄與續玄怪錄〉一文，收在《金明館叢稿》二編，里仁書局印行。
〔註17〕同註1所引書，頁31。
〔註18〕見同註2所引書，頁11以及註4所引卞先生之文。

（二）〈韋令公皋〉篇

夢鷗先生認為范攄《雲溪友議》中的〈苗夫人〉篇，以及《舊唐書》韋皋的本傳都有取於此篇，而牛僧孺與韋皋年代相接，其文名亦遠較李復言為高，故推測此篇屬於牛書。又說：「因篇中寫丈夫識度反不如婦人，不特隱含譏諷，其於貴賤通婚之意見，又與〈張老〉篇近似，故也。」〔註19〕

歸納夢鷗先生將此文劃歸牛書的理由有：

1. 牛僧孺與韋皋年代相接。
2. 牛僧孺文名較李復言高，《雲溪友議》與《舊唐書》取其說的可能較大。
3. 篇中寫丈夫識度不如婦人，隱含譏諷。
4. 貴賤通婚的主張，與〈張老〉篇近似。

筆者以為上述之理由實難成立，作者是否與篇中人物年代相接，文名之高低如何，文中是否隱含譏諷，皆不足以說明某篇之歸屬；《玄怪錄》和《續玄怪錄》並行於世，《新唐書·藝文志》、《宋史·藝文志》皆將二書並列，《雲溪友議》與《舊唐書》若有取於牛書，則未必會捨棄李書，何況有取無取也僅是推測之詞；至於隱含譏諷，更不成理由，李書何以不能有「隱含譏諷」之篇章？又，〈張老〉篇非牛氏所作已有確證，詳見下文，上列第四條理由恰好成為本篇應屬李書的旁證之一。

本篇當屬李書的另一個有力證據是，篇末附記：「噫！夫人未遇，其必然乎？非張相之忽悔，不足以戒天下之傲者。」和前文所提到李復言在任職彭城宰，所聽到的〈辛公平上仙〉篇故事篇末所載「故事其實，以警道途之傲者。」一語，如出一口，又〈驢言〉篇也有「且以戒欺暗者」之語。故本篇之屬於李書，應當是無可懷疑的。

（三）〈定婚店〉篇

夢鷗先生將此文劃歸牛書的理由是：

> 全文敘事，跌宕而有氣勢，較前列〈鄭虢州騧夫人〉為曲折有致。如或前者為李氏之文，則此題材相近而筆法不同之篇，或屬牛書所有者乎？

〔註20〕

夢鷗先生此處用字非常謹慎，寥寥數語，竟用了兩個「或」字。事實上，宋四卷本《續錄》既收了這一篇，《廣記》也註明是採自《續玄怪錄》，既然無法找出更明確的證據，何不採信文獻資料？再說，本卷與〈鄭虢州騧夫人〉篇同列於《廣記》第一五九卷，夢鷗先生曾以同卷的理由判定〈涼國公李愬〉篇和〈薛中丞存誠〉篇同

〔註19〕同註1所引書，頁31～32。
〔註20〕同註1所引書，頁36。

屬李書〔註21〕，何以此處卻做了相反的判定？

本篇篇末附語：「乃知陰騭之定，不可變也。」和〈李岳州〉篇末所云：「人生之窮達，皆自陰騭，豈虛語哉！」〈鄭虢州騊夫人〉篇末所云「乃知結褵之親，命固前定，不可苟求」，不但理念相同，語氣也極爲類似，這是《玄怪錄》書中所沒有的：唯一的例外是〈郭元振〉篇有「事已前定，雖生遠地，而棄于鬼神，終不能害，明矣。」這樣的話，但因這是唯一的例外，使人頗生懷疑，汪辟疆先生即說：「此文頗不類思黯（按牛僧孺字思黯），殊近李復言。」〔註22〕可見牛李二書在此處的差別是相當明顯的，〈定婚店〉篇之屬於李書，實在沒有懷疑的理由。

（四）〈葉令女〉篇

夢鷗先生將此文劃歸牛書的理由是：

> 唯篇中言鄭元方取塔磚，又燃佛塔毀像，並不以爲「罪過」，與〈錢方義〉篇論人勤寫《金剛經》之思想，大相違庚。如非呵佛罵祖之禪僧，當出於貶佛者之意。盱衡諸文，既不類李復言之佞佛思想，蓋與牛僧孺爲近也。〔註23〕

夢鷗先生是根據〈錢方義〉篇中所載《金剛經》靈異之事，推斷李復言「頗佞於佛」，而本篇有對佛像不敬的情節，於是認爲不是李的作品。事實上，李書中有類似觀念的，僅此一篇，且又自謂是與錢方義「宵話奇言，故及斯事，乃得以備書焉。」是其作意只是記錄異聞而已，並沒有爲佛宣傳的意味，這和六朝小說如《宣驗記》、《冥祥記》等是大異其趣的，夢鷗先生的推斷是否稍嫌武斷呢？

本篇除收在宋四卷本外，並見於《廣記》卷四二八，註明出自《續玄怪錄》，篇中婚姻命定的觀念，以及篇末「縣宰異之，以盧氏歸於鄭焉」的情節，都是牛書所罕見而李書中屢見不鮮的。至於篇中取佛塔磚，乃是爲了擊虎救人，事出於不得已，實在也沒有貶佛的意味。總之，本篇之屬於李書，也應是無可懷疑的。

（五）〈杜子春〉篇

夢鷗先生曾提出五條理由，以推論本篇之當屬牛書：

1. 牛書敘事，多托於唐代以前，此篇所載，正復如此。

2. 〈杜子春〉篇曰「周隋」而不曰「陳隋」，明係當時北方人之常詞，而牛氏籍西北隴西。

3. 李復言雖亦籍隴西，然續牛氏之書者，除李復言外，尚有薛漁思之《河東記》，

〔註21〕同註1所引書，頁30。
〔註22〕見《唐人小說》，頁214，河洛圖書公司印行。
〔註23〕同註1所引書，頁36～37。

《河東記》中有〈蕭洞玄〉一篇與此文後半情節相似，薛氏續牛氏之書而非續李氏之書。

　　4. 唐人好道術者，慨乎仙丹之難成，往往喻之於書，此文曲喻金丹之難成由於俗情之難蠲；白居易〈夢仙詩〉云：「悲哉仙人夢，一夢悞一生。」牛氏與白居易親善，蓋同於道術之偏好而又甚難之，故借〈烈士池〉之譬喻，演為茲篇。

　　5. 宋本《續錄》不收此文，或因當時所見《廣記》本，其篇末不注出於《續錄》。

　　按夢鷗先生之論證實不夠周延，吳玉蓮〈杜子春讀後〉一文曾駁其說，謂：

　　（1）李復言亦籍西北，故本篇未必屬牛氏。

　　（2）取材於〈烈士池〉之各篇作品中，以〈杜子春〉最舖張；〈蕭洞玄〉出於《大唐西域記》之〈烈士池〉，而未必取材於〈杜子春〉，故薛氏續牛氏書之說法，未必可為證據。

　　（3）牛氏玄怪題材，每好託久遠之事，且無記載人生之現實生活，而〈杜子春〉篇中有關人世生活之描寫佔全文三分之一，與牛氏撰述習慣不類。

　　（4）牛書有〈杜巫〉篇言道家吞吐之術，有〈居延部落主〉言幻術，但無煉丹難成之說；而李書〈李紳〉篇言塵念未消，自仙鄉被遣回，〈裴諶〉篇有學道久而無成之事。

　　（5）以字數言之，牛書千字以上者只有五篇，此五篇中又只有〈董慎〉、〈張佐〉二篇確定為牛氏所著，而〈杜子春〉篇長達一千七百餘字，以時代言之，《玄怪錄》應較接近魏晉六朝志怪之性質，〈杜子春〉篇與志怪不相類。

　　（6）以前有所本之習慣言，牛書長篇中只有〈張佐〉有本於〈陽羨書生〉，李書則〈張逢〉、〈薛偉〉、〈尼妙寂〉、〈定婚定〉等皆為有所本之長篇，而〈杜子春〉亦然。

　　（7）牛氏好道術，至老不衰。牛書甚少加入嚴肅主題，亦不刻意闡述某種人生觀，更絕少做倫理上之渲染；李書則信鬼信佛又樂道神仙，〈杜子春〉篇中作者對佛說似有若干承接，牛氏不喜釋說，是否作此篇極可疑。篇中又反映佛道不相容之事實，文中有閻王斥子春為妖民之情節，實抑道伸佛之辭，與好道術之牛氏相矛盾。又，李書充滿人間思想之主題，與牛書不同，〈杜子春〉更為充滿人性之人間化題材，如「此賊妖術已成，不可久在人世」、「此人陰賊」等字句，顯示作者以反面筆調，肯定人間思想。〔註24〕

〔註24〕夢鷗先生之說見同註1所引書，頁39，吳氏之說見《文藝月刊》一五六期。

　　吳氏所歸納「各篇字數」、「前有所本之作」、「撰述習慣」等論據，信而有徵，再以〈杜子春〉一文的性質與牛、李二書相較，實與李書爲近。然而夢鷗先生所謂「牛書敘事，多托於唐代以前」，以《廣記》所收三十一篇而言，共有〈巴卭人〉、〈董愼〉、〈顧總〉、〈居延部落主〉、〈古元之〉、〈侯適〉、〈淳于矜〉、〈來君綽〉等八篇，時代在唐代以前，約佔三分之一，確較李書僅有〈李衛公靖行雨〉、〈裴諶〉兩篇爲多。至於宋本《續錄》未收此篇，則不能做爲證據，因爲宋本所收僅四卷二十三篇，與各書目所著錄的卷數比較，已經失落許多，如〈尼妙寂〉篇有確證屬於李書，亦爲宋本所遺漏。

　　夢鷗先生在討論〈張老〉篇時，以其與此篇在《廣記》列於同卷（詳下文），證其屬於牛書，今依陳刻本〈張老〉篇的篇末附語，已可肯定其必屬李書，以此亦可反證，〈杜子春〉篇實應依據《廣記》，仍定爲李書爲宜。

（六）〈張老〉篇

夢鷗先生說：

> 此文與〈杜子春〉同列於《廣記》卷十六，曾慥《類說》亦以爲牛僧孺書。因此篇情節甚簡，猶牛書他篇不徒以文字談諧説趣而各有所寓意者焉。〔註25〕

本篇之不可能爲牛氏作品，在第三節已經討論過了，最主要的關鍵是《廣記》所遺漏，而明刻本《幽怪錄》所保留的篇末自記：

> 貞元進士李公者，知鹽鐵院，聞從事韓準太和初與甥姪語怪，命余纂而錄之。

程毅中先生說：

> ……説明它是大和年間的作品，似乎作爲《續玄怪錄》的佚文更合理些。〔註26〕

除了上述的證明外，還可以在文句的使用上找到證據，例如文中說道：「人世勞苦，若在火中，身未清涼，愁焰又熾。」和〈辛公平上仙〉篇所說：「人間紛拏，萬機勞苦。」〈盧僕射從史〉篇所說：「人世勞苦，萬愁纏心。」〈裴諶〉篇所說：「愁慾之火，焰於心中，負之而行，固甚勞苦。」等語，觀念相同，語氣也類似，明顯是同一個人的作品。

（七）〈柳歸舜〉篇

〔註25〕同註6。
〔註26〕見同註2所引書，頁6～7。

本篇《類說》題為〈君山鸚鵡〉注出牛書，《廣記》卷十八則注出《續玄怪錄》，夢鷗先生說：

> 今以其敘事多涉煙霞，紀時又托於唐代之前，頗與牛書他篇為近，意者《廣記》註明出處，誤衍一『續』字乎？〔註27〕

細讀本篇的內容，確近於牛書，篇中兼及詩評詩論，賦詩也很多，都和李書各篇的性質不類；本篇又和〈劉法師〉篇在《廣記》同卷，同樣注「出續玄怪錄」，而〈劉法師〉篇有明顯證據確為牛書（見下），有可能《廣記》本卷的編者在採錄牛書時，誤為李書，因此在同卷中發生同樣的錯誤。

（八）〈劉法師〉篇

明刻本《幽怪錄》卷三所收，比《廣記》卷十八的引文多出篇末「昭應縣尉薛公幹為僧孺叔父言也」一句，可以證明本篇確為牛氏所撰。

（九）〈刁俊朝〉篇

本篇《類說》題為〈癭中猱〉，注出牛書，《廣記》卷二二○則注出《續玄怪錄》。夢鷗先生說：

> 曾憶所見本，此屬牛書，而《廣記》所注則稱李書，其「續」字殆亦衍字乎？〔註28〕

按，本篇明刻本《幽怪錄》卷三也收錄，而編在〈劉法師〉篇下，《廣記》所注，極可能是錯誤的。

（十）〈延州婦人〉篇

本篇見《廣記》卷一○一，注出《續玄怪錄》，夢鷗先生說：

> 張讀《宣室志》卷七〈商居士〉篇謂佛書言佛身有舍利子，菩薩身有鎖骨。鎖骨連絡如蔓，搖動肢體有清越之聲。韓偓〈感舊詩〉有「時昏卻笑朱弦直，事過方聞鎖骨香」，似以此事為典實。唯牛僧孺書較受晚唐人注意，然則《廣記》注出《續錄》者，亦牛書之誤乎？又不特其中對佛菩薩略無敬意與李書相異也。〔註29〕

夢鷗先生之說筆者並不同意，篇中所載以肉體布施的鎖骨菩薩，並非作者所杜撰，《維摩詰所說經‧佛道品》第八載：

> 或現作婬女，引諸好色者，先以欲鉤牽，後令入佛智。〔註30〕

〔註27〕見同註1所引書，頁16。
〔註28〕同前註，頁17。
〔註29〕同前註，頁43～44。
〔註30〕轉引自錢鍾書《管錐篇》第二冊，頁688。

宋葉廷珪《海錄碎事》卷十三載：

　　　釋氏書，昔有賢女馬郎婦於金沙灘施一切人淫；凡與交者，永絕其淫。

　　　死葬後，一梵僧來云：求我侶。掘開乃鏁子骨，梵僧以杖挑起，升雲而去。

首先，此事既出自佛書，則對佛菩薩略無敬意云云，自不能成立；其次，葉氏所見為釋氏書，而所述故事和本篇大致相同，可見本篇是本於佛書，夢鷗先生既認為牛氏與佛緣遠，似不當有此作；復次，韓偓〈感舊詩〉和張讀《宣室志》引為典實的，應該也是佛書，即使不是佛書而是此篇，也不能因此就判斷本篇為牛氏所撰。

　　以上十篇，有明顯證據當屬牛書的有〈劉法師〉一篇，極可能為牛書的有二篇，即〈柳歸舜〉篇、〈刁俊朝〉篇，其他七篇則仍應屬李書。其中，〈張老〉、〈韋令公皐〉、〈杜子春〉、〈劉法師〉、〈柳歸舜〉、〈刁俊朝〉等篇的歸屬，都因為明刻本《幽怪錄》的出現而更明確。

　　除此之外，明刻本《幽怪錄》中尚有〈王國良〉篇，由於篇中明言為李復言所記，顯然出自《續錄》無疑。又刻本卷三有〈張寵奴〉篇，亦見《異聞總錄》卷三，不注出處；周守忠《姬集類偶》有〈寵奴侍坐〉篇，注出《續玄怪錄》，內容只有刻本所錄十分之一左右，筆者曾因其文章簡短，認為比較接近牛書，今細讀刻本所錄，實應為李書所遺，理由是：

　　1. 本篇故事發生在長慶元年，此時牛僧孺擔任御史中丞，長慶三年拜相，以此時的身分地位，是否有撰寫小說的心情呢？夢鷗先生曾說牛書鮮及元和時代，更何況元和之後的長慶時代。

　　2. 本篇篇末有一段議論文字：「吾嘗以儒視世界，人死固有鬼；以釋觀之，輪迴之義，理亦昭然。」這裡的思想觀念，和夢鷗先生認為牛氏「縱使談諧說鬼，其中多寓諷刺，其旨趣未必以鬼怪神仙為實有」。又「牛氏好道術，至老不衰……以此中心思想性格，判別牛氏撰述旨趣，必也好談神仙道術而輕視浮圖。」（見前文所引）頗為不合，應非牛氏之言。

　　據以上兩點，筆者今改訂前說，推斷〈寵奴侍坐〉篇屬李書所有。

在明刻本《幽怪錄》中，和〈張寵奴〉篇同卷的〈葉氏婦〉篇，應該也是《續錄》的佚文，理由是：

　　1. 本篇篇末云：「楊曙方宰中牟，聞此說，乃召而問之，一無謬矣。」根據李書〈木工蔡榮〉篇，楊曙（四卷本作楊林，《廣記》作楊曙）為李復言的從母夫，則此篇應是李復言從楊曙那裡聽來的故事。該篇是楊曙「召榮母問之」所得知的故事，和本篇的「乃召而問之」口氣極為類似。

　　2. 篇中耿氏有洞晦之目，常言曰：「天下之居者、行者、……之中，人鬼各半。

鬼則自知非人，而人則不識也。」〈定婚店〉篇中的老人也說：「今道途之行，人鬼各半，自不辨爾。」語氣也十分類似。

3. 本篇爲元和二年發生的故事，而牛書「鮮及元和時代」（夢鷗先生語）。

又明刻本《幽怪錄》卷二，編在應爲李書的〈尼妙寂〉篇之下的〈党氏女〉篇，據程毅中先生的考證，《夷堅志補》卷六〈玉蘭玉童〉故事與其類似，主人公姓名也相同，並引及〈党氏女〉事，但作《續玄怪錄》〔註31〕。按此篇篇末云：「太和壬子歲，通王府功曹趙遵約言。」太和壬子歲即太和六年，夢鷗先生在討論〈梁革〉篇時曾說：「太和六年，牛李黨爭方劇，牛僧孺無暇作此文。」太和六年，牛氏由同中書門下平章事出爲檢校左僕射同章事淮南節度使，實無撰寫此篇的可能。

總合以上討論所得，李書應有三十七篇，其中南宋書棚四卷本《續幽怪錄》所收的有二十三篇，即：

(1)〈楊恭政〉，(2)〈辛公平上仙〉，(3)〈涼國公李愬〉，(4)〈薛中丞存誠〉，(5)〈麒麟客〉，(6)〈盧僕射從史〉，(7)〈李岳州〉，(8)〈張質〉，(9)〈韋令公皋〉，(10)〈鄭虢州騟夫人〉，(11)〈薛偉〉，(12)〈蘇州客〉，(13)〈張庾〉，(14)〈竇玉妻〉，(15)〈房杜二相國〉，(16)〈錢方義〉，(17)〈張逢〉，(18)〈定婚店〉，(19)〈葉令女〉，(20)〈驢言〉，(21)〈蔡榮〉，(22)〈梁革〉，(23)〈李衛公靖行雨〉

南宋四卷本《續幽怪錄》未收，而《廣記》注出《續玄怪錄》的有十篇，即：

(24)〈杜子春〉，(25)〈張老〉，(26)〈裴諶〉，(27)〈李紳〉，(28)《韋氏子》，(29)〈尼妙寂〉，(30)〈琴臺子〉，(31)〈唐儉〉，(32)〈馬震〉，(33)〈延州婦人〉

誤收在明刻本《幽怪錄》除去與前述重複的有四篇，即：

(34)〈王國良〉，(35)〈張寵奴〉，(36)〈葉氏婦〉，(37)〈党氏女〉。

第五節　結　語

《玄怪錄》和《續玄怪錄》二書都是唐代重要的傳奇小說集，對這二部集子的深入研究有助於進一步了解傳奇小說的完整風貌，但由於二書篇章相亂的情形十分嚴重，使研究者有難以入手的感覺。陳應翔刻本《玄怪錄》雖然混入了不少《續錄》的作品，但因爲它保留了比《廣記》更原始而完整的面貌，因此爲《玄怪錄》、《續

〔註31〕見同註2所引書，頁28。

玄怪錄》二書的研究，提供了許多珍貴的資料。本文僅就《續錄》部分，討論這些資料在作者和篇章考證方面的價值，特別在篇章考證方面，由於明刻本的出現，使許多原來不知究竟應屬牛書或屬李書的篇章得到適當的歸屬，使牛、李書二書篇章錯亂的情形減到最小的程度，這對於唐代傳奇小說的研究，實有莫大的助益。

附記：程毅中先生於 2000 年又根據明高承埏稽古堂刻本《玄怪錄》重新點校《玄怪錄》、《續玄怪錄》二書，由北京中華書局出版。該書〈前言〉亦有程先生的考證文字，可與本文互相參證。

參考書目

（一）

1. 《續幽怪錄附拾遺》，唐李復言撰，琳琅秘室景士禮居宋刊本。
2. 《續幽怪錄附札記》，唐李復言、清徐乃昌撰，隋庵叢書本。
3. 《續幽怪錄》，唐李復言撰，涵芬樓續古逸叢書本。
4. 《續幽怪錄》，唐李復言撰，商務四部叢刊續編景宋本。
5. 《續幽怪錄》，唐李復言撰，中圖舊鈔四卷一冊本。
6. 《續幽怪錄》，唐李復言撰，中圖舊鈔四卷二冊本。
7. 《玄怪錄、續玄怪錄》，唐牛僧孺、李復言撰，文史哲出版社程毅中點校本。

（二）

1. 《太平廣記》，宋李昉編，新興書局。
2. 《海錄碎事》，宋葉廷珪撰，新興書局。
3. 《類說》，宋曾慥編，商務印書館。
4. 《姬侍類偶》，宋周守忠編，中圖舊鈔本。

（三）

1. 《郡齋讀書志》，宋晁公武撰，商務印書館所刊袁州本。
2. 《郡齋讀書志》，宋晁公武撰，廣文書局所刊衢州本。
3. 《直齋書錄解題》，宋陳振孫撰，商務印書館。
4. 《通志》，宋鄭樵撰，商務印書館。
5. 《世善堂書目》，明陳第撰，廣文書局。
6. 《崇文總目輯釋》，清錢侗輯，廣文書局。
7. 《藝風堂藏書記》，清繆荃孫撰，廣文書局。

8. 《藏園群書題記》，清傅增湘撰，廣文書局。

9. 《中國版刻圖錄》，北京圖書館編，北京圖書館。

10. 《古小說簡目》，程毅中撰，龍田出版社。

（四）

1. 《舊唐書》，宋劉昫等撰，商務印書館。

2. 《新唐書》，宋歐陽修、宋祁撰，商務印書館。

3. 《宋史》，元托克托撰，商務印書館。

4. 《資治通鑑》，宋司馬光撰，世界書局。

（五）

1. 《白氏長慶集》，唐白居易撰，中華書局。

2. 《雲溪友議》，唐范攄撰，叢書集成初編本。

3. 《南部新書》，宋錢易撰，粵雅堂叢書本。

4. 《藝風堂文漫存》，清繆荃孫撰，文史哲出版社。

5. 《唐人小說》，汪辟疆編，河洛出版社。

6. 《管錐篇》，錢鍾書撰，不註出版處所。

7. 《元白詩箋證稿》，陳寅恪撰，里仁書局。

8. 《金明館叢稿二編》，陳寅恪撰，里仁書局。

9. 《唐人小說研究（四）》，王夢鷗撰，藝文印書館。

10. 《宋四大書考》，郭伯恭撰，商務印書館。

11. 《牛僧孺研究》，朱桂撰，正中書局。

12. 《牛李黨爭與唐代文學》，傅錫壬撰，東大圖書公司。

13. 《續玄怪錄研究》，徐志平撰，師大碩士論文。